KB148196

당신의
도전은
언제
멈췄습니까?

도전하지 않는 자,
성장도 없다

당신의 도전은 언제 멈췄습니까?

초판인쇄	2019년 4월 19일
초판발행	2019년 4월 25일

지은이	권태현
발행인	조현수
펴낸곳	도서출판 더로드
마케팅	최관호 최문순
IT 마케팅	신성웅
디자인 디렉터	오종국 Design CREO

ADD	경기도 고양시 일산동구 백석2동 1301-2 넥스빌오피스텔 704호
전화	031-925-5366~7
팩스	031-925-5368
이메일	provence70@naver.com
등록번호	제2015-000135호
등록	2015년 06월 18일
ISBN	979-11-6338-030-6-03810

정가 15,800원

당신의 도전은 언제 멈췄습니까?

도전하지 않는 자,
성장도 없다

Challenge

권태현 지음

도서출판 더로드
The Road Books

들어가는 글 | Prologue

"불가능한 목표는 잠깐 내려놓고 지금 당장 할 수 있는 것부터 도전해보자"

아침형 인간에 관한 책을 읽었다. 그 책을 쓴 작가 K는 저녁형 인간에서 아침형 인간으로 바뀌면서 자신의 인생도 바뀌었다고 말했다. 책 쓰기를 통해 새로운 인생을 살게 됐다고 말했다. 작가 K는 그런 자신을 평범한 사람이라고 말했다. 평범한 자신이 해냈으니 이 책을 읽고 있는 독자도 할 수 있다며 목소리를 높였다. 심지어 자신보다 더 잘 할 수 있을 거라고 말하기도 했다. 분명 희망적인 메시지이다. 심장을 뛰게 만들기에 충분한 말이다. 하지만 그렇게 와 닿지는 않았다. 그는 결코 평범한 사람이 아니었기 때문이다.

작가 K의 이력은 제법 화려했다. 36살의 나이에 무려 100권이 넘는 책을 썼고 최연소, 최단기간, 최다집필로 기네스북에 등재되기도 했다. 방송과 라디오에도 다수 출연하였으며 연간 100 ~ 200회가 넘는 강연을 나가고 있다. 국내를 넘어 해외로도 판권을 수출하였으며 자신이 쓴 글이 교과서에 실리기도 했다. 현재 동기부여가면서, 책 쓰기 코치로 활동 중인 그는 억대의 연봉을 자랑하고 있다. 이러한 이력을 가진 사람이 과연 평범한 사람일까?

평범하다는 것은 대다수가 경험하고 공감할 수 있는 것을 말한다. 억대 연봉을 받는 것이 평범한 것이 아니라 몇 년을 일해서 겨우 1억을 모으는 게 평범한 사람이다. 100권이 넘는 책을 쓴 사람이 아니라 책 한 권도 쓰기 힘들어하는 사람이 평범한 사람이다. 내가 봤을 때 K는 결코 평범한 사람이 아니다. 방송에 출연하거나 기업에 강연을 나가는 것도 남다른 뭔가가 있는 사람이기 때문에 할 수 있는 것이다. 그런 점에서 K는 누구보다도 비범한 사람이다. 때문에 자신을 평범하다고 하는 그 말이 나로서는 받아들이기 어려웠다.

에디슨은 자신의 성공을 99%의 노력과 1%의 영감이라고 표현했다. 그것이 과연 노력으로 일군 성공일까? 난 그렇게 생각하지 않는다. 에디슨은 굉장히 똑똑한 사람이다. 누구보다도 비범한 사람이다. 어린 시절 낙제생이었다고는 하지만 그 말은 낙제생인 에디슨이 해냈으니 당신도 충분히 해낼 수 있다고 자신감을 불어넣기 위한 것에 지나지 않는 말이다. 에디슨은 천재였다. 천재라서가 아니라 노력했기 때문에 성공했다고 말하기도 하지만 그만큼 노력할 수 있는 것 자체가 재능이다. 만 번이 넘는 실패를 겪고도 포기하지 않고 1,093개의 특허를 개발한 것은 분명 에디슨이 가진 능력이다. 천부적인 재능이다. 평범한 사람이 노력만으로 흉내 낼 수 있는 것이 아니라는 말이다.

성공한 사람들의 이야기를 들을 필요가 없다는 말을 하려는 게 아니다. 성공한 사람들의 조언은 분명 새겨듣고 실천할 만하다. 성공한 사람들의 습관을 따라해 성공을 이룬 사람들도 많이 있다. 나 역시 책을 통해 많은 변화를 경험할 수 있었다. 뭐 하나 내세울 것 없던 내가 이만큼이나마 바뀔 수 있게 된 것은 수많은 성공한 사람들의 습관을 보고 듣고 실천했기 때문이다. 그렇다고 모든 책이 다 좋았던 건 아니다. 오히려 그때뿐인 경우가 더 많았다. 성공한 사람들의 이야기를 읽고 있을 때는 분명 가슴이 뛰고 뭔가 다 해낼 수 있을 것만 같은데 책을 덮고 나면 생각나는 게 별로 없었다. 나와 다른 세상의 사람처럼 느껴졌기 때문이다. 성공한 사람들이 하는 강연이나 집필한 책을 보면 보통 사람들이 경험하기 힘든 이야기들이 주를 이룬다. 간혹 불우한 환경에서 어려운 시절을 보낸 사람도 있지만 끝은 화려한 스토리들로 꽉 차있다. 반복되는 실패에도 굴하지 않고 도전해서 몇 십 억의 돈을 벌게 된 성공한 사업가의 이야기도, 1명의 직원에서 시작해 수백 명의 직원을 거느리게 된 기업 CEO의 이야기도, 세계 곳곳을 누비며 활약하는 외교관의 이야기도 모두 다 가슴이 벅차오른다. 감동이 밀려오기까지 한다. 하지만 지금의 내 삶과는 너무나 거리가 멀게 느껴졌다. 내 삶에 적용시켜보려 해도 어떻게 해야 할지 알 수가 없었다. 타인의 삶을 간접적으로 경험할 수 있는 것만으로도 독서의 가치는 충분하지만 당장 손에 잡히는 뭔가를 얻고 싶었다. 그것이 화려한 것이 아니라 하더라도 우선은 지금의 내 모습을 변화시키고 싶었다.

많은 사람들이 공감할 수 있으려면 누구나 경험할 수 있고 느낄 수 있는 이야기가 필요하다고 생각했다. 그런 점에서 평범한 사람의 이야기를 전하고 싶었다. 누구보다도 평범했던 내가 그동안 어떤 도전을 해왔는지 또 성공과 실패를 통해 배운 건 무엇인지 말하고 싶었다. 그럼으로써 나와 같은 평범한 사람들도 할 수 있다는 것을 보여주고자 했다. 지난 나의 경험을 솔직하게 담아냈다. 성공에 대해 말하려는 게 아니다. 도전 자체를 말하고 있다. 노력한다고 해서 원하는 대로

다 이루어지는 것은 아니지만 간절함을 가지고 실천한다면 기대 이상으로 많은 것들을 이뤄낼 수 있다는 정도의 이야기를 하려고 한다. 내가 도전을 통해 얻은 것은 성공도 아니고 실패도 아니다. 바로 변화이다. 시도하지 않았을 뿐이지 도전하는 사람의 삶은 어떻게든 바뀐다. 상상한 대로 다 이루어지진 않겠지만 적어도 지금보다는 나은 삶을 살 수 있다.

평범한 사람의 평범한 도전에 대해 쓰고 싶었던 또 다른 이유는 불가능해 보이는 큰 목표만을 세우다가 그 꿈을 이루지 못해 좌절하는 사람들을 자주 목격했기 때문이다. 성공한 사람들은 말한다. 불가능한 목표에 도전하라고, 꿈은 클수록 좋은 것이라고 말이다. 분명 맞는 말이다. 하지만 성공한 사람들의 말을 무작정 받아들인 결과 지금 할 수 있는 작은 목표는 쳐다보지 않고 높은 이상만을 추구하고 있는 사람들이 너무나 많다. 목표가 높다보니 쉽게 시작하지 못한다. 능력 이상의 꿈을 꾸다보니 금방 지치고 좌절하게 되는 경우도 빈번하다. 만약 자신이 꿈꾸는 만큼 행동하고 실천하는 사람이라면 상관없다. 얼마든지 불가능한 목표에 도전해도 된다. 하지만 이 시대를 살아가는 대다수의 사람들은 큰 꿈을 가지고 실천하기엔 너무나 많이 지쳐있다. 점점 심각해지는 취업난에 취업준비생들의 걱정은 커지고 있고 갈수록 어려워지는 경제 때문에 가족을 먹여 살려야 하는 가장의 어깨는 더욱 무겁다. 남녀노소 할 것 없이 많은 사람들이 지쳐있다. 이런 사람들에게 억대 연봉을 자랑하는 성공한 사람의 이야기는 마음을 흔들기에 충분하지만 그런 비범한 사람들의 습관을 따라하는 것이 쉬울 리 없다.

지금 우리에게 필요한 것은 작은 성공이다. 큰 성공을 하고 싶다고 해도 결국 작은 성공이 모여야 가능하다. 불가능한 목표도 좋지만, 그것을 이루기 위한 작은 목표부터 달성해나가야 한다. 작은 도전을 통해 성공 경험을 쌓음으로써 더 큰 꿈을 꿀 수 있다. 노력하면 결국 바뀐다는 사실도 깨달을 수 있다. 불가능한 목표는 잠깐 내려놓고 지금 당장 할 수 있는 것부터 도전해보자. 꿈이 이루어지지 않는다며 세상을 원망하기 전에 우선 성공할 수밖에 없는 쉬운 목표를 세우고 실천해보자.

2019년 4월 봄날에...

저자 **권태현**

Contents | **차례**

05 Chapter

제5장

원하는 만큼 움직여라 _ 237

06 Chapter

제6장

도전의 종착지는 행복 _ 297

Chapter 01

이제는 작은 성공

"

시도하지
않았을 뿐이지
시도하면
분명 우리는
성장할 수 있다.

"

01

결국엔 도전해야 한다

지금까지 티브이에서 본 프로그램 중에서 가장 기억에 남는 것은 바로 무한도전이라는 예능이다. 무한도전은 대한민국 평균 이하를 자처하는 남자들이 모여 최고보다는 최선이라는 구호를 외치며 매주 새로운 상황 속에서 펼치는 좌충우돌 도전기를 그린 예능 프로그램이다. 지금은 시즌이 종료가 되었지만, 한때는 대한민국 국민이라면 모르는 사람이 없을 정도로 인기가 대단했고 남녀노소 할 것 없이 많은 사람들에게 사랑을 받았다. 무한도전의 초창기 이름은 '무모한 도전' 이었다. 처음엔 무모함을 넘어서 황당하기까지 한 도전들 투성이였다. 신체 건장한 성인 남자 여러 명이 황소와 줄다리기를 하다가 맥없이 나가떨어지기도 하고 전철과의 스피드 대결에서 승리하기 위해 100미터를 죽을힘을 다해 뛰기도 한다. 그것도 모자라 몸집이 굉장히 작은 수상 구조견과 20m 수영 대결을 펼치기도 하는 등 너무나 우스꽝스러운 대결과 도전의 연속이었다. 그렇게 희한하고 엉뚱한 도전을 해왔던 무한도전이 방송을 거듭할수록 시청자들에게 조금씩 인기를 얻기 시작했고 어느 순간부터는 국내를 넘어 세계적인 톱스타들이 출연하는 영향력 있는 프로그램으로 성장했다. 그때부터 시청자들은 더욱 열광했고 무한도전에서 하는 모든 것들이 화제가 되었다. 특히 레슬링, 조정, 봅슬레이 경기와 같은 장기프로젝트 특집을 할 때면 팬들의 관심과 응원은 더욱 커졌다. 또 무한도전 가요제는 웬만한 가요제보다도 인기가 많았고 해마다 발 디딜 틈이 없을 정도로 수많은 사람들이 찾아와 함께 축제를 즐겼다. 연말 시상식에서 최고의 프로그램상은 언제나 무한도전이 차지했다. 예능계에 한 획을 그었다고 말할 수 있는 예능이 바로 무한도전이었고 방송을 넘어 새로운 문화 콘텐츠를 만들었다고 말해도 과언이 아닐 정도로 영향력이 큰 프로그램으로 발돋움했다. 방송 초기에만 해도 폐지 위기에 놓였던 무한도전이 시청자들에게 이렇게까지 많은 사랑을 받을 수 있었던 비결이 과연 무엇일까? 어떻게 해서 국민 예능이라는 타이틀까지 얻을 수 있었던 것일까?

거기에는 다양한 이유가 있을 것이다. 우선 무한도전은 꾸밈없이 있는 그대로를 보여주는 리얼 버라이어티라는 새로운 장르의 예능이라는 점에서 굉장히 신선하다는 평을 받았고 정해진 형식 없이 매주 새로운 이야기로 시청자들에게 웃음을 주는 것이 또한 큰 매력이었다. 거기에다 시청자들을 사로잡는 MC와 출연진들의 입담과 재치가 무한도전의 인기 비결이 아니었나 싶다. 하지만 그런 방식의 예능 프로그램은 지금도 많기 때문에 단순히 그것만으로 무한도전만의 인기 비결을 다 설명하기는 어려워 보인다. 그럼 무엇이 또 있을까?

나는 그것이 '도전'에 있다고 생각한다. 무한도전 멤버들의 수많은 도전은 시청자들에게 많은 울림과 감동을 주었다. 한심하기 짝이 없는 황당한 도전들을 하면서도 1승을 향한 노력을 결코 멈추지 않았고, 정신적 · 육체적 고통이 따르는 힘든 도전들도 다 극복해내며 결국 뜨거운 눈물을 맛보고야 만다. 불가능해 보이는 목표라 할지라도 그 목표에 한 발짝이라도 더 가까이 다가가기 위해 최선을 다하고 끊임없이 노력하는 과정을 여과 없이 보여주었다. 시청자들은 멈출 줄 모르는 그들의 열정에 환호했고 때로는 그들과 함께 감동의 눈물을 흘리기도 했다. 그러면서 포기하지 않고 최선을 다하면 꿈을 이룰 수 있다는 것을 다시 한 번 실감하곤 했다. 무한도전의 매력은 바로 그런 데 있다.

성공만 있었던 것은 아니다. 노력한 만큼 성과가 나타나지 않을 때도 많았다. 특히 레이싱 특집에서는 제대로 달려보지도 못하고 끝나는 바람에 멤버들 모두가 쓰라린 실패의 눈물을 맛봐야만 했다. 하지만 실패가 있기에 그들의 도전이 더욱 아름다울 수 있었다. 넘어져도 포기하지 않고 또다시 도전하는 그들의 이야기는 마치 삶의 축소판 같았다. 인생의 희로애락이 담긴 그들의 성공과 실패를 보며 나 또한 감동의 눈물을 많이 흘리곤 했는데 티브이를 보지 않는 내가 유일하게 무한도전만큼은 챙겨봤던 이유가 바로 그들의 아름다운 도전 때문이었다.

세상에는 여러 부류의 사람들이 있다. 자기 발전을 위해 무언가를 꾸준히 배우는 사람, 그저 주어진 것에 만족하며 하루하루를 즐기는 사람, 지금의 현실과 자신의 처지를 한탄하며 어쩔 수 없이 하루를 살아내는 사람 등등 세상엔 수많은 종류의 삶들로 가득하다. 어떤 삶이 더 옳거나 그르다고 판단할 수 없고 판단해서도 안 된다. 사람은 다 다르기 때문이다. 그저 자신만의 신념과 가치관을 가지고 삶을 살아갈 뿐이다. 그런 점에서 다양한 사람들의 삶의 방식을 존중한다. 하지만 자신의 상황을 비관하며 아무것도 하지 않는 사람들을 보면 안타까운 마음이 드는 건 어쩔 수가 없다. 특히 노력은 하는데 아무리 열심히 해도 삶이 바뀌지 않는다고 말하는 사람을 볼 때면 더 그랬다. 그런 사람들에게 말해주고 싶었다. 끊임없이 부딪히고 도전하면 우리의 삶은 분명 변할 수 있다고 말이다.

그렇다고 노력한다고 해서 바라는 모든 것을 다 이룰 수 있는 것은 아니다. 생각대로 되는 것보다 되지 않는 일이 더 많다. 그것이 우리

네 삶이다. 하지만 분명히 말할 수 있는 건 어떤 마음가짐으로 어떻게 도전해나가느냐에 따라 우리의 인생은 분명 더 나은 모습으로 바뀔 수 있다는 것이다. 당장 눈에 띄는 결과물을 만들어내기는 힘들겠지만 느릿느릿한 거북이가 결국엔 목적지에 도달하는 것과 같이 더디게라도 우리의 삶은 변한다. 내가 품고 있는 10가지의 목표를 다 달성할 수는 없겠지만 적어도 2~3가지 정도의 꿈은 이룰 수 있다. 그리고 그 꿈을 이루는 사람은 그럼에도 불구하고 도전하는 사람들이다.

책에서 읽은 뻔한 얘기를 하려는 게 아니다. 남에게서 들은 얘기를 화려하게 꾸며 말하려는 것도 아니다. 현실의 벽에 부딪혀 좌절하는 사람들의 심정도 모르면서 무작정 꿈을 가지고 도전하라고 말하려는 것도 아니다. 하루하루를 살아내기도 버거운 현실에서 목표를 세우고 도전을 한다는 것이 쉽지 않다는 것을 누구보다도 잘 알고 있다. 잠을 잘 시간조차 부족한 사람들에게 꿈, 도전, 성공이라는 단어는 오히려 그들을 더 지치게 만드는지도 모른다. 한 치 앞도 보이지 않는 불안한 삶을 살고 있는 수많은 사람들처럼 나 역시도 괴로운 마음에 주저앉고 싶은 순간들이 많았다. 남들보다 학벌도 부족하고 뭐 하나 제대로 끈기 있게 할 줄도 몰랐던 나는 많은 시간을 방황해야 했다. 무슨 일이든 가리지 않고 닥치는 대로 해보자며 죽을힘을 다해 버텨보기도 했지만 내가 왜 이렇게까지 해야 하는지, 이런다고 과연 내 삶이 변하기나 할지 심란했던 순간도 적지 않았다. 퇴근 후 집으로 돌아올 때면 너무 피곤해 조금이라도 더 자기 바빴고 하루 14시간 넘게 일하는 직장을 다닐 때도 일에 지친 나머지 일하고 잠자는 것 외에는 아무것도 할 수가 없었다. 하지만 어떤 힘든 상황에 처해있더라도 결국 다시 일어나 도전할 수밖에 없었다. 우리의 삶 자체가 도전이라는 사실을 많은 경험을 통해 깨달았기 때문이다.

누군가는 왜 꼭 도전해야 하냐며 그냥 편하게 살고 싶다고 말한다. 하지만 이미 도전은 떼려야 뗄 수 없을 정도로 우리의 삶에 깊숙이 들어 와있다. 처음으로 사업을 시작하는 사람도, 새로운 직장에 취직한 취업준비생도, 원하는 대학에 가기 위해 열심히 공부하는 학생도, 오랜 직장 생활을 그만두고 과감히 해외여행을 떠나는 직장인도, 좋아하는 사람에게 고백을 결심한 사람도, 다이어트를 하겠다거나 담배를 끊겠다고 목표를 세운 사람도 모두 다 넓은 의미에서 본다면 도전하는 사람들이라 할 수 있다. 일상 속에서 벌어지는 사소한 일들 하나하나가 도전이란 울타리 안에 있다. 이렇듯 우리는 이미 도전 속에 살고 있다. 그렇기 때문에 도전을 멈춰서도 안 되고 멈출 수도 없다.

지난 내 삶은 도전의 연속이었다. 공부가 인생의 전부라고 생각하며 학창 시절을 보냈던 나는 성인이 되어 사회에 나왔을 때 무엇을 해야 할지 몰라 방황할 수밖에 없었다. 우선 여러 업종의 일을 경험해보자고 마음먹고는 고기집, 호프집, 전단지 배포, 인형탈 알바, 소주 제조 공장, 피자 배달, 가방 판매, 구두 판매 등의 아르바이트부터 세탁기 조립, 윤활유 납품, 보험 영업, 가구 시공, 과일 판매, 달걀 배달, 공사장 막일까지 할 수 있는 거라면 뭐든 다 했다. 컴퓨터 활용능력 2급과 한국사 능력 1급 등을 포함해 각종 전자 및 기계 자격증을 취득하기도 했고 수영, 영어회화, 기타, 독서 등 여러 동호회를 찾아다니며 배움을 멈추지 않았다. 또 책 속에 길이 있다는 말을 확인하기 위해 열심히 책을 읽었고 1년쯤 지났을 때 내 책장에는 어느덧 100권의 책이 꽂혀있었다. 독서를 통해 꿈을 이루자는 한 독서모임에서는 다양한 꿈을 가진 사람들을 만날 수 있었고 그들과 대화하며 나 역시도 성공한 내 모습을 마음껏 꿈꾸곤 했다. 내 인생을 바꾸려면 나 자신부터 바뀌야 한다는 생각에 끊임없이 자기성찰을 했고 작은 것 하나에서도 무엇을 배울 수 있는지 고민했다. 나를 바꿔 가는 과정이 너무 힘들어 누구보다도 많은 눈물을 흘렸고 더 이상 일어나지 못할 정도로 괴로운 순간도 많았지만 결국 나는 나를 변화시켰다. 어떤 새로운 것도 두려워하지 않고 끝까지 도전해온 덕분에 내 삶은 예전과는 비교할 수 없을 정도로 많이 변해있었다. 도전을 빼놓고는 내 인생을 논할 수 없을 정도로 도전은 분명 내 삶에 많은 것을 불러 일으켰다.

시도하지 않았을 뿐이지 시도하면 분명 우리는 성장할 수 있다. 기대한 만큼의 큰 변화는 아니라 하더라도 소소하게나마 우리의 일상은 조금씩 변할 수 있다. 원대한 꿈을 가지라거나 불가능한 목표를 세우라는 그런 거창한 도전을 말하는 게 아니다. 남들이 부러워할 만한 정도의 부와 명예를 누리자는 것도 아니다. 손에 잡히지 않는 뜬구름 잡는 식의 목표가 아니라 지금 바로 성취할 수 있는 소소한 목표를 세우고 시도해나가면 된다. 목표라고 말하기가 민망할 정도로 가벼운 도전이라도 상관없다. 나의 일상에 작은 변화를 가져다주는 것이라면 무엇이든 좋다. 헬스장에 가서 운동을 해도 되고 매일 학교 운동장을 한 바퀴씩 뛰어도 좋다. 한 달에 책 한 권 읽기라는 목표를 세우고 실천해도 좋고 스마트폰으로 영어방송을 들으며 영어회화를 배워보는 것도 작지만 유의미한 목표가 될 수 있다. 문화센터에 가서 요리를 배워보는 것도 좋고 평소보다 10분만 일찍 일어나 여유롭게 아침을 시작해보는 것도 색다른 변화를 주기에 충분하다.

혹시라도 나이가 많아 이미 때는 늦었다며 걱정할 필요는 없다. 여러 모임에서 적지 않은 나이임에도 불구하고 꾸준히 도전하는 사람들을 많이 만나봤다. 열심히 영어 공부를 해서 오픽(OPIC)이라는 영어 자격증을 취득하는 사람, 헬스장에서 매일 운동을 하여 웬만한 20대보다 탄탄한 근육을 자랑하는 사람, 악기 하나 정도는 배우고야 말겠다는 오랜 꿈을 이루기 위해 기타동호회를 찾아온 사람 등등 아버지뻘 되는 분들의 뜨거운 열정을 볼 때면 도전이라는 것이 젊은 청춘들만의 전유물은 아니라는 것을 새삼 느끼곤 한다.

도전을 할 때는 많은 것을 필요로 하지 않는다. 하고자 하는 열정 하나만 있으면 된다. 무언가를 꼭 이루고야 말겠다는 그런 불같은 의지가 아니라도 괜찮다. '이것 한 번 해볼까?' 하는 작은 호기심이면 충분하다. 한국인 최초로 수영 종목에서 올림픽 메달을 획득한 박태환 선수가 수영을 시작하게 된 계기는 다름 아닌 천식을 치료하기 위해서였다고 한다. 한때 마술 붐을 일으켰던 세계적인 마술사 이은결이 마술을 배우게 된 계기는 소심한 성격을 고치기 위해서였다고 한다. 처음부터 무엇을 이루겠다는 굳은 다짐으로 시작한 게 아니었다. 자신을 고치고 바꾸려는 사소한 시작이 그들을 지금의 위치에 서게 만든 것이다. 지금까지 내가 만난 여러 사람들도 비슷했다. 처음부터 작정하고 현재의 자리에 오른 사람보다는 하다 보니 여기까지 오게 됐다고 말하는 사람들이 더 많았다. 무심코 고른 책 한 권이 내 인생을 바꿔놓을 수 있듯 가볍게 시작한 일이 자신에게 어떤 결과를 가져다 줄지는 아무도 모른다.

인생은 도전의 연속이다. 피할 수 있는 일이라면 피하는 게 좋겠지만 피할 수 없는 일이라면 기꺼이 받아들여야 한다. 정면으로 부딪쳐야만 한다. 도전, 노력, 최선이라는 단어가 너무 진부하게 느껴질 수도 있겠지만 삶의 진리는 변하지 않는다. 시도하면 바뀐다. 노력해도 변하지 않는다고 하지만 노력하는 사람과 안 하는 사람이 똑같을 수는 없다. 실천하는 사람은 성장한다. 성공이든 실패든 무엇이든 얻을 수 있는 게 있다. 뭔가를 얻으려면 시도해야 한다. 시도하는 행동 자체가 도전이며 평소에 하지 않던 것을 해보는 것 또한 가치 있는 도전이 될 수 있다. 도전이란 단어가 거창하게 보일 뿐 이미 우리의 삶은 도전으로 가득하다. 그러므로 우리는 도전해야 한다.

02

작은 도전으로 성공 경험을 쌓아라

새해 첫 날이 되면 누구나 새해 목표를 세운다. 무엇을 어떻게 할지 구체적으로 생각하진 않아도 올해는 무엇을 이루겠다는 정도의 목표는 누구나 생각하기 마련이다. 떠오르는 새해 첫 날의 태양을 바라보며 올해는 꼭 목표를 이루고야 말겠다는 자신감으로 새해를 시작하지만 처음 세운 목표를 달성하는 사람은 그리 많지 않다. 자신이 세운 목표를 이루지 못하는 사람이 다수이며 달성하지 못한 그 목표들은 결국 그 다음 해에 만드는 버킷리스트에 그대로 다시 올리게 된다. 이루지 못한 꿈과 목표는 그렇게 해마다 돌고 돌게 된다. 모든 사람이 그런 건 아니지만 목표를 이루는 사람보다는 이루지 못하는 사람을 주위에서 더 많이 볼 수 있다. 뭐든 다 이룰 수 있을 것만 같은 불같은 의지를 가지고 시작을 하면서도 며칠 못가서 포기하게 되는 이유는 무엇일까? 노력이 부족해서? 상황이 여의치 않아서? 불가능한 목표라서? 물론 여러 가지 이유가 있을 것이다. 꿈이 너무 막연하다거나 구체적인 수치와 기한을 정하지 않았다는 점도 이유가 될 수 있지만, 목표를 달성하지 못하는 가장 큰 이유는 따로 있다. 바로 목표를 너무 높게 설정한다는 점이다.

성공한 사람들은 흔히 불가능한 목표에 도전하라고 말한다. 꿈의 크기가 곧 성공의 크기라고 말하며 자신이 상상할 수 있는 가장 큰 꿈을 꿔야 한다는 것을 강조한다. 물론 목표를 높게 잡는 것은 중요하다. 꿈을 크게 꿔야 그만큼의 노력을 기울이게 되고 그럼으로써 자신이 원하는 목표에 더 가까이 다가갈 수 있다. 그러나 아무리 몸에 좋다고 소문난 음식도 맞지 않는 사람이 있듯이 높은 목표를 잡는 것 역시도 사람에 따라서는 역효과가 날 수 있다. 우선 목표를 너무 높게 잡으면 자책하게 될 확률이 높다. 상상 속의 나와 현실 속의 나 사이에서 오는 괴리감 때문이다. 상상 속의 나는 10억을 벌어야 한다고 말하지만, 현실의 나는 10억은커녕 1억도 모으기 힘들다. 일주일에 책 한 권을 읽겠다는 목표를 세우지만, 의욕과는 달리 하루에 한 페이지도 제대로 읽지 못한다. 날씬한 몸매를 가진 내 모습을 상상하며 10kg을 감량하겠다는 목표를 세우지만 1kg을 감량하는 것부터가 너무나 버겁다. 이렇듯 시작부터 목표를 너무 높게 잡으면 이상적인 나의 모습과 현실의 나의 모습 사이에서 오는 괴리감 때문에 금방 좌절하기 쉽다. 높은 목표는 결국 이룰 수 없는 꿈으로 남게 되어 허탈감을 느끼게 한다. 그 허탈감은 자신을 금방 지치게 만든다. 목표가 눈에 보이지 않을 정도로 너무 멀리 있으니 그곳에 도달하기까지 버티지 못하고 결국 포기하게 되는 것이다. 내가 그랬다. 본격적으로 책을 읽기 시작하던 그때 주로 성공학에 관한 책을 많이 읽었고 책의 내용대로 실천하며 성공한 내 모습을 꿈꿨다. 나의 꿈을 소리 내어 말하기도 하고 노트에 적기도 하면서 매일 성공한 내 모습을 상상했다. 내가 바라는 것들을 사진으로 만들어 벽에 붙여놓기도 했고 휴대폰에도 나의 꿈을 적어놓곤 했다. 꿈, 도전, 성공으로 완전무장을 했다. 실패라는 것은 생각지도 않았다. 그렇게 최선을 다해 성공을 꿈꾸며 실천했지만 이상하게 시간이 지나도 손에 잡히는 게 없었다. 목표의 개수만 많았을 뿐 당장 성취감을 느낄 수 있는 목표는 하나도 없었다. 노력은 하는데 변하는 게 없으니 점점 기운이 빠졌고 더 이상 꿈을 위해 움직일 수 있는 힘은 남아 있지 않게 되었다.

어쩌면 그때의 내 노력이 부족했을 수도 있고 너무 쉽게 포기한 것일 수도 있지만, 목표가 너무 높은 것만은 분명했다. 목표를 넘어 이상을 추구한 것이 아닌가 싶을 정도로 거대한 꿈들만 바라봤다. 보이지 않는 산 너머의 꿈만 좇다보니 계속해서 도전을 이어나가지 못하는 건 당연한 일이었다. 그때 느꼈다. 너무 높은 성공만을 꿈 꿀 것이 아니라 지금 당장 이룰 수 있는 작은 성공을 하는 것이 먼저라는 것을, 지금 내가 올라야 할 산은 1950미터 높이의 한라산이 아니라 우리 집 뒷산이라는 사실을 말이다.

보통 꿈이나 목표라고 하면 두 주먹을 불끈 쥐게 만들 정도로 거대한 것을 생각하기 쉽다. 지구에서 가장 높은 산인 에베레스트산을 정복하는 것, 올림픽에 참가해 금메달을 목에 거는 것, 배낭을 메고 세계 일주를 하는 것 등등 감히 흉내 내기 어려울 정도의 높은 목표를 도전이라고 대다수의 사람들은 생각한다. 그러나 내가 말하고자 하는 도전은 그런 것들이 아니다. 일상 속에서 누구나 이룰 수 있는 작은 목표가 먼저다. 먼 훗날이 아닌 지금 이 순간에 바로 성취할 수 있는 사소한 도전을 먼저 시작해야 한다.

그동안 우리는 꿈을 크게 가져야 한다고 배워왔다. 학교 선생님이 그렇게 말했고 성공한 수많은 사람들도 똑같이 말했다. 한때 성공에 대해 말하는 자기계발서가 쏟아졌을 때 가장 쉽게 볼 수 있었던 말도 바로 불가능한 꿈에 도전하라는 말이었다. 물론 부정할 수는 없는 말이다. 불가능한 목표를 세우고 실천했기 때문에 성공할 수 있었다는 것을 이미 많은 사람들이 스스로 증명해 보였기 때문이다. 하지만 문제는 성공한 사람들의 얘기만 듣고 너무 큰 목표에만 집중한 나머지 지금 이룰 수 있는 작은 목표를 보지 못하고 있는 사람들이 많다는 것이다. 그것은 마치 산 정상에 올랐을 때 발아래 펼쳐진 멋진 풍경은 감상하지 못하고 하늘에 떠있는 구름을 잡으려고 하는 것과 같다. 큰 꿈을 꾸는 것도 중요하지만 결국 큰 목표도 작은 목표들을 달성했을 때 이룰 수 있는 것이다. 목표를 단기, 중기, 장기로 나눠서 세워야하는 이유도 바로 그런 데 있다. 그러니 이제 거창한 꿈은 잠시 접어두고 누구나 할 수 있는 쉬운 목표부터 달성해보자. 만약 자신이 매번 목표만 세울 뿐 뭐 하나 제대로 이루지도 못하고 있다면 더더욱 쉬운 목표를 잡아보자.

작은 목표를 세우고 실천해야 하는 이유는 바로 성공 경험을 쌓기 위해서다. 실패한 경험이 많은 사람은 새로운 시작을 할 때 또 실패하진 않을까 걱정부터 하지만 성공한 경험이 더 많은 사람은 할 수 있다는 생각이 먼저 앞서기 마련이다. 심리학에서도 삶에 있어 성공 경험을 굉장히 중요한 요소로 손꼽는다고 한다. 성공 경험이 사람에게 미치는 영향은 상당하며 성공 경험이 얼마나 많으냐에 따라 인생이 달라질 수 있다고 한다. 그러므로 이제는 작은 도전을 통해 성공 경험을 쌓아야 할 때이다. 큰 목표만 세우다가 이루지 못해 좌절하지 말고 작은 목표를 달성함으로써 성공 경험을 쌓자. 성공 경험을 통해 나도 할 수 있다는 자신감을 회복하는 게 우선이다. 그 자신감이 바탕이 되어야 더 큰 꿈도 이룰 수 있는 것이다.

권투 선수 마이크 타이슨은 데뷔하기 전에 성공 경험을 쌓기 위해 일부러 자기보다 약한 상대만을 골라 시합을 했다고 한다. 시합에서 매번 승리함으로써 자신감을 가질 수 있었고 핵주먹이라는 별명을 가진 세계적인 권투 선수가 될 수 있었다. 수많은 사업을 실패했던 야나두의 김민철 대표는 작은 성공을 하기 위해 양치하기, 하루 세끼 밥 먹기와 같이 굉장히 쉬운 것들을 목표로 삼고 실천했다고 한다. 결과는 당연히 성공이었고 이 성공을 기억함으로써 다음 사업을 시작할 수 있는 힘을 만들어냈다고 한다.

이제는 지금 당장 성취할 수 있는 사소한 목표를 세워보자. 몸무게 10kg 감량하기가 아닌 1kg 감량하기, 영어 정복하기가 아닌 영단어 하루에 5개 외우기, 담배 끊기가 아닌 오늘 딱 하루만 금연하기, 1억 모으기가 아닌 매달 10만 원씩 저축하기, 새벽 5시에 일어나기가 아닌 평소보다 10분 일찍 일어나기, 한 달에 책 한 권 읽기가 아닌 하루에 한 페이지 읽기 등등 생각해보면 지금 당장 할 수 있는 것들이 차고 넘친다. 노력해도 변하지 않는다고만 말하지 말고 일단 해보자. 시시한 목표라는 생각이 들어도 꾸준히 해보면 분명 그전과는 다른 기분을 느낄 수 있을 것이다.

누군가는 그래도 꿈을 크게 가져야하는 게 맞지 않느냐고 말할 수도 있다. 성공한 사람들이 성공할 수 있었던 이유 중 하나도 불가능한 꿈을 꾸고 도전했기 때문이라 말하며 내 말에 의문을 품을 수도 있다. 물론 큰 꿈을 가지고 성공한 사람들이 많다. 불가능한 목표를 세우고 행동했기 때문에 그만큼 성공한 것인지도 모른다. 하지만 큰 꿈을 가지고 도전한 사람들은 그만큼의 열정과 간절함을 가지고 실천으로 옮겼기 때문에 가능할 수 있었던 것이다. 하지만 우리는 어떤가? 모든 사람들이 꿈을 크게 꾸고 그만큼의 행동이 뒤따른다면 좋겠지만 현실은 그렇지 않다. 생각한 만큼 실천하지 못할 때도 있고 몸과 마음이 따로 놀 때도 있다. 그렇게 사는 사람이 이 시대를 살아가는 대부분의 평범한 사람들이다. 그런 평범한 사람들에게 불가능한 목표에 도전하라고 하는 것은 잘 걷지도 못하는 사람에게 등을 떠밀며 뛰라고 하는 것과 같다. 병명에 따라 처방이 다르듯 사람에 따라서 세워야 할 목표의 크기도 달라야 한다. 만약 자신이 이거 아니면 안 된다는 생각이 들 정도로 간절하다면 얼마든지 큰 성공을 꿈꿔도 좋다. 어떤 어려움이 닥쳐도 포기하지 않고 끝까지 이겨낼 자신과 의지가 있는 사람이라면 꿈을 크게 꾸는 것이 성공하는 데 훨씬 더 도움이 것이다. 하지만 그 정도의 간절함과 행동력이 있는 게 아니라면 할 수 있는 만큼의 목표만 세우고 실행하면 된다. 꿈의 크기가 크다고 좋고 작다고 나쁜 것이 아니다. 중요한 것은 자신의 역량에 맞게끔 목표를 설정하는 일이다.

1억을 모으겠다는 목표를 세운다 하더라도 결국 그 1억을 만드는 것은 만 원짜리 한 장에서 시작한다. 대기업의 CEO가 되겠다는 목표를 세운다 하더라도 결국 그 기업을 만드는 것은 한 사람으로부터 출발한다. 큰 집을 짓는 것도 작은 벽돌 하나에서부터 시작된다. 꿈을 얼마나 크게 꾸느냐에 따라 성공의 크기가 좌우된다고 하지만 큰 성공도 결국 작은 성공이 있었기에 가능한 일이 될 수 있는 것이다. 목표를 이루지 못해 자책했던 지난날들은 잊고 쉬운 목표를 세워 처음부터 다시 시작해보자. 정상이 보이지 않을 정도로 너무 높은 산은 잠시 접어두고 낮은 산부터 도전해보자. 오르기 쉬운 산을 여러 번 정복하고 나면 더 높은 산을 오르는 건 시간문제이다. 그렇다고 너무 의욕만 앞세워 덤비지는 말자. 수영을 할 때 몸에 힘이 들어가면 물 위를 뜰 수 없듯이 도전을 할 때도 어깨에 너무 힘을 꽉 주고 밀어붙였다간 넘어지거나 다치기 쉽다. 힘을 조금만 빼고 할 수 있다는 자신감을 가지고 가볍게 시작하다보면 어느 순간 한 발 한 발 나아가고 있는 자신을 발견할 수 있을 것이라 확신한다.

우리의 삶을 변화시키는 것은 의외로 사소한 것들이다. 겨우 종이 한 장 차이라고 하는 그런 작은 것들이 우리의 인생을 바꾸고 사소한 습관 하나가 우리의 운명이 바꾼다. 우리를 살 게 하는 것이 의외로 사소한 것이라는 사실을 생각해본다면 작은 성공을 결코 작다고 생각할 수 없을 것이다.

03

처음은 누구나 어렵다

동네에 있는 작은 카페에 갔다. 카페에서는 굉장히 앳된 얼굴의 직원이 주문을 받고 있었다. 이제 막 고등학교를 졸업한 학생처럼 보였다. 표정이 한껏 긴장 돼 있는 걸 보니 일을 시작한 지 며칠 되지 않은 것 같았다. 사회생활 자체가 처음인 듯했다. 주문을 받는 카운터 바로 앞 테이블에는 카페 사장님으로 보이는 듯한 사람이 앉아있었다. 노트북으로 뭔가를 하고 있었던 사장님은 노트북 화면에 집중하다가도 직원이 일을 잘하고 있는지 틈틈이 지켜봤다. 나는 카페 구석에 자리를 잡고는 주문한 커피를 마시며 앉아있었는데 뭘 해야 할지 몰라 안절부절못하는 직원에게 자꾸 눈이 갔다. 손님에게 주문을 받을 때마다 사장님에게 지적을 받았고 손님이 없을 때는 해야 할 일이 무엇인지 숙지하느라 정신이 없었다. 가만히 있을 수도 없고 뭘 하긴 해야겠는데 뭘 해야 할지 몰라 눈치를 살피는 모습에 괜히 내가 더 긴장이 될 정도였다. 그런 직원의 모습을 보고 있자니 '고놈 참 긴장 많이 되겠네.' 하는 생각이 들면서 피식 웃음이 새어 나왔다. 새로운 시작을 할 때마다 걱정하고 긴장하던 지난날의 내 모습이 겹쳐 보여 안쓰러운 마음이 들기도 했다. 사회에 첫 발을 내딛는 새내기 직원의 모습을 보며 처음은 누구나 어렵다는 생각이 계속해서 머릿속을 맴돌았다.

시내버스를 탔다. 빈자리가 없어 버스기사 바로 뒤쪽에 서서 가고 있는데 출입문 바로 앞좌석에 앉아 있는 한 중년의 남자가 혼자서 뭐라고 중얼거리고 있었다. 밤늦은 시간이라 술 취한 사람이 잠꼬대를 하는 줄 알고 돌아봤는데 버스기사에게 뭐라고 자꾸 말을 걸고 있었다. 얘기를 자세히 들어보니 운전하고 있는 버스기사에게 버스운전 업무에 대해 알려주는 듯했다. 버스운전 일이 처음인 버스기사가 출입문 앞좌석에 앉아있는 베테랑 기사에게 일을 배우고 있던 것이었다. 버스 노선은 어떻게 되는지 앞차와 뒤차와의 간격은 어느 정도로 유지해야 하는지 등등 기사님은 운전하랴 얘기하랴 잠시도 긴장을 늦추지 못했다. 버스기사님의 눈과 귀가 얼마나 정신없이 움직이는지 그 모습을 보는 내가 더 가슴을 졸였다. 40대 후반으로 보이는 기사님은 은퇴를 한 후 제2의 인생을 시작하는 건지 어떤 건지 사연은 알 수 없었지만, 인생 경험이 많은 사람에게도 처음이라는 것은 결코 쉽지 않구나 하는 생각이 들었다.

해보지 않은 일을 한다는 것은 굉장히 떨리고 때론 두렵기도 하다. 열정과 에너지가 넘치는 젊은 20대 카페 직원도, 인생 경험이 많아 무엇이든 다 잘 해낼 수 있을 것 같은 40대 버스 기사님도 처음이라는 것은 어려울 수밖에 없었나보다. 성공한 사람이라고 해도 이와 크게 다르지 않다. 방송인 유재석 씨는 처음 데뷔했을 때 카메라 앞에만 서면 속이 울렁거려 말을 제대로 할 수가 없었고 아무리 연습을 해도 나아지지 않아 꽤나 고생을 했다고 한다. 지금은 국민MC로 불리며 예능인으로서 정상의 자리에 있지만 그런 그에게도 처음이라는 것은 결코 쉽지 않았다.

계속해서 도전하며 처음이라는 순간을 많이 겪어본 나도 시작이 쉬웠던 적은 단 한 번도 없었다. 새로운 직장에 출근할 때면 일을 잘할 수 있을지 또 실수해서 혼나지는 않을지 먼저 걱정했다. 어떤 사람들과 함께 일하게 될지 긴장이 되어 잠을 이루지 못하기도 했다. 나름 사회생활을 많이 경험해봤을 쯤에도 새로운 일에 도전할 때 만나게 되는 그 처음은 매번 나를 힘들게 했다. 그렇게 여러 번의 처음을 경험하면서 처음이라는 것은 누구에게나 어렵다는 말을 직접 몸으로 느껴왔다.

처음은 누구나 어렵다. 처음이 서툴고 힘든 건 다 마찬가지다. 당연한 것이기 때문에 시작이 두렵다하더라도 너무 걱정할 필요가 없다. 시작은 누구나 힘들고 어려운 거라 생각하며 도전하면 시작이 그렇게 어렵지만은 않다. 나만 그런 게 아니라 다 그렇다고 생각하면 처음이 그렇게 두렵지만은 않다. 만약 하다가 너무 힘들면 그때 그만두면 된다. 중간에 포기하더라도 언제든 다시 시도하면 된다. 그렇게 가볍게 생각해야 시작 또한 가벼울 수 있다.

시작했다고 해서 꼭 결과가 좋아야하는 건 아니다. 시작만 잘하고 끝맺음을 못한다고 해서 자책할 필요는 없다. 시작도 잘하고 어떠한 성공적인 결과물도 잘 만든다면 금상첨화겠지만 아무것도 하지 않고 있을 바에는 일단 시도라도 해보는 게 훨씬 낫다. 한 우물을 잘 파는 게 중요하지만, 아무것도 안 하는 것보다는 여러 우물이라도 파는 게 더 낫다. 결과는 잠깐 접어두고 일단 시작해야 한다. 결과까지 미리 생각하면 아무것도 못한다.

시작이 반이라는 말이 있듯 시작만으로 충분히 의미가 있다. 일을 저질러놓으면 어떻게든 하게 되기 때문이다. 직장에서 업무가 산더미같이 쌓여 있어 이걸 언제 다 하나 싶으면서도 일단 해보면 어떻게든 마무리는 지어진다. 학교에서 내준 과제가 너무 어려워 걱정이 되어도 막상 해보면 그렇게 힘든 것만은 아니라는 것을 알게 된다. 공부를 하는 것도 책상에 앉기까지가 힘들어서 그렇지 일단 앉으면 뭐라도 보게 된다. 새로운 일을 배울 때도 마찬가지이다. 내가 해낼 수 있을

지 걱정이 들곤 해도 일단 시작하면 어떻게든 다 하게 되어있다는 것을 누구나 한 번쯤은 경험해봤을 것이다. 미리 걱정하고 겁을 먹어서 그렇지 막상 부딪히면 어떻게든 다 해내게 된다. 이것이 바로 시작이 중요한 이유이다. 그러니 처음을 너무 두려워하지 말자. 두렵다 하더라도 '어떻게든 되겠지 뭐.' 라고 생각해야 마음을 편하게 먹고 시도할 수 있다.

시작이 중요하다는 것은 누구나 안다. 하지만 알면서도 실천하지 못하는 사람들이 많다. 거기에는 여러 이유가 있을 것이다. 시작할 수 있는 상황이 안 될 수도 있고 도전할 수 있는 더 좋은 시기를 기다리고 있을 수도 있다. 하지만 시작할 수 있는 최적의 시기는 따로 없다. 나중에 하겠다며 미루는 경우가 많지만 나중이란 결코 없다. 시간 있을 때 하겠다고 말하지만 뭔가를 시작할 수 있는 시간은 따로 주어지지 않는다. 시간을 내서 하는 것이다. 바쁜 와중에도 없는 시간을 쪼개서 할 뿐이다. 항아리에 큰 돌멩이가 가득 차 있으면 더 이상 아무것도 넣을 수 없을 것 같지만 모래를 넣으면 큰 돌멩이 사이에 있는 빈틈을 채울 수 있다. 그런 것처럼 일상이라는 항아리 속에 시간이라는 돌멩이가 꽉 차 있는 것처럼 보여도 자신의 의지에 따라 도전이라는 새로운 이름의 모레를 채워 넣을 수 있다. 매일이 너무 바빠 시간이 없을 것 같지만 잘 쪼개기만 하면 뭔가를 할 수 있는 시간은 얼마든지 만들어낼 수 있다.

도전할 만한 상황이 되지 않아 시작을 하지 못하는 사람들도 있다. 지금이 너무 힘들고 어려워 상황이 나아지면 그때 시작하겠다고 말한다. 하지만 때로는 어려움 속에서 도전하는 것이 자신을 더 강하게 만들어주기도 한다. 새는 바람이 부는 날에 집을 짓는다고 한다. 바람 한 점 없는 평온한 날에 집을 지었다간 작은 비바람에도 쉽게 집이 날아가 버릴 수 있기 때문이다. 비바람이 부는 어려운 상황이 오히려 새 집을 더 튼튼하게 만들게끔 하는 것이다. 마찬가지로 어려운 상황 속에서 시작한 사람은 오히려 흔들리지 않고 더 단단해질 수 있다. 좋은 상황에서 시작하는 사람이 당장에는 더 좋아 보이겠지만 그런 사람은 작은 장애물에 부딪히기만 해도 금방 넘어지고 만다.

시작할 수 있는 최적의 시기가 따로 없듯이 시작을 위한 완벽한 준비 또한 없다. 사람들은 시작을 하기에 앞서 너무나 많은 것들을 준비하고 계획한다. 등산을 하겠다고 결심했으면 일단은 산을 오르는 게 먼저이다. 하지만 어떤 산에 오를지는 알아보지 않고 등산화, 등산복, 스틱과 같이 등산에 필요한 값비싼 장비들을 구입하는 데만 급급해한다. 다이어트를 하겠다고 마음먹었으면 먹는 양을 줄이고 운동을 시작하는 게 우선이지만 혁신적인 다이어트 방법을 찾는 데 더 많은 시간을 들인다. 물론 물속에 들어가기 전에 충분한 준비운동이 필요하듯 실행에 옮기기에 앞서 꼼꼼한 준비와 계획은 필요하다. 하지만 문제는 준비하는 데 너무 많은 시간을 쏟고 있다는 점이다. 때로는 계획을 세우는 데 시간을 다 허비하느라 지쳐 나중에는 시작도 하지 못하고 그만두는 경우도 생긴다.

유럽여행을 떠나기 전에 여행 가이드북을 구매해서 읽었다. 책에서 읽은 여행 유경험자들의 조언 중 가장 기억에 남는 조언은 바로 계획을 세우는 데 너무 많은 시간을 허비하지 말라는 것이었다. 어차피 여행이 계획대로 되는 것이 아니기에 우선은 큰 틀만 정해놓고 일단 떠날 것을 강조했다. 실제로 나 혼자서 45일 유럽여행을 떠났을 때는 비행기 티켓만 구매했을 뿐 아무런 계획 없이 즉흥적으로 목적지를 정해 여행을 다녔는데 그 덕분에 어떤 것에도 얽매이지 않고 자유롭게 여행을 즐길 수 있었다. 발 닿는 대로 다닌 여행지에서 만난 멋진 풍경과 사람들은 나의 배낭여행을 더 다채롭게 만들어주었다.

시작하기에 앞서 많은 준비를 하는 것 중 하나가 바로 결혼이다. 결혼을 하려면 안정된 직장도 있어야 하고 돈도 어느 정도 있어야 하고 집도 25평짜리 아파트 정도는 있어야 하는 등등 준비해야 하는 것들이 한두 가지가 아니다. 물론 일생에 한 번뿐일 수 있는 결혼을 대책 없이 저질러야 한다고 말하는 것은 아니다. 중요한 만큼 충분한 준비가 동반되어야 하는 것은 사실이다. 하지만 결혼을 한 여러 지인들을 보면 이미 다 갖추고 시작하는 사람보다는 작게 시작해서 하나씩 꾸려나가는 데 즐거움을 느끼며 사는 사람들이 더 많았다. 모아놓은 돈이 있기는커녕 몇 천 만원의 빚을 지고 시작했음에도 불구하고 누구보다도 행복하게 살고 있는 친한 지인을 보고 있으면 꼭 무언가를 다 갖추고 시작해야 하는 건 아니라는 것을 느끼게 된다.

지금은 이렇게 말하지만 나도 한 때는 연인을 만나거나 결혼을 하려면 많은 준비를 해야 한다고 생각했다. 우선 모아놓은 돈도 없었고 또 기복이 심한 내 감정을 스스로 잘 다스릴 줄 아는 상태가 됐을 때 누군가를 만나야 한다고 생각했다. 지금 저질러 놓은 많은 시작들을 잘 마무리하고 나서 누군가를 만나야 한다고도 생각했는데 이런 나를 보며 지인이 말했다. 어떻게 다 준비하고 사람을 만나냐고, 돈은 지금부터 차근차근 모으면 되고 마음을 컨트롤 하는 건 사람을 만나면서 서로 맞춰나가는 연습을 해나가면 되는 거라고 말이다. 또 아무리 바쁘다하더라도 상황이 되면 다 하게 되어있으니 걱정 말고 일단 해보라고 말했다. 그 말을 듣고 나니 왠지 마음이 편해졌고 시작할 수 있을 거란 자신감이 생겼다. 새로운 시작이 그렇게 두렵게 느껴지지만은 않았다.

시작은 누구나 두렵다고 말해도, 시작을 위한 최적의 시기도 완벽한 준비도 없다는 말을 해도 고개를 절레절레 흔들며 아무런 시작을 하지 않는 사람들이 있다. 그런 사람들에게까지 지금 당장 시작을 강요하고 싶지는 않다. 지금이 아니더라도 나중에 뭔가를 시작하게 되는 동기나 계기가 분명 생기게 되는 때가 올 것이기 때문이다. 무엇이든 자신이 진짜 해야겠다고 결심이 섰을 때 움직여야 제대로 실천할 수 있다. 사람마다 출발 라인이 다르듯 도전을 시작하는 시기도 다 다르겠지만 이 한 가지만은 분명하게 알아야 한다. 아무것도 하지 않으면 아무 일도 일어나지 않는다는 사실이다. 시작하지 않으면 그 어떤 변화도 만들 수 없다. 자꾸 미루기만 하면 그만큼 내 꿈을 이루는 날도 더 미뤄질 수밖에 없다. 그것이 아무리 사소한 도전이라고 할지라도 말이다.

04

말하는 대로,
쓰는 대로

나의 매형은 독일에 유학을 가기 전에 다닌 어학원에서 나의 친누나를 처음 만났다. 이후 독일에서 다시 만나 유학생활을 하면서 본격적으로 사귀게 되었고 오랜 교제 끝에 한국에 들어와 결혼식을 올리게 되었다. 매형은 독일에서 기술도 배워오고 결혼에도 골인하게 되었지만 유학을 떠나기 전까지만 해도 친구들에게 놀림을 많이 받았다고 한다. 처음에 매형이 유학을 갈 거라고 자신의 친구들에게 얘기했을 때만 해도 매형의 친구들은 네가 무슨 유학을 가냐며 비웃었다고 한다. 하지만 매형은 자신이 말한 대로 유학을 다녀왔고 독일에서 배운 기술로 현재 사업을 하고 있다. 매형이 자신의 친구들에게 나의 친누나인 K와 결혼을 할 거라고 말했을 때도 네가 어떻게 K랑 결혼을 하겠냐며 말도 안 되는 소리라 했지만, 매형은 결국 자신이 말한 대로 우리 누나와 결혼을 해서 행복한 가정을 꾸리며 살고 있다. 매형은 자신이 말하는 대로 다 이뤄낸 것이다. 그 이후로는 매형이 무슨 말을 해도 친구들이 비웃는 일은 없었다고 한다.

신혼생활을 만끽하고 있는 절친한 지인 H는 청약 통장을 만들어 아파트 청약이 있을 때마다 빠뜨리지 않고 청약신청을 했다. 신청을 할 때마다 만약 아파트청약에 당첨이 된다면 그 돈을 어떻게 쓸지 남편과 자주 얘기를 나눴다고 한다. 마치 큰돈을 벌써 손에 쥐고 있는 것 마냥 행복해하며 마음껏 상상의 나래를 펼쳤다고 한다. 그러던 어느 날 놀라운 일이 일어났다. 평소에 남편과 말하던 것처럼 정말로 아파트 청약에 당첨이 된 것이다. H는 그저 재미로 한 말이었는데 진짜 이렇게 당첨될 줄 몰랐다며 기뻐했다. 그러면서 이것은 단순히 운이 아니라 정말 말에도 힘이 있는 것 같다고 말했다.

말하는 대로 말하는 대로
될 수 있단 걸 눈으로 본 순간 믿어보기로 했지
마음먹은 대로 생각한 대로
할 수 있단 걸 알게 된 순간 고갤 끄덕였지

서해안 고속도로 가요제에서 이적과 유재석이 부른 '말하는 대로'라는 곡의 후렴 부분이다. 노래도 좋지만 무엇보다도 가사가 마음에 들었는데 유재석과 이적의 경험을 토대로 곡을 썼다고 한다. 스무 살 시절의 유재석은 내일은 무엇을 해야 할지, 나는 왜 안 되지 하며 불안하고 답답하던 때가 있었다고 한다. 그러다 인생은 말하는 대로 이루어진다는 깨달음을 얻게 되면서 자신의 삶이 조금씩 변하는 걸 느낄 수 있었다고 한다. 세상에 대한 불만, 나보다 잘된 사람에 대한 질투로 시간을 허비하던 때가 있었지만 '행복하다, 감사하다' 라고 생각하고 말하면서부터 일이 기가 막히게 잘되기 시작했다고 말했다.

말은 중요하다. 눈에 보이지는 않지만 말에는 분명 힘이 있다. 세상 모든 일이 말 한마디에서 비롯된다고 할 수 있을 정도로 말의 힘은 강력하다. 감사하다는 말을 많이 하는 사람에게는 감사할 일이 자주 생긴다. 때로는 말 한 마디가 사람을 살리기도 하고 죽이기도 한다. 어떤 말을 뱉느냐에 따라 하루의 기분이 좌우된다. 내가 하는 말이 나에게 어떤 영향을 미치는지는 일상 속에서 쉽게 느낄 수 있다. 짜증스러운 말을 많이 하면 더 짜증이 난다. 예쁘고 고운 말을 많이 하면 그만큼 기분이 좋아진다. 어떤 말을 내뱉느냐에 따라 나의 감정이 미묘하게 달라지는 것이다. 그런 작은 변화가 하루를 만들고 일 년을 만든다. 긍정의 말을 많이 하면 할수록 자신의 몸과 마음에 생기를 불어넣게 되고 그 힘들이 모여 미래를 변화시키는 원동력이 된다.

자기계발서에는 성공한 사람들의 공통된 습관을 쉽게 찾아볼 수 있는데 여러 습관들 중 빠지지 않고 나오는 것이 바로 자신의 꿈을 소리 내어 말하라는 것이다. 간절한 꿈이 있다면 그 꿈을 이룬 나의 모습을 상상하라고 말한다. 상상하는 데 그치지 말고 자신의 목표를 매일 소리 내어 말할 것을 강조한다. 대다수의 성공한 사람들이 그렇게 말하는 데는 다 이유가 있다. 꿈을 소리 내어 말하는 행위에는 자신이 세운 목표에 집중할 수 있게끔 만들어주는 효과가 있다. 주위를 보면 아무리 불타는 열정으로 뭔가를 시작한다고 해도 그 열정이 며칠도 못가 사그라지는 경우가 많다. 작심삼일이라는 말이 괜히 있는 것이 아니다. 의지가 약한 사람일수록 내가 원하는 목표에 집중할 수 있도록 하는 방법이 필요하다. 그것이 바로 자신의 꿈을 소리 내어 말하는 것이다. 원하는 바를 계속해서 말하면 의지가 약해지는 자신을 바로 잡을 수 있다. 멈추지 않고 실천하도록 만든다. 꿈을 말하면 말할수록 자신이 원하는 목표를 이룰 수 있는 확률은 더욱 높아진다. 단순히 노력만 하는 사람과 자신의 꿈을 말하면서 행동하는 사람은 분명 차이가 있다.

꿈을 이루는 데 있어서 말하는 것 이상으로 효과가 있는 것이 바로 글로 쓰는 것이다. 자신의 목표를 소리 내어 말하기를 실천하면서 글로 쓰는 것까지 병행한다면 목표에 대한 집중력은 더욱 향상될 수 있다. 마트에서 장을 볼 때를 생각해보자. 마트에 계획 없이 갔다가는 장보는 데 시간을 많이 허비하고 과소비를 하기 쉽다. 하지만 무엇을 살지 미리 메모해가면 장보는 시간을 절약할 수 있고 쓸데없는 지출도 줄일 수 있다. 마찬가지로 목표를 향해 달려가는 과정에서도 단순히 뭔가를 하겠다고 생각만 하면 금방 잊어버리고 헤매게 된다. 무엇을 어디서부터 어떻게 해야 할지 몰라 우왕좌왕하다보면 그만큼 낭비되는 시간이 많아진다. 시행착오도 많이 겪게 된다. 반대로 나의 목표가 무엇인지, 그 목표를 이루기 위해서 무엇을 해야 할지 글로 적으면 목표에 대한 집중력은 훨씬 높아지게 된다. 구체적으로 단기, 중기, 장기의 목표까지 세우고 실천한다면 더할 나위 없이 좋다.

단순히 책을 읽겠다고 생각하는 것보다는 오늘 하루 몇 페이지까지 읽겠다고 노트에 적었을 때 그 목표를 이룰 때가 더 많았다. 현재 운영하고 있는 블로그에 글을 쓸 거라며 생각만 하면 다음날로 미루기 쉽지만 오늘 꼭 글 하나를 쓰겠다고 메모에 적었을 때 어떻게든 글을 쓰고 있는 나를 볼 수 있었다. 아침형 인간이 되기 위해 새벽 5시에 일어나기를 실천했을 때도 막연히 일찍 일어나겠다고 마음먹는 것보다 메모로 적는 것이 훨씬 효과가 좋았다. 자기 전에 5시에 일어나기, 일어나자마자 물 마시기, 스트레칭 하기 등등을 적고 나면 다음날 아침 알람 소리에 눈을 뜨자마자 내가 적은 메모가 바로 생각이 났다. 적은 내용 그대로 5시에 일어났고 물을 마시고 스트레칭을 했다. 목표에 대한 집중력 덕분이었다.

말하는 대로, 글로 쓰는 대로 이루어진다는 말은 거짓말이라고 말하는 사람들이 있다. 현실은 마음먹은 대로 이루어질 정도로 그렇게 만만한 게 아니라며 비아냥거리기도 한다. 하지만 오해해서는 안 된다. 말하는 대로 이루어진다는 것은 행동으로 옮겼을 때 가능한 일이다. 느리더라도 포기하지 않고 꾸준히 도전하는 사람만이 느낄 수 있는 경험이다. 꿈이 이루어지기를 바라기만 하고 아무런 노력을 하지 않는다면 변하는 건 하나도 없다. 최선을 다해서 부딪혀보지도 않았으면서 세상은 내가 상상한 대로 되어야 한다고 말한다면 그것이야말로 거짓말이다. 성공한 자신의 모습을 상상만 하는 것은 꿈이 아니라 망상이다. 한 때 사람들이 끌어당김의 법칙을 무작정 따라 했다가 좌절을 경험한 것도 자신의 꿈을 상상만 했을 뿐 꿈을 이루기 위한 구체적인 실천은 하지 않았기 때문이다. 상상만 하는 것이 아니라 실천도 함께 뒤따라야 한다. 부지런히 움직이고 행동할 때 말하는 대로 그리고 쓰는 대로 이루어진다.

나의 목표를 소리 내어 말하고 글로 쓰는 것은 내가 목표에 집중할 수 있게 만들어준다. 지금 무엇을 해야 하는지 잊지 않도록 상기시켜주는 역할을 한다. 어떤 꿈이든 그 꿈을 이루려면 행동해야 한다. 행동하려면 내가 무엇을 어떻게 해야 하는지 생각할 수 있어야 한다. 그 생각을 만들어주는 것이 바로 나의 목표를 소리 내어 말하고 글로 쓰는 것이다. 성공을 일궈낸 특별한 사람만이 하는 것이 아니다. 평범한 사람들도 따라 할 수 있는 아주 쉬운 습관이다. 특별한 재능이 없는 보통 사람들도 누구나 쉽게 따라 할 수 있다. 내 삶에 소소한 변화를 느끼고 싶다면 자신의 목표를 소리 내어 말해보자. 바라는 것을 적어보자. 말하고 쓰는 것만으로도 꿈을 이루고 싶은 열망과 집중력은 더욱 강해진다. 그 집중력이 나를 성공의 길로 인도할 것이다.

Chapter 02

내 삶의 도전

"

이제부터는
이루고자 하는 목표를 향해
거침없이 달려 나갈 때이다.
내 인생은
지금부터가 시작이다.

"

01

마술을 만나다

중학교 2학년 때였다. 학교에서 선배가 신기한 걸 보여주겠다고 하면서 주머니에서 볼펜을 꺼냈다.

"야, 잘 봐라. 하나 둘 셋!"

손에 있던 볼펜이 순식간에 사라졌다. 사라진 볼펜은 어느새 선배의 귀에 걸려있었다. 마술이었다. 마술을 본 게 그때가 처음이었다. 신기하다 못해 얼떨떨하기까지 했다. 한 번도 보지 못한 멋진 풍경을 처음 본 것과 같은 기분이었다. 신세계를 만난 것 같았다. 그때가 마술사 이은결이 마술 붐을 일으키고 있던 시기이긴 했지만, 마술을 이렇게 눈앞에서 실제로 보긴 처음이었다. 그날 집으로 가자마자 컴퓨터를 켰다. 인터넷 검색창에 '마술'을 검색했다. 지금만큼 온라인 커뮤니티가 활성화 되어있지 않았던 때였지만 마술을 배울 수 있는 사이트가 웬만큼은 나왔다. 기본적인 마술을 무료로 가르쳐주는 사이트에서 동영상 강좌를 보며 따라 배우기 시작했다. 어설프게나마 연습을 하고 나면 곧바로 친구들에게 보여줬고 신기해하는 친구들의 모습에 내가 더 즐거웠다. 그 즐거움이 나를 점점 마술에 빠져들게 만들었다.

인터넷을 통해 열심히 마술을 배우던 중 부산 남포동에 마술동호회가 있다는 것을 알게 되었다. 낯선 곳에 간다는 게 왠지 떨리기는 했지만 고민 끝에 동호회 정모에 한 번 참가해보기로 했다. 기대 반 두려움 반으로 부산으로 가는 버스에 올랐다. 그때만 해도 지하철을 타본 적이 거의 없었던 작고 왜소한 15살의 나였다. 그 어린 나이에 왕복 3시간이나 걸리는 거리를 주말마다 혼자서 오가며 모임에 참석했는데 새로운 세상에 발을 내딛었던 첫 도전이 아마 이때가 아니었나 싶다.

설레는 마음을 안고 참석한 동호회 정모 첫 날 나는 충격을 받고 말았다. 범접할 수 없는 실력을 가진 사람들이 너무나 많았기 때문이다. 혼자 집에서 동영상을 보며 마술 연습을 할 때는 내가 정말 잘하는 줄 알았다. 하지만 동호회에 가보니 나 정도의 실력은 걸음마 수준에 불과했다. 그곳에는 본 적도 없는 신기한 마술을 하는 실력자들이 바글바글 거렸다. 친누나가 피아노 유학을 위해 독일에 있는 대학교에 갔을 때 피아노를 잘 치는 사람들이 너무 많아 충격을 받고는 며칠 동안 피아노에 손도 안 댔다고 하는데 그때의 그 충격을 난 15살이라는 어린 나이에 느꼈던 것이다. 충격이 컸지만 처음부터 다시 해보자는 마음으로 기초부터 열심히 배웠다. 그날부터 시도 때도 없이 마술 연습을 했다. 주머니에는 항상 동전과 카드를 넣고 다녔고 길을 걸을 때도 수업시간에도 언제나 마술 삼매경에 빠져 있었다. 지폐, 고무줄, 볼펜, 컵, 손수건 등등 손에 잡히는 건 뭐든지 다 마술 도구가 되었다. 길 가는 사람을 붙잡고 마술을 보여줄 정도로 마술에 대한 나의 열정은 대단했다. 이런 나의 열정이 눈에 보였는지 어느 날 동호회 운영진이 나에게 진지한 표정으로 말을 걸었다.

"부산에서 활동 중인 유명한 마술사 한 분이 있는데 제자로 키울 어린 친구를 찾고 있대. 그래서 너를 추천해줬는데 한 번 해볼래?"

어리둥절했다. 이게 무슨 일인가 싶었다. 내가 마술사가 될 수 있는 건지 의아하긴 했지만 어쨌든 좋은 기회라는 것만은 분명하게 느꼈다. 며칠 뒤 마술사 K를 직접 만나 얘기를 나눴다. 지금은 D대학에서 마술학과 교수로 재직 중인 유명한 마술사이다. 앞으로 열심히 배워보겠다고 말했다. 한껏 기대어 부풀어있었다. 하지만 기대와는 달리 새로운 제자를 양성한다는 계획은 물거품이 되고 말았다. 내가 동호회에 자주 나가지 않았기 때문이다. 주말마다 동호회에 가려니 보통 힘든 게 아니었는데 문제는 그게 아니었다. 돈을 내고 배우는 것도 아닌데 무작정 찾아가서 가르쳐달라고 말하기가 꽤나 무안했던 모양이다. 그냥 찾아가면 어떻게든 될 것을 '가서 뭐라고 말을 해야 하지? 가르쳐달라고 해야 하나?' 하는 고민을 한 걸 보면 생각이 많은 건 그때나 지금이나 똑같은 것 같다. 그렇게 계획은 무산됐지만 만약 그때 매주 찾아가서 열심히 배웠더라면 지금과는 조금 다른 인생을 살고 있었을지도 모른다.

동호회를 다니며 그동안 갈고 닦은 실력을 처음으로 뽐낼 수 있는 기회가 생겼다. 바로 중학교 축제였다. 마술 공연으로 무대에 오르기로 한 것이다. 지금 생각하면 그 공연이 굉장히 어설펐고 초보 그 자체였지만 그때는 잘하고 못하고를 떠나서 무대에 오른다는 사실만으로 설레었다.

축제 당일 날 마술 도구가 든 007가방을 들고 무대에 올랐다. 음악과 함께 준비한 마술을 하나씩 보여주기 시작했다. 연습한 대로 순조롭게 진행되었고 그렇게 잘 마무리되나 싶었는데 마지막에 결정적인 실수를 해버리고 말았다. 신문지를 찢은 후 원상 복구하는 마술을 보여주는 과정에서 갑자기 바람이 불어 해법이 노출되고 만 것이다. 원래대로 라면 재생된 신문지를 펼치면 환호가 나와야 하지만 이미 해법을 알아챈 사람들은 박장대소를 했다. 그때는 갑자기 불었던 바람을 두고 운이 안 좋아서 생긴 실수라고 생각했지만 지금 생각해보면 단순한 실수가 아니었다. 나름 열심히 연습해서 오른 무대였지만 사실 최선을 다해 연습한 것은 아니었기 때문에 어쩌면 당연한 결과였다. 무대에 오르기 전에 실수하진 않을까 하는 걱정을 많이 했는데 그런 마음이 자꾸 들었던 것도 다 내가 연습이 부족했기 때문이었다. 그 어설픈 첫 마술공연을 통해 실패에 대한 두려운 마음은 왜 드는지 또 원하는 만큼의 결과를 만들어내려면 얼마나 많은 연습이 필요한지와 같은 생각들을 뒤늦게나마 해보게 되었다. 도전을 하는 데 있어서 필요한 것이 무엇인지 또 반드시 거쳐야만 하는 과정은 어떤 것이 있는지를 마술을 통해 조금씩 배워 나갔던 것이다.

축제에서 마술공연을 한 이후 생각지도 못한 인기를 누리게 되었다. 학교에서는 나름 유명인사가 되어 있었고 그 당시 사용하던 메신저를 통해 여동생들에게 쪽지도 많이 받았다. 나를 보고 마술을 시작하는 친구들도 몇 명 생겼다. 다른 학교 친구와 선배들에게까지 알려지면서 이름 대신 '마수리' 라는 별명으로 불리기도 했다. 마술 덕분에 사람들도 많이 알게 되었고 그렇게 소심한 내 성격도 조금씩 밝게 변해가고 있었다.

중학교 축제에 이어 고등학교 축제에도 마술공연으로 무대에 올랐다. 이번에는 뭔가 제대로 보여주고 싶은 마음에 마술학원에서 전문적으로 마술을 배워보기로 했다. 알아보니 부산에 마술학원이 한 군데 있었다. 학원에 찾아가기 전에 물주(?)인 어머니께 먼저 허락을 받아야 했다. 다행히 어머니는 흔쾌히 허락을 해주셨고 어머니로부터 신용카드를 받아서는 혼자 학원에 찾아가 상담을 받았다. 학원 강사는 교육과정에 대해 설명을 해줬고 수강료가 얼마인지도 얘기했다. '30만 원쯤 하려나?' 하고 생각했는데 실제 수강료는 훨씬 비쌌다. 무려 70만 원이나 되었다. 과정마다 달랐지만 내가 배우고 싶은 스테이지 반의 수강료가 그랬다. 한 과정만 해도 가격이 만만치 않은데 나는 두 개의 스테이지반 과정을 듣고 싶었다. 그렇게 되면 140만 원의 비용이 드는 것이었는데 시급이 2,840원이던 2005년 당시의 물가를 생각하면 제법 큰돈이었다. 생각보다 수강료가 너무 비싸 어머니께서 허락을 해주실 지가 문제였다. 큰 기대 하지 않고 어머니께 전화를 걸었다. 역시나 수강료를 들으시고는 깜짝 놀라셨다. 잠시 머뭇거리시더니 말을 꺼내셨다.

"비싸도 어쩌겠노. 배우고 싶으면 해야지. 결제해라."

생각지도 못한 허락에 너무나 기뻤다. 고마우면서도 한편으론 미안한 마음도 들었다. 집안 살림이 빠듯하다는 걸 잘 알고 있었기 때문이다. 예나 지금이나 어머니께서는 자식이 하고자 하는 건 어떻게든 다 해주려고 하셨는데 그건 마술학원 등록뿐만이 아니었다. 그 당시 티브이에서 '머리를 들어라.' 라는 광고로 히트를 쳤던 고가의 슬라이드 휴대폰이 있었는데 그것도 잠깐 고민하시고는 흔쾌히 사주셨다. 굉장히 인기가 많은 폰이라 보는 사람들마다 티브이 광고에 나오는 그 폰 아니냐며 나를 부러워했고 그럴 때마다 어깨가 으쓱하곤 했다.

643,500원이라는 휴대폰 가격을 아직까지 외우고 있을 정도로 어머니의 그 마음은 지금까지도 고마운 기억으로 남아있다.

140만 원이라는 돈이 헛되이 되지 않도록 학원에서 열심히 배웠다. 연습실에 한 번 들어가면 나올 생각을 안 했고 강사님도 놀랄 정도로 지독한 연습벌레였다. 학원에서 전문적으로 배우다 보니 중학교 축제 때와는 비교할 수 없을 정도로 높은 수준의 마술을 구사할 수 있었다.

고등학교 축제 날 당일, 한껏 차려입은 정장을 매무시하고 무대에 올랐다. 눈부신 조명 사이로 사람들이 보였다. 너무 떨려 심장이 터질 것만 같았다. 깊게 심호흡을 한 번 하고는 음악에 맞춰 그 동안 밤낮으로 연습했던 마술을 보따리 풀어내듯 하나씩 보여주기 시작했다. 볼이 없어지고 장미가 나타나고 신문지를 찢었다가 다시 붙이는 마술까지 시간이 어떻게 지나가는지도 몰랐다. 허공에서 지팡이가 나타나는 마술을 마지막으로 공연이 끝이 났고 이어서 우레와 같은 박수가 쏟아졌다. 온몸에 말로 표현할 수 없는 전율이 흘렀다. 정말 가슴 벅찬 순간이었다. 오직 나만을 비추고 있는 무대조명과 나를 보며 환호하는 사람들의 그 풍경은 지금도 잊히지 않는 짜릿한 순간이다.

그렇게 성공적으로 공연을 마쳤지만 이후 본격적으로 고3 수험생 생활이 시작되면서 마술에는 거의 손을 놓다시피 했다. 수능을 준비하느라 정신이 없었고 그러면서 마술에 대한 열정도 점점 사라졌다.

원하는 대학에 가기 위해 하루 종일 공부만 하며 1년을 보냈다. 학교를 졸업한 후 다시 마술을 시작해볼까도 생각했지만 예전만큼의 열정이 솟아나지 않았다. 마술이 내 길이 아니라는 걸 그때 느꼈다. 그래서 그때부터는 그냥 취미로만 하기로 했다. 사람들을 만나면 분위기를 띄우기 위해 재미로 마술을 보여주곤 했고 동호회에서 파티가 있을 때 이벤트로 마술공연을 하기도 했다. 아마추어에 지나지 않는 실력이었지만 소소하게나마 사람들에게 즐거움을 줄 수 있다는 것만으로도 충분히 기뻤다.

어린 시절 그렇게 마술을 좋아했지만 지금 나는 마술사가 되지 않았다. 마술로 밥벌이를 하는 것도 아니고 공연과 관련된 업종에 종사하는 것도 아니다. 지금은 그저 평범한 직장인으로 살고 있다. 마술과의 인연은 그렇게 끝이 났지만 가끔 서랍 속에 들어있는 마술도구들을 보고 있으면 마술에 빠져있던 지난 시간들이 떠오르곤 한다. 그러면서 생각해본다.

'마술이 내게 줬던 의미는 무엇이었을까?'

마술은 내게 단순한 취미가 아니었다. 즐기기 위한 가벼운 놀이도 아니었다. 마술은 내게 그 이상의 의미가 있었다. 바로 처음으로 간절하게 하고 싶은 뭔가가 생겼다는 것이었다. 학교에서 공부만을 강요받던 내가 처음으로 공부 외에 하고 싶은 것이 생겼고 좋아하는 것을 할 때 얼마나 즐겁고 행복할 수 있는지를 느낄 수 있었다. 마술에 빠져 새벽까지 피곤한 줄도 모르고 연습을 하면서 그 어떤 것도 간절함을 이기지는 못한다는 사실도 깨달았다. 흔히 성공하려면 그 분야에 미쳐야 한다고 말한다. 내가 지금까지 살면서 미쳤던 것이 세 가지 정도 있는데 그 중의 하나가 마술이었다. 마술을 통해 단순히 노력하는 것과 미치는 것과는 어마어마한 차이가 있다는 것을 조금은 느낄 수 있었다.

그 당시 마술에 대한 열정은 정말 대단했다. 만약 지금 그때만큼의 열정을 가지고 뭔가를 도전한다면 이루지 못할 것이 없다는 생각이 들 정도로 마술에 미쳐있었다. 사람들에게 마술을 보여주면서 박수를 받기도 하고 때로는 실수를 해서 웃음거리가 되기도 했지만 작은 성공과 실패를 맛보며 도전의 가치에 대해 일찍이 경험할 수 있었다. 머리로 이해하기 이전에 가슴으로 느끼며 배워나갔던 것이다.

마술에 미쳐있던 그때를 생각하면 스스로가 대단하다는 말밖에 안 나온다. 어떻게 그렇게까지 열정을 불태우고 도전할 수 있었을까 신기하기도 하지만 그때의 도전은 겨우 시작에 불과했다. 공부가 인생의 전부라고 생각했던 내가 나중에 그렇게나 다양한 삶에 도전을 하게 될 줄은 상상도 못했다.

02

꿈을 노래하다 슈퍼스타K

2009년 '슈퍼스타K' 라는 오디션 프로그램이 방영되면서 큰 화제가 되었다. 시즌2부터 대중들에게 본격적으로 인기를 얻기 시작했고 도전자들의 생방송 무대를 보면서 나도 참가해보고 싶다는 생각이 들었다. 그러다가 1년 뒤 슈퍼스타K3 예선이 열린다는 홍보물을 보는데 갑자기 가슴이 뛰었다. 왠지 꼭 참가해야만 할 것 같은 기분이 들었다. 인터넷 홈페이지에 들어가 서둘러 예선 신청을 했다. 얼마 뒤 부산 예선이 열리는 벡스코로 향했다. 예선 당일 날에는 프로그램의 인기를 증명하듯 수많은 참가자들로 북적거렸다. 벡스코 안에는 예선을 보는 공간인 천막 부스들이 가득했다. 20개가 넘는 부스 안에서 참가자들은 예선을 통과하고 말겠다는 각오로 목청이 터져라 노래를 부르고 있었고 부스 바로 앞에는 대기자들이 한껏 긴장된 상태로 자기 차례를 기다리고 있었다. 처음 보는 광경에 마냥 신기하고 재밌었지만 그만큼 긴장도 많이 됐다. 얼마나 긴장을 많이 했는지 예선을 보기도 전부터 진이 다 빠질 지경이었다. 아침 9시부터 오후 4시까지 7시간을 기다리고서야 겨우 내 차례가 되었다. 숨을 깊게 들이마시고 내쉰 후 부스 천막을 열고 안으로 들어갔다. 부스 안에는 방송 관계자 한 명이 앉아 있었고 그 뒤에는 나의 모든 걸 적나라하게 담으려는 듯한 카메라가 세워져 있었다. 방송 관계자는 나에 대해 몇 가지 질문을 하고는 바로 노래를 불러보라고 했다. 그런데 사람이 너무 긴장을 하게 되면 머릿속이 하얘진다고 하지 않던가? 노래는 물론이고 부스 안으로 들어간 이후부터의 상황이 하나도 생각이 나지 않았다. 첫 예선이라 얼떨떨했는지 5분이란 시간이 5초처럼 느껴졌다. 그렇게 순식간에 지나갔다. 예선 이후 합격 소식을 전해줄 연락을 기다렸다. 혹시나 하고 기대를 했지만 아무런 연락이 없었다. 예선 탈락이었다. 아쉽긴 했지만 큰 기대를 한 건 아니라서 그렇게 실망하지는 않았다. 그저 이런 경험을 해봤다는 것만으로도 만족했다.

시즌3의 인기에 힘입어 1년 뒤 슈퍼스타k4가 시작됐다. 슈퍼스타k4에는 참가 신청을 하지 않고 그냥 방송만 꾸준히 챙겨봤는데 본방사수를 하던 어느 날 왠지 낯익은 예선 참가자 한 명이 눈에 들어왔다. 분명히 내가 아는 사람 같았다. 설마 하고 이름을 확인하는 순간

눈이 휘둥그레지고 말았다. 초등학교 동창인 B였던 것이다. 티브이 앞에 바짝 다가가 결과가 어떻게 나올지 눈여겨봤다. B는 무난하게 예선을 통과했고 TOP10 진출을 결정짓는 관문에까지 올랐다. 각 라운드를 계속해서 통과하는 걸 보면서 B를 응원하기보다는 솔직히 떨어지기를 간절히 빌었다. 질투가 났기 때문이다. 성격상 남 잘 되는 걸 못 본다. 더군다나 다른 것도 아니고 내가 좋아하는 노래 분야에서 지인이 저렇게까지 활약하는 걸 두고 볼 수가 없었던 거다. 하지만 나의 바람과 달리 B는 참가자 중 최종 열 명을 선정하는 TOP10 진출에 성공했다. B의 생방송 무대와 그리고 시즌4 우승자가 탄생하는 순간까지 모든 과정을 다 지켜보면서 문득 나도 저 무대에 서보고 싶다는 생각이 강하게 들었다. 굳은 결심은 나를 다음 해에 열리는 슈퍼스타K5에 도전하게 만들었다. 가벼운 마음으로 참가했던 첫 예선 때와는 마음이 많이 달랐다. '열심히 연습해서 제대로 한번 해보자. 저 무대에 나도 꼭 서보자.' 라는 간절한 심정이었다.

슈퍼스타K5에 참가 신청을 하려고 하는데 같은 회사에 다니는 동생 K가 자기도 슈퍼스타K에 나가고 싶다며 나에게 듀엣을 제안했다. 노래를 제법 잘하는 동생이어서 같이 하면 예선에 통과할 확률이 더 높을 것 같아 팀으로 같이 나가기로 했다. 동생은 이왕 할 거면 제대로 해보자며 실용음악학원을 다니자고 했다. 그게 좋겠다 싶어 가까운 실용음악학원에 찾아가 원장님과 상담을 했다.

"슈퍼스타K에 참가하려고 왔습니다."

우리 얘기를 들은 원장님은 고작 한 달밖에 안 남았는데 가능하겠냐는 듯한 표정을 지었다. 시간이 모자랄 거라고 생각은 했지만 일단은 할 수 있는 데까지 해보기로 했다. 그날 바로 학원 등록을 한 후 동생과 함께 한 달 동안 매주 1회씩 수업을 들으며 발성을 배웠다. 수업이 없는 날에도 매일 학원에서 만나 같이 노래 연습을 했다. 서로 의견이 맞지 않을 때도 있었지만 오로지 슈퍼스타K라는 무대 하나만 바라보며 의기투합해 나갔다. 그렇게 한 달이 지났고 눈 깜짝할 새에 예선전 당일이 되었다. 혼자가 아닌 동생 K와 함께여서 그런지 마음이 든든했고 학원을 다니며 연습을 많이 했으니 이번엔 뭔가 될 거란 자신감이 있었다. 이번 예선에서 우리가 부를 노래는 Alicia Keys의 'If I Ain't Got You' 라는 곡이었다. 실용음악학원 원장님이 추천해준 곡이었다. 원장님은 아메리칸 아이돌이라는 미국 오디션 프로그램에서 남자 두 명이 듀엣으로 이 노래를 부르는 걸 보고 우리에게 추천을 해준 것이었다. 딱히 마음에 들진 않았지만 달리 생각나는 노래가 없었고 또 시키는 대로 하는 게 제일 나을 것 같았다.

아침 일찍 벡스코에 가서 줄을 섰고 4시간을 기다려서야 겨우 예선을 볼 수 있었다. 목을 가다듬고는 떨리는 마음으로 부스 안으로 들어갔다. 전에 한 번 해봐서 그런지 부스 안의 풍경이 그리 낯설게 느껴지진 않았다. 간단하게 팀 소개를 한 후 바로 노래를 불렀다.

"Some people live for the fortune, some people live just for the fame."

노래를 다 들은 방송 관계자는 무미건조한 표정을 짓더니 한국 노래로 한 곡 더 불러보라고 했다. 영어 노래를 부르면 무조건 한국 노래를 한 곡 더 시키게 되어있다고 말했던 원장님의 예언 그대로였다. 우리가 준비한 노래는 부활의 '사랑할수록'이라는 곡이었다. 노래를 듣더니 역시나 별 반응이 없었다. 생각과는 다른 전개였다. 살짝 당황스러웠다. 다음으로 잘하는 거 있으면 아무거나 해보라고 했다. 동생은 그때 한창 유행하던 셔플댄스를 췄고 나는 마술을 보여줬다. 노래 오디션에서 마술을 보여주겠다고 카드며 지팡이며 이것저것 챙겨간 내가 지금 생각해도 참 우습다. 그래도 그땐 뭐라도 어필을 해야 할 것 같았다. 장기자랑이 끝이 나고 마술도구를 주섬주섬 챙겨 부스를 나왔다. 뭔가 아쉬운 마음에 발걸음이 쉬이 떨어지지 않았다. 어찌됐던 예선은 끝났다. 이제 결과를 기다려야 했다. 며칠 동안 종일 휴대폰만 쳐다보며 연락이 오기만을 기다렸다. 모르는 번호로 전화가 올 때마다 예선 합격 전화가 아닐까 싶어 심장이 벌렁거리곤 했다. 하지만 며칠이 지나도 연락이 없었다. 점점 초조해지기 시작했다. 동생이 말했다.

"행님, 왜 연락이 안 오죠? 우리 떨어지는 거 아니겠죠?"

"당연하지. 우리 같은 사람들이 합격하지 누가 합격하겠노. 걱정하지마라. 분명히 마지막 날에 전화 온다."

이런 근거 없는 자신감이 어디서 나왔는지는 모르겠지만 그땐 무조건 합격할 거라 믿었다. 예선 탈락은 있을 수 없는 일이라 생각했다. 이런 나의 기대와는 달리 결국 연락은 오지 않았다. 두 번째 예선 탈락이었다. 처음 예선에서 떨어졌을 때와 달리 충격이 컸다. 허탈하고 또 속상했다.

아쉬운 마음에 인터넷에서 슈퍼스타K와 관련된 뉴스와 소식들을 검색해봤다. 보다 보니 나를 깜짝 놀라게 만드는 뉴스가 하나 있었다. 내가 인터넷 뉴스 기사에 실려 있던 것이다. 사실 예선을 보고 나왔을 때 자신을 기자라고 소개하며 우리에게 인터뷰를 요청한 사람이 있었다. 인터뷰에 응해서는 오디션과 관련된 질문에 답을 했는데 그때 했던 얘기가 신문 기사에 그대로 실려 있었던 것이다. 다음은 실제로 인터넷 기사에 실린 내용이다.

"올해는 부산서 ★탄생?"… '슈퍼스타k5' 예선 현장가보니

오는 8월 방송 예정인 Mnet '슈퍼스타k5'가 지난 4일 부산 대형 공연장 벡스코에서 2차 지역 예선을 개최했다. … '2H'라는 팀으로 참가한 권태현(26) 김**(25)씨는 "시즌4를 보면서 의지를 불태웠다. 사실 톱12 멤버 중 초등학교 동창이 있다. 그 친구에게서 영향을 받아

시즌5에 지원하게 됐다"고 솔직하게 밝혔다.

별 생각 없이 응했던 인터뷰였는데 이렇게 인터넷 기사에 실릴 줄은 꿈에도 몰랐다. 인터넷 신문에 이름을 올린 것으로 예선 탈락의 아쉬움을 달래야 하나 싶기도 했지만 그렇다고 이대로 포기할 수는 없었다. 내가 탈락했던 부산 예선에 이어 며칠 뒤 대구 예선이 있다는 것을 확인했다. 한 치의 망설임도 없이 예선 신청을 한 후 곧바로 대구로 가는 기차에 올랐다. 대구 예선은 엑스코에서 열렸다. 세 번째 도전인 대구 예선에서는 신용재의 '평범한 사랑'이라는 노래를 불렀는데 연습이 부족했던 탓인지 그만 음이탈이 나고 말았다. 실수를 만회하고자 뱅크의 '이젠 널 인정하려 해'라는 곡을 자원해서 한 번 더 불렀으나 전세를 역전시키기엔 이미 늦어버린 듯했다. 예상대로 세 번째 도전도 예선 탈락이었다. 그때부터 자신감이 많이 꺾였고 내 정도의 실력으로 예선에 통과하기는 무리라는 생각에 이제 그만두려 했다. 하지만 내가 누구던가? 독한 걸로 둘째가라면 서러운 사람이다. 그 다음 해인 2014년 슈퍼스타k6에 또 다시 도전했다. 이제 이만큼 했으면 그만할 법도 한데 벌써 네 번째 예선 신청을 하고 있는 나를 보고 있자니 대단하다고 해야 할지 미련하다고 해야 할지 아무튼 참 헛웃음이 나왔다. 그렇게 해서 다시 가게 된 부산 벡스코 예선 현장. 예선을 네 번쯤 보다보니 별로 긴장이 되지도 않았다. 그 덕분에 눈을 감고 내 목소리에 집중하며 차분하게 노래를 부를 수 있었다. 내 노래를 들은 방송 관계자는 뭔가 아쉬웠는지 몇 곡 더 불러보라고 했다. 준비한 3곡을 연달아 불렀다. 그런데도 조금 애매했는지 다른 곡으로 더 불러보라고 했고 즉석에서 생각나는 노래 3곡을 더 불렀다. 불렀던 노래가 다 락 발라드였는데 성시경 노래처럼 감미로운 발라드를 불러보라고 했다. 하지만 바로 생각나는 노래가 없어 준비한 게 없다고 말했다. 미리 준비하지 못한 아쉬움이 밀려오는 순간이었다. 예선이 끝난 후 이번에는 예선을 통과할 수 있지 않을까 내심 기대하며 연락을 기다렸다. 혹시나 했지만 결국 아무런 연락이 없었다. 또 다시 예선 탈락이었다. 이렇게 네 번째 예선 탈락을 끝으로 나의 슈퍼스타K 도전기는 막을 내렸다.

슈퍼스타K 오디션을 한 번도 아니고 네 번씩이나 참가했다고 말하면 빵 터져서 웃는 사람들이 많다. 이제는 재밌는 에피소드에 지나지 않는 일이 돼버렸지만 내가 부딪혀가며 느끼고 배운 것만큼은 결코 쉽게 웃어넘길 만한 가벼운 것이 아니었다. 네 번의 슈퍼스타K 예선을 통해 배운 것은 바로 강약조절의 중요성이었다. 할 수 있다는 자신감을 가지고 온 힘을 다해 도전하는 것도 좋지만 때로는 힘을 빼고 가벼운 마음으로 시도했을 때 더 만족스러울 수 있다는 것을 느꼈다. 네 번의 도전 중 세 번째까지는 무조건 합격해야 한다는 압박감 때문에 긴장을 많이 했다. 그 탓에 노래에 온전히 집중할 수가 없었다. 기대가 크다보니 예선 탈락의 충격도 그만큼 컸다. 그래서 네 번째 예선을 보러 갔을 때는 예선 탈락을 할 거라는 생각을 먼저 하고 갔다. 시작부터 포기했다는 말이 아니다. 너무 잘하려고 하니 오히려 더 긴장이 되었고 그렇다보니 제대로 실력 발휘를 하지 못한다는 것을 느꼈다는 뜻이다. 처음부터 떨어질 거라 생각하고 시작하니 너무 잘하려고 기를 쓰고 덤빌 필요가 없다. 그냥 내가 할 수 있는 최선의 노력만 하면 되는 것이었다. 대충하는 게 낫다는 말도 아니다. 내가 가진 실력을 있는 그대로 보여줄 뿐 능력 이상으로 더 잘하려고 과하게 애를 쓸 필요가 없다는 말이다. 더 잘하려고 해봤자 몸에 힘만 들어갈 뿐이었다. 가장 잘해야 한다고 생각했던 무대를 오히려 망쳤고 못해도 된다고 편하게 생각한 무대가 더 만족스러울 수 있었다.

단 한 번도 예선에 통과하지 못했지만 숱한 탈락 속에서도 포기하지 않았던 이유는 바로 후회하지 않기 위해서였다. 두 번째 예선 탈락 후 그만두려 했지만 지금 그만 두면 아쉬움이 많이 남을 것 같았다. 또 이때가 아니면 이 무대에 도전할 수 있는 날이 없을 것 같았다. 아쉬움을 남긴 채 그만둔다면 언젠간 후회할지도 모를 일이었다. 후회하지 않으려면 해볼 수 있는 데까지 해봐야한다고 생각했다. 헤어진 연인이 잊히지 않을 때는 성에 찰 때까지 질척거리면서 해볼 수 있는 건 다 해봐야 더 이상 미련이 남지 않는 것처럼 노래에 대한 내 마음도 마찬가지였다. 할 수 있는 최선을 다해보고 그래도 안 되면 그때 그만두자고 마음먹었다. 그렇게 해야 미련을 버릴 수 있을 거라 생각했다. 그 생각 그대로 예선을 네 번쯤 보고 나니 이제 해볼 만큼 해봤다는 생각이 들면서 미련 없이 내려놓을 수 있었다.

꿈을 노래한 나의 도전은 슈퍼스타K 오디션이 다가 아니었다. 내게는 라디오 노래자랑과 전국노래자랑 그리고 여러 곳의 지역 가요제 참가라는 색다른 도전 이력이 더 있었다.

03

7번의 가요제, 열정만큼은 대상

슈퍼스타K 오디션은 어느 날 갑자기 노래 바람이 들어 참가한 것이 아니었다. 노래에 대한 나의 열정은 어릴 때부터 각별했다. 초등학생 때부터 친구들과 노래방을 다니며 노래를 불렀고 중학생 때는 노래방이 나의 단골 놀이터였다. 부르는 것 이상으로 듣는 것도 좋아해 집에서든 밖에서든 언제나 이어폰을 끼고 노래를 들었고 항상 콧노래를 흥얼거렸다. 노래는 내 삶의 일부였다.

노래로 말할 것 같으면 슈퍼스타k에 참가했던 것만큼 기억에 남는 에피소드가 또 있다. 바로 라디오 노래자랑에 참가했던 일이다. 고등학교 2학년 때 같은 반 친구가 라디오 노래자랑에 나가 1등을 해서 선물로 MP3 받았다는 얘기를 듣게 되었다. 지금은 다들 스마트폰으로 노래를 듣지만 그 당시에는 대부분 MP3라는 기기로 음악을 들었고 반 친구들 중 1/3은 가지고 있을 정도로 인기가 많은 아이템이었다. 우승 상품이 MP3라는 얘기에 솔깃하긴 했지만 왠지 재미도 있을 것 같아 나도 한 번 참가해보기로 했다.

먼저 라디오 프로그램 홈페이지에 들어가 노래자랑 코너에서 참가 신청을 했다. 1등은커녕 출연부터가 쉽지 않을 거라 생각해 큰 기대는 안 했다. 그러던 어느 날 모르는 번호로 전화가 걸려왔다. 라디오 작가였다. 예상치 못한 전화에 깜짝 놀랐다. 작가는 내가 이번에 라디오 노래자랑에 참가할 수 있게 됐다며 준비해야 될 게 무엇인지 말해주었다. 부푼 마음을 안고 그날부터 연습에 돌입했다.

며칠 뒤 다가온 라디오 생방송 당일, 집에 일찍 들어와 대기하고 있었다. 생방송이다 보니 너무 떨려 잠시라도 가만히 있을 수가 없었다. 복식호흡을 하며 긴장을 풀고 있던 중에 라디오 작가에게서 전화가 걸려왔고 곧이어 라디오 DJ와 연결이 되어 서로 인사를 나눴다. 당시 내가 출연했던 프로그램의 라디오 DJ는 개그맨 박준형이었고 라디오 게스트 겸 심사위원으로는 가수 BMK가 나왔다. 내가 부른 노래는 가수 UN의 Remember라는 곡이었다. 내 노래가 실시간으로 방송되고 있다고 생각하니 너무 긴장이 됐지만 목에 핏대를 세워가며 열창을 했다. 노래가 끝난 후 바로 점수를 발표했다. 1등이라고 했다. 예상치 못한 점수였다. 하지만 현재까지 1등일 뿐 아직 마지막 참가자가 1명 남아 있었다. 그 1명만 이기면 MP3는 내 차지였다. 바로 다음 참가자가 연결되었고 숨을 죽인 채 라디오에 집중했다. 그때까지만 해도 나머지 한 명 못 이기겠냐며 의기양양해 있었다. 마지막 참가자인 한 여성분은 노래를 부른 후 장기자랑으로 가수 현미 모창을 했는데 얼마나 똑같이 하는지 라디오 DJ와 게스트가 웃고 난리가 났다. 반응이 너무 좋아 뭔가 불안했다. 하지만 뚜껑은 열어봐야 아는 법. 드디어 최종 우승자가 발표됐다. 최종 1등은 가수 현미 모창을 했던 마지막 참가자에게 돌아갔다. 많이 아쉬웠지만 라디오 노래자랑에 참가한 것만으로도 충분히 재밌었던 경험이었다.

다음 날 학교에 가서 친구들이 라디오 잘 들었다며 박수를 많이 쳐줬다. 1등을 못해서 아쉽다는 얘기가 많았지만 라디오에 출연한 것만으로도 정말 대단하다는 응원을 더 많이 해줬다. 1등을 놓쳐 아쉽기는 했지만 라디오 노래자랑 참가는 노래에 대한 첫 도전이라는 점에서 굉장히 의미 있는 기억으로 남아있다.

라디오 노래자랑 참가와 슈퍼스타K 오디션 외에도 칠전팔기의 자세로 도전에 임한 것은 바로 지역에서 열리는 가요제였다. 평소 길거리에 걸려있는 현수막을 자주 보는 편인데 가요제가 열린다는 현수막을 보고 참가한 가요제만 해도 7곳이 되었다. 진례도자기축제가요제, 진영단감축제가요제, 김해가요제, 김해 한가위맞이가요제, 밀양가요제, 전국노래자랑, 대구포크페스티벌 시민노래자랑 등이었다.

먼저 김해가요제에 나갔다. 전년도 김해가요제에서 박상철의 '자옥아'를 부른 사람이 1등을 했다고 들은 터라 나 역시 트로트를 불러 보기로 했다. 그때 부른 노래가 아마 서주경의 '당돌한 여자'였던 걸로 기억한다. 회사 회식 때마다 노래방에서 갈고 닦은 실력을 마음껏 뽐냈다. 트로트를 부른 것이 지금 생각하면 부끄럽다 못해 손이 오그라들기까지 하는데 그땐 어디서 그런 자신감이 나왔는지 모르겠다. 모든 참가자들의 예선이 끝난 후 그 자리에서 바로 본선 진출자를 발표했다. 결과는? 예선 탈락이었다. 아쉽긴 했지만 훌훌 털고 다음 가요제로 향했다. 다음은 밀양가요제였다.

밀양가요제 예선은 창원에서 열렸다. 지역에서 열리는 가요제 치고는 규모가 꽤 컸고 상금 또한 많았다. 유명한 가요제인 만큼 각 지역에서 많은 사람들이 몰려들었는데 예선 현장에서 2시간 가까이 기다려서야 겨우 내 차례가 되었다. 내가 부른 곡은 가수 Homme(옴므)의 '밥만 잘 먹더라'였다. 노래를 부른 직후 바로 결과를 알려주기 때문에 더욱 긴장을 할 수밖에 없었다. 노래방 반주에 맞춰 노래를 시작했다.

"사랑이 떠나가도~"

이제 막 한 소절 불렀는데 심사위원은 그만 불러도 된다며 노래 반주를 꺼버렸다. 겨우 한 소절 부르고 예선에 탈락한 것이다. 그야말로 초광속 탈락이었다. 어이가 없었다. 아무리 시간이 빠듯해도 한 소절만 듣고 떨어뜨리는 건 좀 너무하다 싶었다. 예선에 떨어질 때 떨어지더라도 우선은 1절이라도 다 불러보고 싶었다. 사람들 앞에서 노래를 부를 수 있는 것만으로도 예선에 참가한 의미가 있다고 생각했지만 시작한 지 5초도 안 돼서 떨어지고 말았다. 왜 그 먼 데까지 가서 그 고생을 했나 싶었다. 씁쓸했다.

유일하게 예선에 통과한 가요제는 바로 김해한가위맞이가요제였다. 추석에 가요제가 열린다는 현수막을 보고는 추석 당일 날 할아버지 댁에 갔다가 서둘러 내려와서 바로 예선 현장으로 갔다. 다른 가요제들과는 달리 김해한가위맞이가요제는 추석 당일에 예선전과 본선을 한 번에 다 치렀다. 본선 무대에 대한 욕심도 있었지만 그만큼 상품에도 눈독을 들였다. 1등 상품이 바로 LED TV였기 때문이다. 내심 기대를 하며 예선전 무대에 올랐다. 내가 부른 노래는 가수 플라워의 '눈물' 이라는 곡이었다. 모든 참가자들의 예선이 끝난 후 본선 진출자를 발표했다. 내 이름이 호명되었다. 예선 통과였다. 기쁘기보다는 그냥 덤덤했다. 예선을 치를 때부터 내가 본선에 진출할 거라는 건 이미 예상하고 있었다. 규모가 작은 가요제라 그런지 노래를 잘 부르는 사람이 거의 없었기 때문이다. 본선에 오르고 나니 입상할 수도 있지 않을까 은근히 기대를 했다. 다시 한 번 본선 무대에 올라 노래를 불렀다. 사람들이 제법 많았지만 크게 긴장하지 않고 노래를 불렀다. 10여 명의 본선 진출자들의 무대가 모두 끝난 후 입상자를 발표했다. 설레발을 치긴 했지만 솔직히 1등은 무리라고 생각했다. 그저 3등 안에라도 들기를 바랐다. 하지만 마지막 1등을 발표할 때까지 내 이름은 나오지 않았다. 그래도 참가상으로 30롤짜리 휴지를 받았는데 이걸로 노래 부른 값을 했다고 해야 하나 싶었다. 참가상으로 받은 휴지를 집으로 들고 가 자초지종을 설명하니 어머니께서는 별 희한한 놈 다 보겠다며 재밌다는 듯이 웃으셨던 기억이 난다. 김해한가위맞이가요제에서 입상을 하지는 못했지만 유일하게 본선에 오른 무대였고 참가상이라도 받았으니 그동안 나간 가요제 중에서는 그나마 가장 좋은 성적을 거둔 무대가 아니었나 싶다.

다음으로는 조금 색다른 가요제에 도전했다. 바로 전국노래자랑이었다. 어느 날 우리 동네에서 전국노래자랑이 열린다는 현수막을 봤다. 무대도 무대지만 예선에 통과해서 본선에 오르면 방송에 나올 수 있어 더 구미가 당겼다. 예선에 참가하려 했지만 예선전이 있는 날이 평일이었기 때문에 예선에 참가하려면 회사에 연차를 내고 가야 했다. 한창 일이 바쁠 때라 고민이 됐지만 지금이 아니면 할 수 없을 거란 생각이 들어 결국 회사에 연차를 내기로 했다. 노래자랑에 참가하기 위해 연차를 쓴다고 솔직하게 말하기가 좀 그래서 사유는 쉬고 온 다음 날 알려주겠다며 오히려 당당하게 말했다. 그렇게 연차를 허락받고는 다음 날 전국노래자랑 예선이 열리는 한 체육관으로 갔다. 전국노래자랑의 명성답게 많은 참가자들이 도전했다. 예선 방식은 우선

무반주로 노래를 부르는데 '합격입니다' 라고 말하면 예선 통과, '수고하셨습니다.' 라고 말하면 예선 탈락이라고 설명했다. 내가 예선에서 부른 곡은 자우림의 '매직 카펫 라이드' 라는 노래였다. 여느 가요제에서도 그랬듯 이번 예선도 손에 땀을 쥐게 만들었다. 가볍게 몸을 흔들며 신나게 노래를 불렀다. 내 노래를 다 들은 심사위원이 말했다.

"수고하셨습니다."

또 예선 탈락이었다. 사실 1차 예선정도는 합격할 줄 알고 2차 예선에서 부를 곡까지 다 생각하고 있었는데 결과는 탈락이었다. 다음 참가자의 무대를 한참동안 멍하니 쳐다보다가 아쉬움을 뒤로 하고 예선장을 빠져나왔다. 차를 몰고 집으로 가는데 갑자기 눈물이 핑 돌았다. 단순히 탈락에 대한 아쉬움 때문만은 아니었다. 매 순간 생각한 대로 되지 않는 것에 대한 속상함 때문이었다. 무대에 오르고 싶었다. 사람들 앞에서 노래를 부르고 박수 받고 싶었다. 하지만 뜻대로 되지 않았고 줄줄이 탈락만 하는 내가 싫었다. 어떤 무대에서도 예선조차 통과하지 못한다는 게 속이 상했다. 내 실력이 이것밖에 안 된다는 생각이 나를 좌절하게 만들었다. 노래자랑에서 떨어진 것 가지고 우는 바보가 어디 있냐고 할 수도 있지만 그 정도로 노래를 좋아했고 무대에 대한 열정이 누구보다도 뜨거웠다. 노래뿐만 아니라 평소 하고자 하는 일에 대해서는 독하게 밀어붙이는 성격이었는데 원하는 결과가 나타나지 않을 땐 그 열정이 눈물로 표출될 때가 많았다. 가요제 역시 그랬다.

그날 이후로 어떤 가요제에도 참가하지 않았다. 참가해봤자 결과는 뻔해보였다. 괜히 예선 탈락해서 또 이렇게 실망할 바에는 차라리 안 하는 게 나을 것 같았다. 그렇게 몇 년이 지났다. 이후 직장 때문에 혼자 대구로 이사를 가게 됐는데 어느 날 길거리에서 가요제가 열린다는 현수막을 보게 되었다. 대구포크페스티벌 시민노래자랑이었다. 가슴 속에서 뭔가가 꿈틀대는 것이 느껴졌다. 참가하는 가요제마다 번번이 탈락했지만 이대로 포기하기엔 뭔가 아쉬웠다. 다시 한 번 도전해보기로 했다. 예선은 김광석 길에 있는 야외 홀에서 열렸고 포크페스티벌인 만큼 기타는 필수일 거라 생각해 기타를 가지고 갔다. 큰 기대를 하지는 않았지만 그동안 배운 기타와 함께라면 승산이 있을 것 같았다. 이번 예선에서는 이문세의 '사랑은 늘 도망가' 라는 곡을 불렀다. 기타동호회에서 몇 번 공연을 했던 곡이라 자신 있었다. 무대에 올라 노래를 하는데 왠지 느낌이 좋았다. 예선을 통과할지도 모른다는 기대감이 들었다. 며칠 뒤 예선 통과자 명단이 공지되었다. 긴장되는 마음으로 본선 진출자 명단을 확인했다. 하지만 어디에도 내 이름은 없었다. 몇 번이고 확인했지만 내 이름은 찾아볼 수 없었다. 예선 탈락이었다. 이 무대가 나의 마지막 가요제 무대였다. 기대한 만큼 아쉬움도 컸지만 여러 가요제 중에서는 그래도 대구포크페스티벌 예선 무대가 가장 만족스러웠다.

4번의 슈퍼스타K 오디션과 7번의 가요제에서 연이어 고배를 마셨다. 단 한 번도 원하는 만큼의 결과를 만들어내지 못하고 매번 실패만 하는 바람에 속상했고 또 좌절도 많이 했다. 제대로 된 본선 무대에 올라보지도 못하고 입상도 하지 못했으니 결과적으로 노래에 대한 도전은 실패라고 할 수 있다. 하지만 지나서 생각해보니 그때의 실패가 실패만을 의미하는 것은 아니었다. 여러 번의 실패를 통해 내 실력을 있는 그대로 바라보게 되는 계기가 되었기 때문이다.

가요제에 몇 번 안 나갔을 때만 해도 나 정도면 충분히 합격할 수 있을 거라 예상했다. 하지만 계속해서 예선 탈락을 하고 보니 그동안 스스로를 너무 과대평가했다는 것을 느끼게 되었다. 동네 노래방에서는 괜찮을지 몰라도 쟁쟁한 실력자들 사이에서 두각을 나타낼 만한 실력은 아니라는 것을 인정하게 된 것이다. 내가 가진 실력을 비하한 것이 아니었다. 내 실력을 더도 말고 덜도 말고 있는 그대로 바라보게 됐다는 말이다. 근거 없는 자신감만 넘치면 예상치 못한 결과에 충격만 더 커질 뿐이다. 내 수준이 어느 정도인지 명확하게 인지할 때 자만하지 않고 더 열심히 연습하며 준비해나갈 수 있는 것이다.

슈퍼스타K 오디션과 마찬가지로 가요제 역시 해볼 만큼 해보고 나니 그제서야 무대에 대한 미련을 버릴 수 있었다. 그렇다고 노래에 대한 꿈을 포기한 것은 아니었다. 나에게 어울리는 다른 무대를 찾아 나서기로 한 것이다. 큰 무대만을 바라보기보다는 지금 당장 내 실력으로 오를 수 있는 작은 무대를 찾아 노래하면 충분히 박수 받을 수 있을 거라 생각했다. 나에겐 그곳이 기타동호회 무대였고 라이브 카페 무대와 길거리 공연이었다. 그곳에서는 합격과 불합격이라는 기준이 없었다. 그래서 결과보다 과정에 충실할 수 있었다. 잘하든 못하든 사람들 앞에서 기타치고 노래하는 그런 시도만으로도 충분히 박수 받을 수 있었다. 노래와 무대에 대한 자신감이 올라갈 수밖에 없었고 내공이 쌓이면서 자연스럽게 더 큰 무대도 꿈꿀 수 있었다. 가요제라는 사소한 도전을 통해 나는 그렇게 조금씩 성장하고 있었다.

04

나를 만나는 여정, 국토대장정

평소와 다름없는 출근길이었다. 버스에서 내린 후 지하철로 환승하기 위해 지하철 역 안으로 들어서는데 순간 벽에 붙어있는 포스터 한 장이 눈에 띄었다. 왠지 자세히 봐야할 것 같은 기분이 들었다. 자석에 이끌리듯 모퉁이를 다시 되돌아가 어떤 내용의 포스터인지 봤다.

'머물러 있기엔 청춘이 너무 아깝다. 세상에 나가 부딪쳐라.'

국토대장정 참가자를 모집하는 내용의 포스터였다. 포스터에 적혀있는 그 글귀가 내 심장을 뛰게 만들었다. 지하철을 타고 가는 내내 그 문장이 머릿속을 떠나질 않았다. 국토대장정에 무조건 참가해야 할 것만 같았다. 그 당시에 나는 매일 책을 읽으며 꿈을 찾아다녔고 어떤 도전을 해볼지 계속해서 시도하고 있었다. 많은 것들을 경험해봄으로써 세상을 보는 눈을 더욱 넓힐 수 있을 거라 믿었기 때문이다. 그런 점에서 국토대장정은 그때의 나에게 이보다 더 좋은 경험은 없을 거라 생각했다. 서둘러 휴대폰을 꺼내 포스터에 나와 있는 홈페이지에 들어가 국토대장정에 대해 알아보기 시작했다. 국토대장정을 하는 사람들의 사진을 보니 당장이라도 떠나고 싶었지만 국토대장정이 2주간의 일정이라 회사가 문제였다. 연차를 쓴다 하더라도 2주를 휴가 낼 수는 없는 노릇이었다. 고민이 됐다. 그냥 포기하고 일을 할 것인가 아니면 일을 그만두고 떠날 것인가. 고민 끝에 결국 국토대장정에 참가하는 걸로 결론을 내렸다. 이유는 하나였다. 이때가 아니면 경험하지 못할 것 같았기 때문이다.

여행은 용기의 문제라고 하는데 그때의 나는 그런 용기쯤은 무모할 정도로 많이 가지고 있었다. 대부분의 사람들은 여행을 떠나고 싶어도 시간적 또는 경제적인 이유로 포기할 때가 많은데 나는 그런 것들은 걱정하지 않았다. 돈은 빌리면 되고 시간은 직장을 그만두면 생기는 것이었으니 말이다. 보통은 일을 쉽게 그만두지 못하는 것이 일반적이지만 나는 예전부터 일을 가리지 않고 해왔기 때문에 마음만 먹으면 일은 얼마든지 구할 수 있을 거란 자신감이 있었다. 많은 나이가 아니었기 때문에 가능한 생각이긴 했지만 당장의 일이나 돈보다는 조금이라도 더 어릴 때 많은 것을 경험해보는 것이 더 중요하다고 생각했다. 경험이 최고의 자산이라 여겼던 것이다. 직장 생활을 열심히 하며 미래를 준비해 나가는 또래의 친구들과 달리 나는 나만의 방식으로 나의 길을 가고자 했다. 그런 점으로 봐서는 내가 남들과는 조금 달랐던 것 같다.

떠나기로 완전히 결심을 굳히고는 사장님께 일을 그만두겠다고 말했고 그때부터 국토대장정을 떠나기 위한 준비를 시작했다. 내가 밟게 될 코스는 2주 동안 제주도를 걸어서 완주하는 대장정이었다. 체력관리를 위해 매일 5km씩 걸었고 필요한 물품들도 준비했다.

어느덧 국토대장정을 떠나는 날이 밝았다. 전날 밤에 꾹꾹 눌러 담아 싸맨 가방을 메고 집을 나섰다. 국토대장정 전 대원들이 목포에서 모여 하루 숙박을 한 후 다음 날 아침에 제주도로 떠나는 배에 몸을 실었다. 참가 인원은 약 150명이었고 나이 대는 20살부터 33살까지 다양했다. 배를 탄 지 5시간이 지났을 때쯤 제주도에 도착했고 발대식을 한 후 2주간의 국토대장정이 본격적으로 시작됐다. 설레고 재밌을 거라 생각했지만 기대와는 달리 마냥 즐겁지만은 않았다. 숙소에 도착했을 때는 더 그랬다. 집에서 편하게 있다가 오랜만에 단체 생활을 해서 그런지 씻는 것도 밥을 먹는 것도 여간 불편한 게 아니었다. 대원을 인솔하는 안전요원들의 통제가 많은 것도 짜증이 났다. 대원들의 안전을 위해 어쩔 수 없이 강한 어조로 말했다는 것을 나중에서야 알게 됐지만 처음엔 되게 귀에 거슬렸다. 괜히 왔다는 생각마저 들었고 차라리 이 돈으로 혼자 제주도 여행이나 하고 가는 게 나았을 거라는 후회도 밀려왔다. 그냥 집으로 돌아갈까 하는 생각도 했지만 그렇게 안 좋았던 마음도 하루가 지나고 나니 금세 나아졌고 조원들과 얘기 나누며 가까워지다 보니 조금씩 재밌어졌다. 그렇게 낯선 곳에서 시작한 생존게임에 하루 만에 적응을 해버렸다. 무엇이든 참고 견디다보면 처음 생각한 것과 다를 수도 있다는 것을 느끼는 순간이었다.

국토대장정 둘째 날, 아침부터 비가 내렸다. 우비를 입고 걸었지만 비가 하루 종일 내린 탓에 신발은 물론이고 속옷까지 다 젖어버렸다. 그때가 2월이라 제법 날씨가 추웠고 하루 종일 덜덜 떨면서 걸어야 했다. 비는 며칠 동안 계속 내렸고 지긋지긋하다 싶을 때쯤 비가 그치고 해가 모습을 드러냈다. 평소에는 소중한 줄 몰랐던 햇빛이 그때만큼은 어느 때보다도 감사했다. 그제서야 제주도의 멋진 풍경이 한 눈에 들어왔다. 특히 해안도로를 따라 걸으며 봤던 제주의 바닷가는 정말 아름다웠다. 혼자 제주도에 여행 왔을 때 드라이브를 하며 바라본 것과는 또 다른 느낌이었다. 매일 20~30km의 적지 않은 거리를 걸었지만 제주도의 풍경에 심취해 힘든 줄도 모르고 걸었다. 하지만 시간이 지날수록 몸은 조금씩 지칠 수밖에 없었다. 다리와 발목 통증은 물론이고 메고 있는 가방의 무게 때문에 어깨까지 아팠다. 평소에 붙이지도 않던 파스를 밤마다 붙여야 했다. 내일은 걸을 수 있을지 걱정도 됐지만 코스를 완주할 때마다 고생했다며 하이파이브 치는 안전요원들의 응원과 스피커에서 흘러나오는 윤도현 밴드의 '나는 나비' 라는 노래 덕분에 힘을 낼 수 있었다. 오늘도 해냈다는 그 성취감으로 다음날도 이어서 걷고 또 걸었다.

국토대장정 코스 중 가장 긴 거리는 40km였다. 차를 타고 가도 시간이 제법 걸리는 그 거리를 걸어서 가려니 걱정이 되었지만 어떻게든 걸어야 했다. 아침 일찍 출발해 서둘러 걸음을 옮겼다. 그날따라 밤은 금세 찾아왔다. 피로가 누적되어 다들 지칠 대로 지쳐있었고 아무리 걸어도 도착할 기미가 보이지 않았다. 안전요원들은 이제 다 왔으니 조금만 더 힘내라고 했지만 그 위로는 마치 등산을 하다가 만난 사람들이 이제 정상에 다 왔다고 말하는 것과 같은 느낌의 희망고문이었다. 앉아서 쉬고 싶은 마음이 간절했지만 다 같이 줄 맞춰 걷고 있었기 때문에 멈출 수가 없었다. 몸이 안 좋다는 핑계를 대고 후방에서 따라오는 비상차량을 탔다면 편했겠지만 나 자신을 이겨내고 싶은 마음에 그 차를 탈 생각은 아예 하지 않았다. 가방 무게 때문에 어깨가 짓눌렸고 다리는 부서질 것만 같았다. 이제 곧 쓰러지겠다는 생각이 들 때쯤 코스 완주를 알리는 노래가 스피커에서 흘러나왔다. 다들 녹초가 되었고 기쁨의 함성을 지를 기운조차 없었다. 많이 힘들었는지 울고 있는 여성 대원들도 몇 있었다. 체력만큼은 자신 있는 나도 이때만큼은 정말 힘들었다. 하지만 힘든 만큼 성취감과 뿌듯함을 많이 느낄 수 있었던 하루였다.

2주간의 국토대장정이 끝난 후 처음 모였던 목포로 가서 조원들과 다 같이 그동안 먹지 못했던 피자와 치킨을 배터지게 먹었다. 일주일 뒤에는 경기도 가평으로 1박 2일 여행을 떠나 먹고 마시며 마음껏 놀았고 지난 국토대장정에서의 추억도 곱씹어보곤 했다. 지금은 시간이 지나 연락이 끊긴지 오래 됐지만 서로를 의지하며 제주도를 누볐던 그때 그 시간만큼은 아직도 잊히지 않는 소중한 경험이다.

신입사원을 채용하는 모 기업 면접에서 자신이 겪은 새로운 경험들에 대해 얘기해보라고 하면서 그중 국토대장정은 제외하고 말하라고 했다고 한다. 그런 이야기가 있는 걸로 봐서는 국토대장정이 더 이상 신선한 경험은 아닌 듯하다. 요즘은 국토대장정을 주관하는 단체도 많이 생겼고 그만큼 참가하는 사람도 많아졌으니 말이다. 국토대장정이 더 이상 독특한 경험이 아니라고 생각하는 사람도 있지만 똑같은 경험도 어떻게 느끼고 생각하느냐에 따라 특별한 도전이 되기도 한다.

나는 국토대장정에 참여하는 동안 사소한 일 하나도 가볍게 넘기지 않고 그 속에서 뭔가를 배우려 했다. 또 나를 만나는 여정이자 나를 극복하는 체험이라고 생각했다. 그런 생각 덕분에 국토대장정이 끝나고 집으로 돌아갈 때쯤엔 기대 이상으로 많은 걸 얻어갈 수 있었다. 우선 여러 사람들과 만나고 대화하면서 다양한 삶의 이야기를 들을 수 있었다. 걸을 때 두 명씩 짝을 지어 걷는데 그때 서로의 생각과 고민에 대해 많은 얘기를 나눴다. 고민을 털어놓는 과정에서 스스로 해답을 찾기도 했고 '세상엔 참 다양한 사람들이 있구나.' 하며 사람에 대한 이해의 폭을 더 넓힐 수도 있었다. 서로 다름을 인정하는 것을 연습하는 시간이 되기도 했다.

삶에는 적절한 휴식이 필요하다는 사실을 국토대장정을 통해 다시 한 번 느낄 수 있었다. 그날의 일정을 마치고 숙소에 들어와 쉬고 있을 때였다. 옷도 갈아입지 않고 가방도 그대로 매고 퍼질러 앉은 채 멍하니 있었는데 그 때 누군가 말했다.

"집에서는 아무것도 안 하고 있으면 괜히 불안해서 뭐라도 해야 할 것 같은데 여기서는 가만히 앉아만 있어도 너무 편하고 좋네."

다들 그 말에 격하게 공감하며 웃음 지었고 나도 마찬가지였다. 그동안 너무 뭔가를 해야 한다는 강박을 가진 채 살아왔다는 생각이 들었다. 2보 전진을 위한 1보 후퇴라는 말처럼 적절한 휴식이 병행될 때 더 열심히 달려 나갈 수 있다는 것을 잠깐 동안의 휴식을 통해 느낄 수 있었다. 그전에도 알고 있는 사실이긴 했지만 아무것도 하지 않아도 편안한 그 휴식 시간을 직접 느끼고 나서야 좀 더 마음에 와 닿을 수 있었다.

2주 동안의 국토대장정을 통해 가장 큰 깨달음을 얻은 것은 바로 작은 것에 감사할 줄 아는 마음이었다. 대장정 동안에는 통제에 따라야 하다 보니 먹고 싶은 것을 마음대로 사먹을 수가 없었는데 그렇다 보니 간식이 굉장히 귀했다. 그중 가장 귀한 식량은 다름 아닌 초콜릿이었다. 초콜릿은 피로를 씻어주는 최고의 피로해소제였다. 한번은 다른 조원에게서 초콜릿 바 하나를 얻어 우리 조원 15명이 다 같이 나눠먹은 적이 있었다. 손톱만큼의 적은 양을 한 입씩 베어 물면서 다들 초콜릿이 이렇게 맛있는 줄 몰랐다며 감탄을 연발했다. 평소에는 잘 먹지도 않던 초콜릿이 그 순간만큼은 세상을 다 가진 듯한 행복감을 선사해줬던 것이다. 대장정 중에 보문관광단지에서 자유시간이 주어졌을 때도 제일 먼저 찾아간 곳은 유명한 맛집도 멋진 풍경이 있는 관광지도 아닌 바로 수퍼마켓이었다. 너 나 할 것 없이 수퍼마켓으로 달려가 온갖 종류의 달달한 것들을 바구니에 담았고 초콜릿을 배터지게 먹으며 떨어진 당을 보충했다. 그날만큼은 초콜릿을 아무리 먹어도 질리지가 않았다.

국토대장정에서는 간식뿐만 아니라 매 끼니가 꿀맛이었다. 군것질을 하지 않고 매일 걷기만 하다 보니 항상 배가 고팠고 그렇다 보니 밥이 그렇게 맛있을 수가 없었다. 끼니때마다 나는 다른 사람이 먹는 양의 세 배 가량을 더 먹었는데 얼마나 많이 먹었는지 국토대장정 마지막 날 식사를 담당했던 사람이 나보고 밥 진짜 많이 먹었다며 밥값 내고 가라고 할 정도였다. 배가 찢어질 정도로 심각하게 많이 먹곤 했는데 그렇게 배불리 먹을 수 있는 것만으로도 정말 감사한 시간이었다.

가끔은 배불리 먹기는커녕 그저 먹을 수 있음에 감사하다고 느낀 순간도 많았다. 한 번씩 상황이 여의치 않을 땐 밖에서 찬바람을 맞으며 아침밥을 먹어야 할 때가 있었는데 너무 추워서 손을 덜덜 떨며 밥을 먹곤 했다. 매서운 바람 때문에 뜨거운 국은 순식간에 식어버렸고 젓가락질조차 제대로 하기 힘들었지만 불평하기보다는 오히려 이렇게라도 먹을 수 있다는 사실에 그저 감사한 마음이 들었다. 밥을 먹을 때 실제로 내가 "아이고 하느님 그저 먹을 수 있음에 감사합니다."라고 말하자 조원들이 웃음이 터뜨리기도 했다. 누군가는 왜 이렇게 추운 날씨에 밖에서 밥을 먹어야 하는 거냐며 투덜거리기도 했지만 나는 굶지 않는 것만으로도 다행이라 생각하며 한 톨도 남기지 않고 싹싹 긁어먹었다. 음식 하나하나에 그때만큼 감사함을 느낀 적이 없었다.

요즘은 먹거리가 넘쳐나다 보니 평소에 먹는 음식에 감사함을 느끼지 못했고 그저 당연한 거라 생각했다. 하지만 국토대장정에 참가하면서 평소에는 느낄 수 없었던 작은 것에 대한 소중함을 많이 경험할 수 있었다. 달달한 초콜릿 하나에 웃음 지으며 "행복이 따로 없구나."하는 얘기를 나눴던 그 순간도, 찬바람 맞으며 아침 식사를 하는 상황에서도 불평하지 않고 감사해하는 그 모습도 모두 다 지금 내가 세운 행복의 기준에 많은 영향을 미치게 되었다.

국토대장정에 참여하게 된 이유는 사람마다 달랐다. 누군가는 재미로 참가했고 누군가는 이력서에 한 줄이라도 더 쓰기 위해서라고 말했다. 내가 국토대장정에 참가한 이유는 도전하기 위해서였다. 새로운 기회를 만나려면 낯선 환경에 자신을 던져야 한다는 것도, 낯선 환경 속에 변화가 있다는 것도 잘 알고 있었다. 그래서 과감하게 떠났다. 2주가 짧다면 짧은 시간이지만 그 짧은 일정 속에서도 충분히 많은 것을 배울 수 있었다. 집에서 편안히 먹고 자면서 쉬었다면 결코 느끼지 못했을 값진 경험이었다.

05

혼자 떠난 45일 유럽여행에서

언젠가부터 여행관련 프로그램이 우후죽순 생겨나기 시작하면서 해외여행에 대한 사람들의 관심이 점점 높아지고 있다. 삶의 질을 중요시하는 지금의 사회적 분위기 또한 여행을 떠나기로 결심하는 데 적지 않은 영향을 미치고 있다. 해외여행을 꿈꾸는 여러 사람들과 달리 나는 여행에 그다지 관심이 없었다. 언젠간 꼭 해외여행을 떠나겠다는 다짐조차 해본 적이 없었다. 20대에는 일에만 매여 살다보니 해외여행을 생각할 수 있는 여유가 전혀 없었다. 그저 남 얘기로만 생각했다. 그러다 28살이 되었을 때쯤 갑자기 해외여행을 결심하게 되었다. 이렇게 일만 하며 살다가는 인생을 제대로 즐겨보지도 못하고 죽겠다는 생각이 들었기 때문이다. 당장 내일 죽더라도 오늘을 살자는 생각이 머릿속을 가득 채웠다. 뿐만 아니라 사람들이 너도 나도 유럽여행에 대한 얘기를 많이 하는 걸 보면서 '그게 뭐라고 그렇게들 난리지? 그깟 유럽여행 나도 한번 가보자.' 라는 생각도 들었다. 유럽여행을 결심하게 된 계기로는 책을 읽으며 간접경험을 많이 한 덕분이기도 했지만 친누나의 역할 또한 컸다. 그 당시 친누나가 독일에서 유학중이었는데 독일에 한번 놀러오라는 누나의 말에 유럽여행을 생각해보게 됐고 누나가 있었기 때문에 큰 걱정 없이 유럽여행을 결정할 수 있었던 것이다.

여행을 떠나기로 마음을 먹었지만 수중에 돈이 없었다. 일단은 1년 동안 돈을 바짝 모은 후에 여행을 떠나기로 계획했다. 우선 항공권부터 구매했고 나머지 필요한 경비는 일을 해서 마련하기로 했다. 월급에서 매달 100만 원씩 저축을 했고 여행에 필요한 정보도 부지런히 모았다. 여행서적을 구매해 나라별 인기관광지를 찾아보기도 했지만 참고만 할 뿐 구체적인 계획을 세우지는 않았다. 짜인 코스보다는 발 닿는 대로 떠나고 싶었기 때문이다. 45일이라는 적지 않은 여행기간임에도 불구하고 정말 아무런 계획도 세우지 않았다. 항공권만 구매했을 뿐 숙소나 교통편도 하나도 예약하지 않고 그냥 떠났다. 내가 가지고 간 건 오로지 배짱 하나뿐이었다.

1년이란 시간은 순식간에 지나갔고 어느덧 유럽으로 떠나는 비행기에 몸을 실었다. 난생 처음 가는 해외여행이라 그런지 기분이 이상

했다. 비행기를 타고 13시간 만에 독일 프랑크푸르트에 도착했고 그제서야 조금씩 실감이 나기 시작했다. 공항에는 친누나가 마중을 나와 있었다. 내 이름 석 자를 쓴 A4용지를 머리 위로 흔들며 서있었는데 그 모습이 너무 웃겨 서로 보자마자 크게 웃었던 기억이 난다.

3월인데도 유럽의 날씨는 제법 쌀쌀했다. 한국을 벗어나본 것이 처음이라 그런지 지나가는 사람만 봐도 신기했고 그곳의 공기마저 새롭게 느껴졌다. 처음 며칠은 누나 집에서 충분히 휴식을 취한 후 본격적으로 여행을 시작했다. 어디로 가서 얼마나 머무를 지는 생각하지 않았다. 유명한 나라와 도시만을 골라 짧게 머물며 최대한 여러 나라를 다닐 계획이었다. 부지런히 다닌 결과 45일 동안 독일, 스위스, 이탈리아, 오스트리아, 헝가리, 체코, 프랑스 등 7개국 20개 도시를 여행할 수 있었다.

유럽에는 아름다운 풍경을 간직하고 있는 도시들이 많았지만 내 마음속에 간직하고 있는 것은 그 이상의 것들이다. 여행을 단순히 여행이라고만 생각하고 떠난 것이 아니었다. 재미보다는 다양한 사람들을 만나며 깨달았던 것들이 기억에 더 선명하게 남아있다. 유럽여행을 통해 더 많은 것을 보고 세상을 보는 눈을 넓히겠다는 다짐을 했었는데 그런 점에서 유럽은 내게 놀이터가 아니라 배움의 장이었던 것이다.

첫 여행지이자 마지막 여행지였던 독일은 세상을 보는 눈을 넓힐 수 있게끔 하는 데 가장 많은 영향을 끼친 나라였다. 독일 사람들을 보면 표정에 여유가 가득하다. 모르는 사람과도 서슴없이 인사를 나눴고 문 앞에서 마주치거나 버스를 타고 내릴 때 서로 양보하는 습관이 몸에 배어있었다. 누나에게 들은 바로는 독일 사람들은 항상 정시 퇴근을 하고 주말에는 일을 하지 않다보니 여가시간이 많았고 그렇다 보니 여유가 많은 거라고 했다. 그래서 그런지 출퇴근 시간에 자느라 정신없는 우리나라 버스나 지하철 풍경과는 달리 독일에서는 조는 사람을 찾아볼 수가 없었다. 한 번은 한국에 여행을 다녀온 독일 사람이 누나에게 한국 사람들은 왜 그렇게 조는 거냐고 물으며 상당히 의아해했다고 하는데 그 질문을 독일여행을 통해 이해할 수 있었다. 뿐만 아니라 독일은 국민이 행복하게 살 수 있도록 여러 제도적 장치들이 잘 마련되어 있었고 복지서비스 또한 세계 최고의 수준이라는 걸 확인할 수 있었는데 선진국이란 말의 의미를 다시 한 번 생각해보게 됐다. 흔히 선진국을 논할 때 국방력이나 경제적 성장을 두고 얘기하는 경우가 많다. 하지만 진정한 의미의 선진국은 국방력과 경제적 성장뿐만 아니라 그에 준하는 국민들의 의식수준이 뒷받침될 때 가능하다는 것을 느낄 수 있었다. 우리나라도 이제는 선진국이라는 말을 많이 하지만 독일, 스위스와 같은 나라들을 보면서 우리나라가 진정한 의미의 선진국이 되기 위해 필요한 것이 무엇인지를 곰곰이 생각해보는 계기가 되었다.

내가 여행한 20개 도시 중에서는 이탈리아 베네치아의 풍경이 가장 먼저 떠오른다. 심장을 멎게 할 정도로 색다른 매력을 지니고 있었는데 아름다운 풍경만큼이나 많은 것을 보고 느낄 수 있었던 도시이기도 했다. 내가 머물렀던 베네치아 게스트하우스에는 독일, 스페인, 칠레, 인도 등 여러 국적의 사람들이 있었다. 한 가지 신기했던 것은 아무도 국적, 나이, 성별을 가리지 않고 다 같이 잘 어울린다는 점이었다. 그곳에는 다양한 나이대의 사람들이 있었는데 20대의 어린 친구들뿐만 아니라 60대로 보이는 백발이 성성한 노부부와도 다들 친구처럼 편하게 대화를 나눴다. 다 같이 숙소 근처에 있는 바에 가서 술을 마시고 놀 때도 마찬가지였다. 우리나라 사람들을 보면 젊은 사람들과 어울리려하거나 또는 비슷한 또래의 사람들하고만 어울리려고 하는 경우가 많은데 그곳에서 만난 사람들은 그렇지 않았다. 나이, 직업 등은 묻지도 않고 그저 사람 대 사람으로 편안하게 얘기를 주고받았다. 사람에 대해 아무런 편견을 가지지 않고 다 같이 어울리며 대화를 나누는 모습이 내 눈에는 굉장히 신기하게 보였다. 우리나라 사람들도 이렇게 편견 없이 사람을 사귄다면 얼마나 좋을까 하고 생각했다. 나라마다 생각과 문화는 다 다르지만 사람의 배경이 아닌 있는 그대로의 모습만을 보고 대하는 그들의 모습이 꽤나 부러웠다.

베네치아 게스트하우스에서 언어의 중요성도 실감했다. 같이 묵었던 사람들이 전부다 영어를 잘했는데 유일한 동양인이었던 나만 영어를 못했다. 한 때 영어회화 스터디를 조금이나마 했던 덕분에 짧고 간단한 문장 정도는 구사할 수 있었지만 긴 문장은 말을 할 수 없을뿐더러 알아듣는 것조차 힘들었다. 내가 말을 알아듣지 못하니 다들 나에게 말을 걸지 않았고 혼자 가만히 앉아있을 수밖에 없었다.

외국에서는 손짓, 발짓으로도 충분히 말이 통하니 영어를 잘 할 필요가 없다고 말하는 사람들이 있다. 물론 생존을 위한 언어는 어떻게든 할 수 있다. 하지만 중요한 건 얼마만큼 언어를 구사할 줄 아느냐에 따라 더 많은 것을 공유할 수 있다는 점이다. 만약 내가 영어를 잘했다면 그들과 많은 대화를 나눌 수 있었을 것이고 그럼으로써 다양한 국적의 사람들의 생각과 문화를 공유할 수 있었을 것이다. 단순한 여행이었다면 상관없었겠지만 더 많은 것을 경험하고자 했던 터라 그런 점에서는 아쉬움이 남을 수밖에 없었다. 아는만큼 보인다는 말이 딱 맞았다.

유럽여행을 하면서 만난 사람들 중 가장 기억에 남는 사람은 체코 프라하 한인민박에서 만난 형인 P였다. P는 한 번 뿐인 인생이라며 하고 싶은 것을 마음껏 해보며 살 거라고 말했다. 유럽여행도 그래서 오게 된 것이라 했다. 그동안 자신이 어떤 도전과 경험을 했는지 얘기해줬고 들으면 들을수록 흥미로웠다. 멈추지 않고 도전하는 모습이 너무나 멋있었지만 사실 놀랐던 것은 P의 나이가 35살이라는 점이었다. 보통은 그 나이면 한창 일에 몰두하거나 결혼을 해서 가정에 충실하기 마련인데 그 형은 그런 일반적인 삶을 뒤로하고 자신만의 길을 걸어가고자 했다. 학교를 졸업한 후 취직을 하고 직장에서 자리를 잡고 결혼을 해서 애를 낳고 사는 그런 똑같은 삶을 따라가지 않아도 된다고, 남들과 조금 다른 삶을 살아도 충분히 행복하게 잘 살 수 있다는 것을 그 형이 보여주는 것 같았다. 보통은 나이가 들면서 하나씩 포기하게 되고 그러다 결국 자기 자신마저 잃어버리는 사람이 많은데 P는 달랐다. 중요한 것은 나이가 아니라 열정이라는 것을 처음으로 보여준 사람이었다. 그때의 나 역시 같은 생각을 가지고 있었기 때문에 그 형의 생각에 더 많이 공감할 수 있었다. 지금은 어디서 무엇을 하고 있는지 모르지만 아마 계속해서 새로운 도전을 하며 자신만의 삶을 꾸려나가고 있지 않을까 싶다.

유럽여행 중 마지막 여행지는 프랑스 파리였다. 유럽여행을 가봤다고 말하려면 왠지 에펠탑 정도는 보고 와야 할 것 같아 서둘러 파리행 비행기를 끊었다. 파리의 상징이라고 할 수 있는 에펠탑도, 베르사유 궁전과 샹젤리제 거리도 마음에 들었지만 그것보다 더 기억에 남는 건 한인민박집 주인 이모였다. 내가 묵었던 파리의 한인민박집 이

모는 정이 되게 많은 사람이었다. 다른 민박집은 조식만 챙겨주는데 그 이모는 내가 숙소에 도착하자마자 배고프지 않느냐며 손수 밥상을 차려줬고 배가 고프다고 하면 점심, 저녁 할 것 없이 언제나 맛있는 음식을 해줬다. 따뜻한 사람이었고 사람을 좋아하는 마음씨 좋은 이모였다. 3박 4일의 짧은 만남이었지만 하나라도 더 챙겨주려는 마음이 고마워 떠나기 전날에 시내에서 앞치마를 구매해 선물로 주었다. 뭘 이런 걸 다 샀냐며 미안해하면서도 한편으론 기뻐하는 모습에 내가 더 기분이 좋았다. 멋진 풍경을 보는 것도 좋지만 때로는 마음이 따뜻한 사람을 만나는 것이 여행을 더 즐겁게 만들어 주는 것 같다.

유럽여행을 다녀온 사람들이 가장 많이 하는 얘기 중 하나는 바로 소매치기와 관련된 에피소드다. 소매치기가 두려워 여행을 망설이는 사람이 있을 정도로 유럽에서는 소매치기가 빈번하게 발생한다. 나도 처음엔 걱정을 많이 했다. 이탈리아 로마에 가지 않았던 것도 소매치기가 많다는 얘기를 들었기 때문이다. 하지만 막상 여행을 하고 보니 어느 곳에서도 소문만큼 위험한 일은 일어나지 않았다. 그렇다고 아무 일도 없었던 건 아니다. 나 역시 여행객들이 가장 흔하게 겪는 실팔찌 채워주는 남자를 만난 적이 있었다.

이탈리아 밀라노의 거리를 걷고 있었다. 키가 2m에 가까운 거구의 흑인이 나를 보더니 "Hey Korea~"라고 말하며 악수를 청했다. 나도 모르게 얼떨결에 악수를 했고 그 흑인은 'Gift'라며 내 손목에 실 팔찌를 채워줬다. 그러고는 갑자기 돈을 요구했다. 당했구나 싶었지만 돈을 안 줬다가는 무슨 일이 일어날 것만 같았다. 무서워서 1유로를 주고는 도망치듯 그 자리를 벗어났다. 그 흑인에게서 느꼈던 위압감은 지금 생각해도 오싹하다.

이렇듯 나 역시도 남들이 말하는 비슷한 일을 겪었다. 그래서 아무 일도 일어나지 않으니 과감히 떠나라고 말할 순 없다. 하지만 중요한 것은 걱정한 만큼의 일은 일어나지 않는다는 점이다. 사실 소매치기는 자신만 조심하면 당하지 않는다. 소매치기를 당했다는 사람의 얘기를 들어보면 방심하다가 당하는 경우가 대부분이다. 내가 위험한 일 없이 무사히 여행할 수 있었던 것도 매사에 조심했기 때문이다. 유난히 걱정이 많았던 나는 캐리어는 물론이고 백팩에도 항상 자물쇠를 채우고 다녔고 걸을 때도 수시로 옆과 뒤를 살피곤 했다. 여권과 지갑이 들어 있는 복대는 24시간 동안 차고 있었고 잠을 잘 때도 화장실에 갈 때도 절대 빼는 일이 없었다. 나라 간 이동을 위해 버스나 기차를 탈 때도 기둥에 캐리어를 와이어로 묶은 후 자물쇠로 채워놓곤 했다. 이런 치밀함 덕분에 큰 사건 없이 무사히 여행을 마칠 수 있었던 것이다.

아무리 조심하더라도 퍽치기와 같이 극단적인 유형의 범죄는 막기 어렵겠지만 그런 경우는 극히 일부이다. 나 같은 경우엔 설령 여행가서 죽더라도 그것 또한 내 운명이라는 생각으로 떠났다. 두려워도 때로는 과감하게 부딪칠 줄 아는 용기가 필요하다는 것도, 걱정하는 일의 대부분은 일어나지 않는 일이라는 사실도 45일간의 유럽여행을 통해 느낄 수 있었다.

유럽여행을 다녀온 사람들 대부분은 정말 재밌었다거나 한 번 더 가고 싶다고 말한다. 그러나 나는 또 가고 싶지는 않다. 공짜로 보내준다면 모를까 굳이 내 돈 내서 또 갈 생각은 없다. 혼자라서 그런지 너무 심심하고 외로웠기 때문이다. 물론 재미는 있었다. 유럽의 멋진 풍경도 좋았고 그 나라만의 특색 있는 음식들도 너무나 맛있었다. 하지만 심심하다 못해 외로움마저 느꼈던 순간들이 많아 마냥 즐거웠다고는 말 못 하겠다. 그럼에도 불구하고 그때 여행을 갔다 오길 정말 잘했다고 생각하는 이유는 단 하나이다.

'사람들이 말하는 유럽여행을 나도 가봤다는 거!'

예전부터 하고 싶은 게 많았고 또 내가 해보지 못한 것을 하는 다른 사람들을 보며 질투와 부러움을 많이 느끼곤 했다. 유럽여행도 나에게는 굉장히 부러운 것 중 하나였는데 가보지 못했다는 사실 때문에 가끔은 울적해지기도 했다. 그런 유럽여행을 이제는 나도 가봤다는 것이 여행 이후에 얻은 가장 큰 수확이었다. 그래서 지금은 유럽여행을 떠나는 친구들을 봐도, 명절에 해외여행을 간다는 뉴스를 봐도 더 이상 부럽지가 않다. 여행 관련 프로그램에서 해외의 멋진 풍경이 나와도 전혀 부럽지 않다. 유럽여행을 다녀온 사람들 사이에 끼어 같이 얘기를 나눌 수 있다는 것도 뿌듯하고 기분 좋은 일이다. 그때 떠나지 않았다면 아마 지금까지 '나는 언제쯤 유럽여행을 갈 수 있으려나.' 하며 한숨을 푹푹 쉬고 있었을지도 모른다. 얼마 전에도 유럽여행을 다녀온 한 직장 동료를 보고 여러 사람들이 "우와~"하고 부러움의 탄성을 질렀는데 나만큼은 여유롭게 웃을 수 있었다. 이렇듯 유럽을 가본 사람으로서의 여유를 마음껏 부릴 수 있는 지금이 너무 좋다.

여행을 하면서 참 신기했던 건 사람이 어떻게든 살아진다는 사실이었다. 영어가 통하면 그나마 다행이었지만 통하지 않는 유럽의 국가에서도 어떻게든 밥을 사 먹고 숙소를 잡고 하는 게 아무리 생각해도 신기했다. 누군가에게는 아무 것도 아닌 일이겠지만 적어도 나에게는 그랬다. 사람이 죽으라는 법 없다더니 어떻게든 다 해낼 수 있다는 것이 나에게는 마냥 신기했다.

해외여행 한 번 떠나본 적 없던 내가 첫 여행을 유럽으로, 그것도 아무 계획 없이 45일을 혼자 다녔다는 것만으로 스스로가 너무나 대견스럽다. 유럽여행은 내게 단순한 놀이나 휴식을 넘어 하나의 도전이었다. 단순한 도전이 아닌 의식주를 해결해야 하는 생존을 위한 도전이었기 때문에 어쩌면 그 어떤 도전보다도 스케일이 가장 컸던 도전이었는지도 모른다.

06

공사장 막일부터 과일판매까지

장래에 어떤 일을 하면 좋을지 고민하기 시작한 것은 중학생 때부터였다. 무엇을 해서 먹고 살아야 할지 아무리 생각해도 떠오르지 않았고 그 당시 학생으로서 내가 할 수 있는 건 공부밖에 없었다. 일단 공부라도 잘하면 뭐든 할 수 있을 거라 생각했다. 인생에 있어 중요한 것이 10가지가 있다면 공부는 그중에 겨우 1개라는 선생님의 말씀을 지금은 이해하지만 그때는 좋은 대학만 가면 모든 게 해결될 거라 믿었다. 하지만 졸업 후 막상 사회에 나와 보니 내가 생각한 것과는 많이 달랐다. 학교에서는 답을 맞히는 것만 잘하면 됐지만 사회에는 답이 없었다. 무엇을 어떻게 해야 할지 도저히 갈피를 잡을 수가 없었다. 혼란스러웠다. 공중에 붕 떠있는 것 같은 느낌이었다. 그렇다고 가만히 있을 순 없었다. 앉아서 생각만 해봤자 변하는 건 없을 거라 생각해 일단 뭐라도 해보기로 했다. 고기집, 호프집, 피자배달, 소주 제조공장, 착즙기 조립, 인형 탈 쓰고 홍보하기, 전단지 배포, 호텔 연회식, 세차장, 백화점 구두 판매, 명품 가방 판매 등의 아르바이트부터 공사장 막일, 세탁기 조립, 컴퓨터 부품 검사, 윤활유 납품, 달걀 배달, 보험, 가구시공, 과일판매 등의 일까지 할 수 있는 거라면 뭐든 다 했다. 경험을 중요하게 생각했고 다양한 일을 해보면 그 속에서 내가 하고자 하는 것이 분명 보일 거라 믿었다. 하지만 그 과정은 생각보다 혹독했다.

나의 첫 직장은 LG세탁기의 부품을 조립 및 품질검사의 업무를 하는 P라 이름의 회사였다. 이모들이 많아 분위기는 편안한 편이었고 친구와 같이 입사한 덕분에 빨리 적응할 수 있었다. 잘 들어왔다 생각하며 즐겁게 일했지만 갈수록 일이 많아졌고 어느새 감당할 수 없을 정도까지 일이 늘어났다. 일이 많을 땐 아침 8시에 일을 시작해서 밤 10~11시가 돼서야 겨우 마쳤고 주말에도 쉬지 못하고 일을 나가야 했다. 그렇게 일을 해도 물량을 다 쳐내지 못할 때는 조기출근을 해서 7시부터 일을 시작했고 그래도 안 될 땐 중식잔업이라고 해서 점심시간까지 쪼개서 일하곤 했다. 그 정도로 바쁜 기간이 1년 중 절반을 넘었다. 매일이 얼마나 길게 느껴지는지 하루가 1년 같았다. 마치 감옥에 갇혀있는 듯 했고 일하는 기계가 된 것 마냥 몸은 쉬지 않고 움직이고 있었다.

한 번은 퇴근 후 되게 피곤했는지 침대에 앉은 채로 아침까지 잠이 들었던 적도 있었고 앓아눕는 바람에 출근조차 하지 못할 때도 있었다. 이러다 곧 쓰러지겠다 싶은 순간을 수없이 겪었다. 정말 힘들었지만 시간은 어떻게든 흘렀고 일한 지 3년 6개월에 접어들었을 때쯤 부산으로 이사를 하게 되면서 회사를 그만 두게 되었다. 동네에서 일 많기로 소문난 회사였던 P에서 첫 번째 직장 생활을 함으로써 사회생활의 첫 신고식을 제대로 치렀다.

이사 후 집 정리를 하며 몇 달을 쉬었다. 나중에 일자리를 찾아봤지만 마땅히 할 만한 일이 없었다. 마냥 놀고 있을 바에는 새 직장을 구하는 동안 뭐라도 해보자고 생각했다. 그래서 하게 된 것이 바로 막노동이었다. 일을 구하기 위해 매일 새벽 일찍 인력사무소에 갔고 허름한 작업복 차림의 아저씨들과 함께 승합차에 끼어 타서는 곳곳으로 투입되어 일을 했다. 공사장을 제일 많이 갔는데 막일을 해본 적이 없는 완전 초짜배기였던 나는 가는 곳마다 욕을 들어 먹기 일쑤였다. 기본적인 자재 이름도 몰랐고 일을 시작해서 마치는 시간까지 하루 종일 욕만 먹다가 끝난 적도 있었다. 얼마나 호통을 치는지 그날 받은 돈은 일당이 아니라 욕값이라는 생각이 들 정도였다. 그늘이 하나도 없는 고속도로 공사 현장에서 불지옥이나 다름없는 가마솥더위를 견

며가며 일하기도 했고 아는 형을 따라 공사장 내에 있는 습한 막사에서 2주 동안 합숙하며 막노동을 한 적도 있었다.

공사장 외에 여러 업종의 공장에서도 일을 했다. 한 번은 석면 만지는 일을 한 적 있었는데 처음엔 그게 석면인 줄도 몰랐고 석면이 인체에 해롭다는 사실도 모른 채 그저 열심히 일했다. 일하는 중간에 몸이 뭔가 이상하다 싶었는데 퇴근할 때쯤 되니 온 몸에 두드러기가 나면서 미친 듯이 가렵기 시작했다. 피부과에 들러 약을 지어먹고 나서야 조금 진정이 됐지만 정말 암울했던 건 그 다음 날에도 똑같은 석면 공장에 투입됐다는 것이었다. 같이 일을 하러 갔던 아저씨 중에는 도저히 못하겠다며 공장 사장과 싸우고 집으로 돌아간 사람도 있었다. 나도 따라 가고 싶은 심정이었지만 이왕 왔으니 일을 하고 가는 게 낫겠다 싶어 울며 겨자먹기로 일을 시작했다. 결국 그날 밤 가려움이 더 심해져 한숨도 자지 못했다. 2일 동안 일해서 받은 일당의 기쁨보다 가려움 때문에 잠을 설치는 괴로움이 더 컸다.

그 외에도 다양한 공장과 현장을 오가며 3개월 정도 막노동을 했다. 새 직장을 구하기 위해 잠깐 했던 일이었고 하루 벌어 하루 먹고 사는 생활에 불과했지만 덕분에 다양한 경험을 할 수 있었다. 막노동이라는 힘든 일도 마다하지 않고 뭐든 하려고 하는 나 자신에게 대견함을 넘어 대단함을 느끼기도 했다. 무엇이든 할 수 있다는 그런 삶의 자세는 지금의 내가 어떤 도전도 두려워하지 않고 부딪칠 수 있도록

하는 힘의 원동력이 되었다.

지금까지 해본 여러 일 중에서는 과일판매 일이 가장 재밌었다. 과일가게 직원을 구한다는 구인광고를 처음 봤을 땐 조금 망설였다. 한 번도 해보지 못한 일이라 걱정이 됐다. 하지만 예전부터 서비스업에 관심이 많아 장사를 하면 잘 할 수 있을 거란 자신감이 있었고 또 그때가 젊은 총각들이 과일을 파는 것이 유행처럼 번지고 있던 때라 나도 한 번 해보기로 했다. 과일 파는 게 뭐 별 거 있겠냐고 생각할 수도 있지만 의외로 배울 게 많았다. 과일을 포장하고 진열하는 방법부터 구매를 유도하는 자리배치까지 고객의 지갑을 열기 위해 신경 써야 할 것들이 한두 가지가 아니었다. 가격표에 글자를 예쁘게 적는 방법과 과일을 소개하는 문구까지 세세하게 배웠다. 처음엔 손님들에게 큰 소리로 인사하는 것부터가 쉽지 않았지만 시간이 지나면서 적응을 하고 나니 조금씩 일에 재미가 붙기 시작했다.

내가 느낀 과일가게의 매력은 일 자체보다는 손님과의 대화였다. 사람을 좋아해 낯선 사람과도 얘기를 잘 나누는 편이었는데 내가 가진 친화력은 일 하는 데 있어 많은 도움이 되었다. 손님들과 농담을 하며 자주 장난치고 놀았고 가끔은 손님의 신용카드를 마술로 없애며 웃음을 주기도 했다. 내가 일한 과일가게에는 유난히 외국 손님이 많았는데 한 때 영어스터디를 통해 익힌 회화 덕분에 외국 손님에게도 과일을 판매할 수 있었다. 단골손님 중에는 일본인 새댁들도 몇 있었는데 미리 외워둔 일본어 문장으로 대화를 하며 같이 웃고 떠들기도 했다. 과일가게 손님 중 대부분이 어머님들이었고 내 성격상 어머님들과 얘기를 잘 나눈다는 점에서 과일판매 일은 나에게 안성맞춤이었다.

즐거웠던 만큼 힘든 적도 많았다. 특히 한여름철에 하는 배달이 그랬다. 과일 성수기인 여름에는 손님이 많은 만큼 배달도 많다. 쌓여있는 장바구니를 배달하기도 바쁜데 수박이나 복숭아 박스까지 같이 배달할 때는 여간 힘든 게 아니었다. 어떤 날은 주문이 너무 많아 하루 종일 배달만 한 적도 있었다. 아침부터 밤까지 하루 12시간을 밥도 못 먹어가며 꼬박 배달만 했는데 그날 얼마나 피곤했는지 아파트 복도에서 엘리베이터 버튼을 눌러놓고는 그대로 퍼질러 앉아 잠이 들어버린 적도 있었다. 배달도 배달이지만 여름철 뜨거운 햇볕을 견디며 일하는 것 또한 만만치 않았다. 그래도 비 오는 날에 비하면 차라리 나았다.

비 오는 날 하면 생각나는 에피소드가 하나 있다. 태풍이 심하게 몰아치던 날 조용하던 가게 전화기가 갑자기 울렸다. 과일주문 전화였다. 바로 옆에 있는 아파트라 걸어서 배달을 갔는데 이런 날에 무슨 배달을 다 시키는 건지 생각할수록 짜증이 났다. 그러다 홧김에 들고 있던 바구니를 길 한복판에다가 내동댕이쳤고 너무 열이 받아 욕을 하며 한참을 씩씩거렸다. 길바닥에 널브러진 과일들을 발로 다 밟아버리고 심정이었다. 지금 생각하면 별일 아닌데 그땐 너무 신경질이 났다. 그러다 별 수 없이 땅에 떨어진 과일들을 다시 바구니에 담고는 배달을 갔는데 열이 받아서 씩씩거리는 그때의 내 모습을 떠올리면 지금도 웃음이 난다.

일하면서 가장 힘든 순간은 몸이 아니라 마음이 힘들 때였다. 비 오는 날 머리에서 빗물이 뚝뚝 흘러내리는 내 모습을 엘리베이터 거울 속으로 바라볼 때 내가 그렇게 초라해 보일 수가 없었다. 또 허름한 등산복 차림에 땀범벅이 된 채로 일을 하다가 가게 옆에 있는 식당에서 말끔한 정장차림으로 점심을 먹고 있는 샐러리맨과 눈이 마주칠 때도 마찬가지였다.

그래도 과일가게 일은 여태껏 해본 일 중에서 가장 재밌었다. 일이 좋아서 하는 사람 없고 누구나 하기 싫은 게 일이라지만 과일가게 일을 통해 자신의 적성에 맞는 일은 분명히 있다는 것을 느낄 수 있었다. 뿐만 아니라 과일판매 일은 복잡한 생각을 정리하게 되는 계기가 되기도 했다. 사실 예전부터 장사를 하고 싶었고 장사를 하면 잘 할 수 있을 거라고 믿었지만 막상 해보니 생각만큼 쉽지가 않았다. 또 손님 응대만큼은 자신 있었지만 그건 사업에서 중요한 여러 요소 중 겨우 하나일 뿐이었다. 과일판매 일을 경험해봄으로써 구체적인 계획도 없이 장사를 꿈꿨던 그 막연한 생각의 종지부를 찍을 수 있었던 것이다. 이를 통해 계속 생각만 하는 것보단 일단 한번 해보면 어떻게든 답이 내려진다는 교훈도 얻을 수 있었다.

과일가게에서 일을 한다고 말했을 때 지인들의 반응은 대부분 비슷했다. 웬 과일가게냐는 것이었다. 처음엔 말하기가 부끄러웠지만 일을 하면 할수록 일에 대한 자부심을 가지게 되었다. 이 힘든 일을 내가 해내고 있다는 자부심이었다. 과일가게 일이 보기보다 보통 일이 아니다. 얼마 못 버티고 나가는 사람들이 수두룩한데 나는 일을 해내는 걸 넘어서 재미까지 느끼고 있다는 사실에 굉장히 뿌듯함을 느꼈다. 그 이후로는 어딜 가서도 내 직업을 말하는 게 부끄럽지 않았고 오히려 더 당당하게 얘기하고 다니곤 했다.

보험 일을 했던 시기도 이쯤이었다. 보험회사에서 오랫동안 근무하고 있던 지인을 통해 보험업에 발을 들이게 됐다. 투잡으로 활동이 가능해 과일가게 일을 병행하며 일할 수 있었고 배정된 파트너가 함께 다니며 고객에게 컨설팅을 해줬기 때문에 잘 모르더라도 부담이 덜 했다. 먼저 보험 FC자격증을 취득하기 위해 시험을 쳤고 첫 시험에서 바로 합격을 했다. 마침 보험이 필요하다던 지인들이 있어 몇 건의 계약을 성사시켰고 수입도 제법 짭짤했다. 하지만 보험 영업직도 얼마 못가서 그만뒀다. 사람들에게 보험을 권하기가 불편했기 때문이다. 특히 지인들에게는 더 그랬다. 보험 영업에 대한 확고한 신념이 있었다면 모를까, 괜히 사람들과의 관계를 껄끄럽게 만들면서까지 돈을 벌고 싶진 않았다.

보험 일을 그만 두고 곧이어 과일판매 일도 유럽여행을 떠나면서 그만두게 되었다. 1년 동안 과일가게에서 일을 하며 모은 돈으로 여행을 갔다 왔고 이후 몇 달을 쉬었다. 쉴 만큼 쉰 후 다시 일자리를 알아봤다. 무슨 일을 해야 할지 이때부터 심각하게 고민이 됐다. 한참 알아보다가 하게 된 일이 바로 달걀 배달이었다. 트럭에 수백 판의 달걀을 실은 후 슈퍼마켓을 돌며 배달하는 일이었다. 유통을 배워야겠다고 생각하고 선택한 일이었다. 별의별 일을 다 해봤지만 달걀 배달을 한다고 하니 어머니의 표정이 좋지 않았다. 자식인 내가 사무실에 앉아서 힘들이지 않고 편하게 일했으면 좋겠는데 또 밖에서비바람 맞아가며 일한다는 게 마음이 쓰이는 듯했다. 운전하는 일이라 하니 교통사고라도 나진 않을까 싶어 더 걱정을 많이 하셨다. 그런 어머니의 걱정만큼이나 나도 내가 답답했다. 여러 일을 해보기는 했지만 어떤 일을 내 업으로 삼을지 뚜렷하게 보이는 게 없었다. 일단은 일을 해보기로 했지만 결국 시작한 지 일주일 만에 그만두고 말았다. 아무리 생각해도 이 일은 아닌 것 같았다.

또 다시 방황했다. 하루하루가 지날수록 불안한 마음은 더욱 커져갔다. 처음 뭔가를 할 때만 해도 내가 잘할 수 있는 일이 분명히 있을 거라는 희망이 있었지만 여러 일을 하면 할수록 처음 가졌던 희망은 점점 불안감으로 변해갔다. 무슨 일이든지 다시 시도해보는 수밖에 없었다. 그러던 중 중학교 동창인 C에게서 전화가 왔다. 친구 C는 유명 가구업체인 H에서 가구 배송 및 시공을 하는 일을 하고 있었는데 월 400만 원을 번다고 했다. 돈에 솔깃하기도 했지만 가구 시공이라는 기술을 배워보는 것도 괜찮을 것 같아 친구 밑에서 일을 시작했다. 친구와 같이 2인 1조로 다니며 서랍장, 침대, 붙박이장과 같은 가구를 배달하고 조립하는 일을 배웠다. 뭔가를 고치고 만드는 활동적인 일이라 내 적성과는 잘 맞았고 일이 없는 날엔 오후 일찍 마치기도 했다. 부사수였던 나는 사수인 친구에 비해 월급은 얼마 안 됐지만 직업을 정하는 게 시급해 돈에 크게 개의치는 않았다. 할 만하다 싶었던 이 일도 계속 하다 보니 만만치가 않았다. 우선 매일 무거운 걸 들고 나르다 보니 힘이 많이 들었는데 한 번은 너무 무리를 했는지 물건을 들다가 허리를 삐끗해 그대로 자리에 주저앉아 버린 적도 있었다. 일을 하다 실수를 했을 때 다른 사람도 아닌 친구한테 욕을 먹다보니 모욕적으로 느껴지는 순간도 많았다. 그래도 밥을 굶어가며 일하는 거에 비하면 그런 건 참을 만했다. 친구는 일을 빨리 끝내고 일찍 퇴근하기 위해 점심밥까지 굶어가며 쉬지 않고 일했다. 그렇다 보니 덩달아 나까지 점심을 굶을 수밖에 없었다. 일 하는 것도 사람이 다 먹고 살자고 하는 건데 밥을 굶어가며 일하는 건 나의 가치관으로는 받아들일 수 없었다. 잠깐은 괜찮지만 평생 이 일을 한다 생각하니 자신이 없었다. 일을 오래하지는 못할 거라는 생각이 스멀스멀 올라올 때쯤 그 생각에 불을 지핀 또 다른 일이 있었다.

폭우가 쏟아지던 날이었다. 비가 얼마나 많이 오는지 가구 자재를 아파트 안으로 옮기는 그 몇 초 동안에 온 몸이 다 젖어버렸다. 엘리베이터 안에 물건을 다 싣고 난 후 거울 속의 나와 눈이 마주쳤다. 옷뿐만 아니라 속옷까지 다 젖어있었고 머리에서는 샤워기를 틀어놓은 것 마냥 물이 줄줄 흐르고 있었다. 완전히 물에 빠진 생쥐 꼴이었다. 그런 내 모습을 보는 순간 갑자기 그런 생각이 들었다.

'내가 지금 여기서 뭐하고 있는 거지...'

거울 속의 내가 불쌍하다 못해 처량해보였다. 이런 식으로 일하고 싶지는 않았다. 일을 그만둬야겠다는 생각이 들었다. 결국 일을 시작한 지 4개월 만에 가구 시공 일을 그만두게 됐는데 일을 그만둔 결정적인 이유는 사실 따로 있었다. 그 당시 만나고 있던 여자 친구 때문이었다. 어느 날 여자 친구가 진로에 대해 고민하고 있던 나에게 공무원 시험에 도전해보는 게 어떻겠냐며 권유했고 여자 친구의 그 말 한마디가 내 인생을 180도로 뒤바꿔 놓게 되었다.

07

화이트칼라가 되다

영어회화스터디 동호회에서 한 여자를 만났다. 동호회 사람들과 함께하는 술자리에서 그녀와 대화를 나누며 조금씩 친해졌고 서로 마음이 통해 금방 연인으로 발전하게 되었다. 그녀와 사귀고 난 이후부터 하루하루가 설레었고 같이 있으면 모든 걱정을 다 잊어버릴 정도로 행복했다. 좋아하는 누군가가 있다 보니 행복하기도 했지만 그만큼 앞으로 뭔가를 더 열심히 해야겠다는 생각도 많이 들었다. 그때가 유럽여행을 다녀온 직후라 일을 쉬고 있을 때였는데 여자 친구를 생각하면 마냥 좋다고 놀고만 있을 수는 없었다. 빨리 남 보기 번듯한 직장을 구해야했다. 서른을 앞두고 있던 때라 이제는 자리를 잡아야한다는 생각도 강했다. 진로에 대해 고민하고 있던 내게 어느 날 여자 친구가 대뜸 이런 말을 했다.

“이번에 공무원 시험에 합격한 친구가 있는데 자기도 공무원 시험 한번 쳐볼래?”

웬 공무원 시험인가 싶었다. 그때까지만 해도 공무원 시험에 도전한다는 생각은 한 번도 해보지 않았고 설령 시험을 준비한다고 해도 내 머리로는 합격할 수 없는 시험이라고 생각했다. 나와는 거리가 먼 얘기로 들렸다. 여자 친구는 과연 나를 어떻게 보고 말한 건지, 정말 내가 할 수 있을 거라고 생각하고 얘기를 하는 건지 긴가민가했다. 몇 번을 생각해봐도 공무원 시험에 도전하고 싶지는 않았다. 그때는 왜 그렇게 다들 공무원 시험에만 몰리는지 이해하지 못했고 나만큼은 그 경쟁 대열에 합류하고 싶지 않았다. 하지만 집으로 가는 길에 계속 생각이 났다.

‘공무원 시험이라…’

그러다 문득 군무원이라는 직업이 있다고 알려준 지인 L이 생각났다. 바로 전화를 걸어 군무원 시험에 대해 물어봤다. 갈수록 경쟁률이 높아지고는 있지만 공무원보다는 그나마 나은 편이라 도전해볼 만할 것 같았다. 그래도 국가직 시험이기 때문에 만만하게 볼 시험은 아니었다. 며칠을 고민했고 그러다 결국 시험에 도전하기로 했다. 겉보기엔 진로를 찾기 위한 새로운 도전 같지만 사실은 여자 친구를 위한 시험이었다. 남보기 괜찮은 직업을 가져야만 여자 친구와의 만남을 계속 이어갈 수 있을 것 같아서였다. 왜냐하면 여자 친구의 직업이 교사였기 때문이다. 변변찮은 직장도 없고 학벌도 부족한 나를 여자 친구가 계속해서 만나줄 리 만무했다. 상황이 그렇다보니 여자 친구는 부모님께 나를 소개해주지도 못했다. 여자 친구의 부모님은 대기업을 다니는 여자 친구의 전 남자 친구도 탐탁지 않아 했다고 하는데 그런 걸로 봐서는 나는 더 말할 것도 없었다. 여자 친구를 계속 만나려면 그리고 여자 친구 부모님께 나를 당당하게 소개하려면 여자 친구와 같은 공무원이 되는 길밖에 없었다.

가구 시공 일을 그만두고는 곧바로 학원을 찾아갔다. 상담을 한 후 수업 등록을 했다. 막상 시작은 했지만 사실 두려웠다. 어쩔 수 없이 등 떠밀려서 했던 것이지 시험에 합격할 수 있을 거란 생각으로 시작한 것이 아니었기 때문이다. 많이 혼란스러웠다. 마치 사막 한 가운데 혼자 남겨진 그런 기분이었다. 하지만 더 이상 물러설 곳이 없었다. 부딪쳐야만 했다.

수업 첫 날, 걱정과는 달리 따라가는 데 큰 어려움은 없었다. 오랜만에 하는 공부이긴 했지만 고등학교 때 죽어라 공부를 해 본 경험 덕분에 앉아 있는 게 그리 힘들지는 않았다. 여자 친구와 예전처럼 데이트를 자주 할 수 없어 아쉬웠지만 당장의 현실보단 미래를 위해 참고 공부했다. 그런 나를 여자 친구도 응원해줬다. 초반엔 공부가 생각보다 할 만하다고 느꼈는데 그게 큰 오산이었다는 것을 깨닫게 된 건 며칠이 지난 뒤였다. 국어, 국사는 괜찮았는데 그 외 전공과목이 너무 어려웠다. 처음 해보는 학문이라 도대체 무슨 말인지 이해할 수가 없었다. 책을 펼치면 흰 건 종이고 검은 건 글씨로밖에 안 보였고 그 글자마저 알 수 없는 외계어와 형이상학적인 그림으로 도배되어 있었다. 이해가 되지 않으니 수업을 들을수록 짜증이 났고 자리를 박차고 나가고 싶을 정도로 속에서는 천불이 났다. 아무리 열심히 공부를 한다고 해도 이건 내가 할 수 있는 공부가 아니라는 생각이 들기 시작했다. 시험에 합격한다는 건 불가능한 일처럼 느껴졌다. 할 수 없을 거라는 두려움과 불안감이 동시에 밀려오더니 갑자기 감정이 북받쳐 올랐다. 울컥해서 눈물이 날 것만 같았다. 더 이상 앉아 있을 수가 없었다. 수업 도중에 결국 강의실을 뛰쳐나갔다. 학원을 다닌 지 겨우 2주 만의 일이었다.

학원 복도 계단에 서서 엉엉 울었다. 단순히 공부가 힘들고 어려워서가 아니었다. 그 눈물에는 복잡 미묘한 감정들이 뒤섞여 있었다. 우선 시험에 합격하지 못하면 여자 친구와 끝이라는 생각 때문에 두려웠다. 시험에 떨어져서 이별을 통보받고 슬퍼하는 내 모습이 자꾸 그려져 괴로웠다. 어머니의 얼굴도 떠올랐다. 어머니는 지금까지 내가 갖은 고생을 하며 일해 온 모습을 옆에서 안타까워하며 지켜보셨다. 그런 자식이 이제 시험에 도전해보겠다고 하는데 그 시험마저 떨어지는 걸 보면 얼마나 속상해하실지 그 표정이 자꾸 아른거렸다. 돈이 모자라면 얼마든지 보태줄 테니 돈 걱정하지 말고 공부에만 열중하라며 그렇게 나를 도와주시는데 그 믿음에 보답할 수 없을 것만 같아 눈물이 멈추지 않았다. 하지만 눈물이 났던 가장 큰 이유는 바로 나 자신에 대한 안타까움 때문이었다. 20대에는 진로를 찾기 위해 힘든 일도 마다하지 않고 닥치는 대로 일했다. 남들이 하기 싫어하는 공사장 막일까지 해가며 여러 직종의 일을 경험해봤지만 도저히 어떤 일을 해야 할지 앞이 보이지 않았다. 결국 선택한 것이 군무원 시험이었는데 이 시험마저 떨어진다면 앞으로 내가 할 수 있는 일은 더 이상 없을 거라는 절망감이 몰려왔다. 그때는 군무원 시험이 단순한 시험이 아닌 내 인생의 마지막 기회라고 생각했다. 이 시험에 불합격하게 되면 낙오자가 될 것만 같았다. 세상이 너무 무서웠다. 진로에 대한 나의 고민은 그 정도로 심각했다.

그날 이후로 며칠 동안 학원에 가지 않았다. 공부도 하지 않았다. 그냥 쉬었다. 너무 힘든 시간이었지만 누구에게도 말하지 못했다. 힘들어서 못 하겠다고 말을 하는 순간 스스로 구제불능인 사람이라고 인정하게 될 것만 같아서였다. 하는 일마다 꾸준히 하지 못하고 불평하며 그만두는 내가 문제라는 생각이 들었다. 실패자처럼 보일 내 모습을 정면으로 바라볼 자신이 없었다. 현실을 애써 외면하며 오롯이 혼자서 견뎌내야 했다. 그렇게 시간은 흘렀다.

2~3주 정도 지났을까? 어느 정도 쉬고 나니 마음이 조금 가벼워졌다. 다시 시작해야겠다는 생각이 들어 학원으로 갔다. 공부를 하려고

간 건 아니었다. 아무 것도 하지 말고 그냥 수업 시간에 앉아만 있다가 오자고 생각했다. 손은 가만히 둔 채 칠판을 쳐다보며 눈만 멀뚱멀뚱 뜨고 있었다. 알려고도 하지 않았다. 그냥 봤다. 이해할 수 있는 것에만 집중했다. 이해가 안 되면 안 되는 대로 넘어갔다. 그렇게 마음을 가볍게 먹고 할 수 있는 부분에만 집중했더니 어느 순간부터는 그 어렵던 전공과목도 조금씩 이해가 되기 시작했다. 하루에 한 개만 배우자는 마음으로 공부하면서부터 할 수 있을 거란 자신감이 조금씩 생겼다. 모르는 것을 억지로 알려고 하지 않고 그저 할 수 있는 범위 내에서 최선을 다하는 이 방법은 훗날 다른 자격증 공부를 할 때도 많은 영향을 미쳤다. 다시 펜을 꺼내들고 필기를 했다. 그렇게 적응해 나가는가 싶더니 이번엔 다른 일이 터졌다. 여자 친구와의 이별이었다.

여자 친구를 처음 만났을 땐 몰랐는데 몇 달 사귀고 보니 우리 둘은 그렇게 오래 가지는 못 할 거라는 생각이 들었다. 몇 가지 이유가 있었지만 그중 나를 가르치려는 것이 가장 견디기 힘들었다. 인생을 어떻게 살아야 한다는 식의 그런 삶의 지표에 대해 가르치는 것이 아니었다. 내가 실수로 말을 잘못할 수도 있는 것을 그건 A가 아니라 B라는 식으로 일일이 지적하곤 했다. 개떡같이 말해도 찰떡같이 알아주길 바라는 내 마음과 달리 그녀는 일일이 짚고 넘어가야 속이 후련한 듯했다. 뿐만 아니라 가끔씩 나를 무시하는 식의 말투 때문에 나의 자존감은 점점 떨어졌다. 가뜩이나 교사인 여자 친구에게 자격지심을 많이 느꼈는데 아무렇지 않게 하는 그녀의 말과 행동은 나의 자격지심을 더욱 부추겼다. 아무리 이해하고 맞춰보려 해도 받아들일 수 없는 부분이었다. 계속 싸우고 대화하면서 서로 조금씩 맞추다보면 나아질 수도 있었겠지만 문제는 다툰 날에는 도저히 공부에 집중할 수가 없다는 것이었다. 그런 날이 점점 늘어나다보니 이러다가는 공부도 여자 친구도 둘 다 놓치겠다는 생각이 들었다. 과감하게 결단을 내려할 때라는 걸 직감했다. 문제의 그 날도 사소한 일로 다퉜고 결국 내가 먼저 말을 꺼냈다.

"우리 이제 그만하자."

헤어지고 나면 속이 후련할 줄 알았는데 아니었다. 덤덤하게 돌아서 가는 여자 친구의 뒷모습을 보는 순간 뭔가 잘못됐다는 생각이 들었다. 전부터 우리 둘은 오래 가진 못할 거라 생각해 신중히 고민한 후에 고한 이별이었는데도 막상 현실이 되고 나니 생각과 너무 달랐다. 바로 붙잡고 싶었지만 붙잡을 수 없었고 붙잡아서도 안 됐다. 지금은 힘들지만 시간이 지나고 보면 분명 잘한 결정이었다고 생각할 것 같았기 때문이다. 나의 미래를 위해서 어떻게든 참아야했다. 그녀를 보낸 후 길거리 벤치에 앉아 머리를 싸맨 채 한참을 앉아있었다.

한 동안 힘든 시간을 보냈다. 아무 것도 할 수가 없었다. 공부를 할 수도 없었고 밥도 제대로 넘어가지 않았다. 지금까지 겪은 이별 중 아마 가장 힘든 이별이 아니었나 싶다. 하지만 시간이 약이라고 했던가. 시간이 지나면서 마음이 조금씩 나아졌고 정신을 차리고 보니 지금 내가 해야 하는 것이 무엇인지 보였다. 바로 공부였다. 시험합격이었다. 다시 학원으로 갔다. 수업이 머리에 들어오진 않았지만 억지로라도 공부를 해야 했다. 시간이 지난 후 지금 이 순간을 돌이켜봤을 때 흐뭇하게 웃을 수 있으려면 반드시 시험에 합격해야만 했다. 그것이 내가 승리할 수 있는 유일한 방법이라 믿었다.

다시 마음을 잡고 공부를 시작했다. 공부에만 집중하며 열심히 해보기로 했다. 그런 의욕과 달리 처음부터 공부에 속도가 붙지는 않았다. 일찍 일어나는 날보다 늦잠을 자는 날이 더 많았다. 그러다 본격적으로 공부에 대한 의지를 불태울 수 있었던 것은 같은 학원에 다니는 J를 보면서부터였다. 그날도 평소와 다름없이 낮 11시까지 늦잠을 잤고 점심시간이 다 돼서야 학원에 도착했다. 학원에 들어가다가 입구에서 같은 학원 수강생인 J와 마주쳤는데 J는 아침 7시에 학원에 도착해서 공부를 시작했고 이제 막 점심을 먹으러 나가는 길이라고 했다. J와 같이 있던 다른 사람들도 마찬가지였다. 누군가는 눈에 불을 켜고 열심히 공부하고 있을 때 나는 달콤한 잠에 취해 있었다고 생각하니 순간 나 자신에게 너무 화가 났다. 늘어지게 자고 있는 내 모습이 한심하게 느껴졌다. 내가 열심히 하고 있는 게 아니라는 걸 그때 깨달았다. 그때부터 마음속에 독기를 품었다. 이거 아니면 죽는다는 심정으로 공부를 시작했다. 학원에는 항상 1등으로 도착해서 공부를 시작했고 나중에 도서관을 다니며 공부할 땐 매일 아침 7시에 도서관에 도착해 밤 10시까지 공부했다. 하루 15시간씩 공부했고 도서관에 거의 살다시피 했다. 그렇게 매일 똑같은 하루를 보냈다. 주말이나 공휴일에도 쉬는 건 용납하지 않았다. 너무 무리를 하는 것도 같았지만 그 정도로 독하게 공부해야 합격할 것 같았다. 과연 내가 할 수 있을지 두려운 마음도 들었지만 그럴수록 공부에 더 집중했다. 내 머릿속은 온통 공부 생각뿐이었는데 그럴 수밖에 없었다. 내 앞날을 위해서이기도 했지만 헤어진 여자 친구에게 보여주고 싶었기 때문이기도 했다. 만약 언제 어디서든 그 친구가 내 소식을 듣게 된다면 그때 꼭 합격 소식을 전하고 싶었다. 직업도 없는 백수에다가 학벌도 부족한 별 볼일 없던 내가 이만큼 해냈다는 걸 당당하게 보여주고 싶었다.

오지 않을 것 같던 시험일도 어느덧 코앞으로 다가왔다. 필기시험 당일 날 얼마나 긴장이 되던지 시험시작 전부터 완전히 녹초가 되어 있었다. 어떻게 지나갔는지도 모를 정도로 시험 시간은 순식간에 지나갔다. 전반적으로 무난한 수준이었으나 한 과목이 너무 어렵게 나오는 바람에 왠지 떨어질 거라는 예감이 들었다. 한 달 뒤 필기시험 합격자 발표가 공지되었다. 파일을 열었지만 혹시나 내 수험번호가 없을까봐 겁이나 스크롤 바를 내릴 수가 없었다. 심호흡을 크게 한 번 하고는 천천히 스크롤 바를 내려 내 수험번호를 찾기 시작했다. 한참을 내려가는데 중간에 낯익은 수험번호가 하나 있었다. 내 수험번호였다. 합격이었다. 처음엔 믿기지가 않더니 수험번호를 30번 넘게 확인한 뒤에야 합격이란 사실을 받아들일 수 있었다. 가장 먼저 부모님께 합격소식을 전했다. 너무 고맙다며 누구보다 크게 기뻐하셨다. 나 역시도 정말 기뻤지만 면접이 남아있었기에 아직 안심할 순 없는 상황이었다. 바로 면접 준비에 들어갔고 한 달 동안 연습한 후 면접을 치렀다. 필기시험보다 면접이 몇 배는 더 떨렸다. 면접이 끝나고 최종 합격자 발표 일까지 한 시도 긴장을 늦출 수 없었다. 최종합격자 발표 당일, 운이 좋았던 것일까? 최종합격자 명단에 내 수험번호가 있었다. 그렇게 군무원 시험에 최종적으로 합격을 하게 되었다.

현재 군무원이 되어 국가방위의 업무를 수행하고 있다. 일을 하다 보면 가끔씩 지난 시간들이 주마등처럼 스쳐 지나가곤 한다. 특히 힘들었던 순간들이 많이 생각난다. 호텔 연회장 아르바이트를 할 때 보자마자 반말하는 어린 직원 밑에서 욕먹으며 일했고 사람들이 먹다 남은 음식물을 맨손으로 치우기도 했다. 피자 배달을 할 때는 오토바이를 타고 가다가 빗물에 미끄러져 상처투성이가 되기도 했고 과일가게에서 일할 때는 건물 입구로 들어가다가 유리문에 얼굴을 박아 코뼈가 부러져 병원에 입원한 적도 있었다. 공장에서 일을 할 당시 프레스 기계에 손이 잘릴 뻔한 위험천만한 상황도 있었다. 무더운 여름날 공사장을 전전하며 막일을 할 때는 먼지투성이가 된 채 뜨거운 땡볕 아래서 일하는 것도 여간 힘든 게 아니었다. 여러 일을 하면서 힘들 때가 많았지만 그중 제일 싫었던 건 비바람을 맞으며 일을 해야 할 때였다. 과일판매와 가구시공 일을 할 때 비를 많이 맞으며 일해서 그런지 비 맞고 일하는 것만큼은 제발 그만 하고 싶었다. 그래서 공부할 때 나 자신을 채찍질하기 위해 이런 말을 자주 했다.

'비바람 맞기 싫으면 공부하자. 반드시 시험에 합격해서 더 이상 비는 맞지 말고 일하자.'

지금은 사무실 안에서 일을 하고 있어 더 이상 비바람 맞을 일은 없다. 여름에는 시원한 에어컨 바람을, 겨울에는 따뜻한 히터 바람을 쐬며 일하고 있다. 일을 하다보면 짜증나고 스트레스 받을 때도 있지만 비를 맞지 않고 일하는 것만으로도 너무나 감사하다.

지금은 시험에 최종합격한 지도 제법 지났지만 내가 공직에 몸을 담고 있다는 사실이 믿기지 않을 때가 종종 있다. 어쩌다가 여기까지 오게 된 건지 내 자신이 신기하게 느껴질 때도 있다. 허름한 등산복을 입고 일하던 내가 이제는 깔끔한 옷차림으로 일을 하고 있다. 팔에 장바구니를 몇 개씩이나 걸고 배달 다니던 내가 이제는 목에 공무원증을 걸고 다닌다. 공사장에서 온갖 막말을 들으며 일하던 내가 이제는 위병소에서 경례를 받으며 출퇴근을 하고 있다. 그럴 때면 괜히 어깨가 으쓱해지면서 내가 참 출세했구나 하는 생각이 들곤 한다. 다른 사람에겐 예사로 보이는 일도 나에게만큼은 감사하게 느껴진다. 힘든 시간이 있었기에 가능한 일이 아닌가 싶다.

최종합격 후 헤어졌던 전 여자 친구에게 전화를 한 적이 있었다. 다른 뜻이 있어서가 아니었다. 단지 내가 이 자리까지 올 수 있도록 동기부여를 해준 것에 대한 고마움을 전하고 싶어서였다. 그녀가 아니었다면 이 시험은 시도조차 하지 않았을 것이고 시도했다 하더라도 그만큼 열심히 하지는 못했을 것이다. 고맙다는 인사를 끝으로 함께 한 시간에 대한 미련도 아쉬움도 다 버릴 수 있었지만 그녀에 대한 고마운 만큼은 지금까지도 잊히지가 않는다.

지인들은 안정적인 직업을 얻은 나를 보며 이제 인생 폈다고 많이들 얘기한다. 하지만 시험을 합격하여 군무원이 된 것은 내가 가진 수많은 목표 중 이제 겨우 하나를 이뤘을 뿐이다. 그리고 따지고 보면 직업은 직업일 뿐 꿈이라고 말하기는 어렵다. 꿈은 명사가 아니라 동사여야 한다는 누군가의 말처럼 그때의 나는 하고 싶은 것도 이루고 싶은 꿈도 많이 있었다. 지금까지가 길을 찾기 위해 탐색하고 방황하던 시기였다면 이제부터는 이루고자 하는 목표를 향해 거침없이 달려나갈 때이다. 내 인생은 지금부터가 시작이다.

08

책 속에 길이 있다고?

어릴 때부터 아버지께서는 내게 책을 많이 읽으라고 하셨다. 그땐 책의 중요성을 몰라서 책을 읽지 않았다. 간간이 만화책만 봤을 뿐 그 외 다른 책은 본 적이 없었다. 직장을 다니며 사회생활을 할 때도 마찬가지였다. 책 읽을 시간이 없다는 핑계를 대며 책을 멀리하는 다른 사람들과 별반 다르지 않았다. 그런 내가 본격적으로 책을 읽기 시작한 건 부산으로 이사를 가면서부터였다. 이사한 이후부터 진로에 대해 심각하게 고민했다. 낯선 환경에서 무엇을 어떻게 시작해야 할지 몰랐다. 방황하며 갈피를 잡지 못하고 있을 그때 갑자기 머릿속에 글귀 하나가 떠올랐다.

'책 속에 길이 있다.'

왜 갑자기 그 말이 떠오른 건지는 모르겠다. 단지 그 말이 무슨 뜻인지 궁금할 뿐이었다. 성공한 사람들이 하나같이 책을 읽으라는 말을 할 정도면 분명 책 속에 뭔가 있을 거라고 생각했다. 책 속에 정말로 길이 있는 건지 또 길이 있다면 도대체 어떤 길인지 직접 확인해보고 싶었다. 책을 읽음으로써 직접 경험해보기로 결심했다. 그때부터 내 삶의 길을 찾기 위한 독서를 시작했다.

처음부터 책이 잘 읽히지는 않았다. 안 읽던 책을 갑자기 읽으려고 하니 몸이 따라주질 않았다. 책만 펼치면 잡생각이 들었고 몸이 배배 꼬여 잠시라도 가만있지 못했다. 책에 집중이 안 돼 똑같은 페이지를 몇 번이나 반복해서 읽기도 했다. 결심을 한 이상 어떻게든 읽어야 했다. 편안한 집부터 벗어나기로 했다. 책에 집중할 수 있도록 도서관에 가서 책을 읽었다. 카페에 가거나 한적한 공원에 가서 독서를 했다. 출퇴근길 지하철 안에서도 항상 책을 꺼내 읽었다. 그렇게 억지로라도 읽다보니 어느 순간부터 책 읽는 습관이 조금씩 몸에 배게 되었다.

자기계발, 에세이, 사회, 정치, 경제 등 다양한 장르의 책을 넓고 얕게 읽었다. 그중 가장 많이 읽은 책은 자기계발서였다. 성공한 사람들은 어떤 습관과 마음가짐을 가지고 있는지 읽고 배우려 했다. 읽는 데 그치지 않고 배운 것을 내 것으로 만들기 위해 실천으로 옮겼다. 꿈꾸는 대로 이루어진다고 해서 매일 성공한 나의 모습을 그렸다. 노트에 쓰고 소리 내어 말했다. 나의 꿈을 주제로 한 나만의 보물지도도 만들었다. 내가 바라고 꿈꾸는 것들을 사진으로 찾아 프린트한 후 벽에 붙였다. 돈, 건물, 고급아파트와 같이 재물에 대한 사진이 제일 많았다. 지금은 내가 생각하는 성공의 기준이 많이 바뀌었지만 그 당시에는 돈이 곧 성공이라 생각했다. 재물에 대한 사진 외에 인간관계, 영어정복, 해외여행, 여자 친구, 몸짱 등을 주제로 한 사진들도 많았다. 내가 바라는 것을 언제쯤 이룰 수 있을지 예상은 할 수 없었지만 그저 뭔가 열심히 하고 있다는 그 느낌만으로도 좋았다. 앞이 보이진 않아도 분명 밝은 미래가 찾아올 거란 희망이 있었다. 그렇게 나 자신을 믿으며 꾸준히 실천해나갔다.

그렇게 아침잠이 많던 내가 저녁형 인간에서 아침형 인간으로 바꿀 수 있었던 것도 책 덕분이었다. 어느 날 아침형 인간이 성공한다는 내용의 책을 읽었다. 예전엔 뻔한 말이라 생각했지만 이번엔 그 말이 사실인지 직접 경험해보기로 했다. 오랜 습관을 하루아침에 바꾸는 것이 쉽지는 않았지만 수많은 실패 끝에 결국 아침형 인간으로 거듭날 수 있었다. 매일 아침 5시에 일어나 하루 계획을 세웠다. 책을 읽고 영어 공부도 했다. 주말에도 늦잠자지 않고 평일과 같은 시간에 일어나서 하루를 시작했다. 그렇게 꼬박 1년을 보냈다. 내 생애 가장 부지런했던 시간이었다. 아침 시간을 활용해보니 많은 사람들이 왜 그렇게 아침형 인간을 예찬하는지 알 것 같았다. 이후에 다시 저녁형 인간의 생활로 돌아간 적도 있었지만 아침 일찍 일어나 본 그때의 경험이 계기가 되어 지금까지도 아침형 인간의 생활을 이어오고 있다. 책을 읽지 않았다면 결코 경험하지 못했을 것이다.

책을 읽기 시작한 지 1년이 지났을 때쯤 내가 읽은 책은 모두 100권이었다. 여러 권의 책을 통해 배운 것은 기대 이상이었다. 다양한 사람들의 삶을 간접적으로 체험함으로써 세상을 보는 눈을 더 넓힐 수 있었고 새로운 도전을 하는 데 있어서도 많은 동기부여가 되었다. 마음이 울적할 때 책을 읽으면서 많은 위로를 받기도 했다.

책을 읽으면 좋은 점이 많다. 책 읽는 사람이 성공한다는 말은 피부에 바로 와 닿지 않기 때문에 좀 더 현실적인 장점들에 대해 얘기해 보자면 우선 책을 읽으면 여유가 생긴다. 나는 항상 책을 가지고 다니며 틈틈이 읽는다. 사람을 기다릴 때도 병원에서 대기 중일 때도 심지어 엘리베이터를 기다릴 때도 책을 꺼내 읽는다. 책을 읽고 있으면 왜 이렇게 오래 걸리느냐며 짜증내는 일이 줄어든다. 기다릴 줄 알게 되므로 일상에 여유를 가질 수 있다. 책은 지적인 이미지를 만들어 주는 데도 한 몫 한다. 내가 책을 가지고 다니는 모습을 본 지인들은 하나같이 나를 달리 봤다. 내가 책을 읽는다는 것을 알고 나서부터 나에 대한 이미지를 180도로 바꾸게 됐다고 말하는 사람도 있었다. 뿐만 아니라 책은 수면에도 도움이 된다. 밤에 잠이 안 올 때 몇 페이지 읽고 나면 금세 잠이 온다. 가장 건강하고 지적인 수면제라 할 수 있다.

책하면 생각나는 사람들이 있다. 바로 독서모임에서 만난 사람들이다. 혼자 책을 읽기보다는 같이 읽고 공유하면 더 좋을 것 같아 인터넷에서 독서모임을 검색했다. 내가 찾아간 곳은 책을 읽고 토론하는 그런 일반적인 독서모임이 아니었다. 책을 읽고 꿈을 실현하기 위한 사람들의 모임이었다. 모임에 참여해보니 꿈이 있는 사람들이라 그런지 분위기가 남달랐다. 서로 나이, 직업과 같은 호구조사는 뒤로 하고 모두들 자신의 꿈에 대해 얘기를 나눴다. 놀라웠던 건 누군가 불가능해 보이는 꿈을 얘기해도 아무도 비웃지 않는다는 것이었다. 무시하기는커녕 오히려 할 수 있다며 서로를 응원했다. 사회에서는 꿈이나 목표에 대해 얘기를 하면

"말이 쉽지 그게 되겠냐?"

"하고 싶은 거 다 하면서 어떻게 사니?"

"꿈 깨라. 현실을 생각해야지."

와 같은 말을 듣기 십상이다. 다 그런 건 아니지만 그만큼 꿈을 허황된 것으로 여기는 사람들이 많다. 하지만 여긴 달랐다. 아무도 한계를 규정짓지 않았다. 불가능이란 없었다. 남들이 무시할까봐 쉽게 꺼낼 수 없었던 꿈도 여기서는 속 시원히 말할 수 있었다. 오가는 응원 속에서 자신감을 얻을 수 있었고 얘기를 나눌수록 꿈이 현실이 될 거라는 믿음은 더욱 강해졌다.

독서모임에서 독서캠프라는 이름으로 2박 3일 여행을 다녀온 적이 있었다. 산 속 공기 좋은 곳에서 독서모임 회원들이 다 같이 모여 책에 대해 얘기를 나누고 서로의 꿈을 공유하는 그런 여행이었다. 50명 정도의 제법 많은 사람들이 모였다. 여러 프로그램 중에서 가장 인상 깊었던 것은 독서토론이었다. 조별로 책을 읽고 정리한 내용을 각조 조장이 무대에 올라가 발표를 하고 나면 다른 조원들과 함께 그 책에 대해 토론을 하는 방식이었다. 서로 질문하고 답하며 제법 열띤 토론을 벌였는데 그 열기가 얼마나 뜨거운지 사회자가 직접 중재에 나서야 할 정도였다. 야구와 같은 운동경기나 가수의 콘서트와 같은 공연무대가 아닌 책을 읽고 토론하는 자리가 이렇게까지 뜨거워질 수 있다는 게 참 신기했다. 지금껏 한 번도 보지 못한 이색적인 풍경이었다. 내가 이런 자리에 함께 있다는 것만으로도 왠지 가슴이 벅찼다. 친구들과 밤새 술 마시며 노는 여행은 해봤어도 이렇게 책을 읽고 토론하며 즐기는 지성미 넘치는 여행은 처음이었다. 책 읽는 사람들과의 대화를 통해 많은 걸 배우고 공유할 수 있었던 뜻 깊은 시간이었다.

독서모임 회원들과 함께했던 '꿈 명함 만들기' 도 잊지 못할 기억 중 하나이다.

'회사 명함도 아니고 꿈 명함이라?'

꿈 명함 만들기를 한다는 소식을 처음 들었던 생각이다. 그동안 막연하게 그려왔던 내 꿈을 선명하게 그릴 수 있는 기회라 생각하고 바로 신청했다. 신청자들이 한 자리에 모여 먼저 각자의 꿈과 목표에 대해 적어보는 시간을 가졌다. 모인 사람들의 성격과 생김새가 다 다르듯 꿈도 제각각이었다. 평범한 일상에 소음을 일으키는 문화기획자, 통일을 꿈꾸며 새터민 아이들을 돕는 봉사자, 자신의 이름을 건 패션 브랜드를 만들겠다는 디자이너 등등 모두가 저마다의 꿈을 좇고 있었다. 그 중에서 가장 기억에 남는 것은 J의 꿈이었다. 모자를 푹 눌러 쓴 채 조금 어두운 낯빛을 하고 있는 그녀의 꿈은 '하루 잘 살기' 였다. 처음엔 그게 왜 꿈인가 했다. 꿈이라고 하기엔 너무나 가벼워보였다. 하지만 그런 꿈을 가진 데는 다 이유가 있었다. J는 한때 병에 걸려 몸을 심하게 앓은 적이 있었다고 했다. 오랜 시간 동안 병과 싸우며 고통을 견뎌내야 했는데 죽다 살아날 정도로 심하게 아프고 보니 살아있는 것만으로도 감사하다는 사실을 깨닫게 됐다고 한다. 그래서 '오늘 하루도 아프지 않고 잘 살기' 라는 목표를 가지게 된 것이라 말했다. 그땐 대수롭지 않게 생각했다. 죽다 살아날 정도로 아파본 적은 없어 크게 공감하지 못했지만 오늘 하루를 잘 살자는 목표와 같이 작은 것에 감사하는 마음이 얼마나 중요한 지를 요즘 많이 느끼고 있다. 현재 내가 생각하는 행복의 기준이기도 하다. 지금은 J가 어디서 어떻게 지내고 있는지 모르지만 매일을 감사하는 마음으로 살아가고 있지 않을까싶다.

소박한 꿈을 가진 J와는 달리 나는 어마어마하게 큰 꿈을 가지고 있었다. 한창 꿈과 성공을 갈망하던 시기라 더 그랬다. 하고 싶은 것도 되고 싶은 것도 많았다. 꿈 명함에 어떤 내용을 넣을지 고민하다가 그 당시 내가 가장 원하는 5가지의 꿈을 명함에 새겨 넣기로 했다.

• 한국 제일의 갑부

꿈을 이뤄주는 보물지도와 같이 꿈 명함에서도 제일 첫 번째로 쓴 것은 역시 돈이었다. 돈이 필요해서가 아니었다. 돈이 성공의 기준이라는 사회적 인식에 따라 그저 돈을 많이 갖고 싶었다. 소비하기 위한 돈이 아니라 성공을 증명해보이기 위한 돈을 갖고 싶었다. 물론 지금은 돈에 대한 욕심도 없고 내 삶에서 돈의 비중이 그리 크지도 않지만 그땐 그랬다.

• 봉사와 나눔을 실천하는 자선가

어려운 사람을 돕고 싶었다. 다함께 더불어 살아가는 사회가 되길 바랐다. 물론 생각과 달리 봉사라고 해봤자 연탄배달봉사가 전부였고 지금은 봉사에 대한 열정도 예전만큼은 아니지만 내가 할 수 있는 범위 내에서 소소한 나눔을 실천하고 있다. 안 쓰는 물건이나 안 입는 옷은 버리지 않고 아름다운 가게와 같은 사회적 기업에 기부하고 있고 후원 단체를 통해 현재 5년 째 해외아동을 후원하고 있다. 매달 헌혈을 하고 있는데 최근엔 헌혈 횟수 50회를 돌파해 감사패와 금장을 받았다. 사소하지만 꾸준히 나눔을 실천하고 있는 걸 보면 '봉사와 나눔을 실천하는 자선가'라는 꿈은 벌써 이뤘고 또 앞으로도 계속 이뤄나가야 할 꿈이 아닐까 싶다.

• 나 자신을 브랜드화한 최고의 장사꾼

사람과 얘기하는 걸 좋아해 서비스업에 관심이 많았고 자연스럽게 장사에도 관심을 가지게 되었다. 만약 장사를 한다면 브랜딩이라는 트렌드에 맞춰 나 자신을 브랜드화한 장사를 하고 싶었다. 구체적인 계획은 없었다. 그냥 막연하게 꿨던 꿈이다.

• 외국인보다 더 영어를 잘하는 코리언

한국 사람이 원어민보다 영어를 더 잘 한다는 게 말은 안 되지만 영어를 잘하고 싶은 내 마음을 역설적으로 표현하고 싶었다. 아주 짧은 문장만 구사할 수 있는 수준에서 영어를 그만뒀고 지금은 영어를 놓은 지도 오래 됐지만 가끔 영어를 물 흐르듯이 유창하게 구사하는 사람을 보면 여전히 부럽기는 하다.

• 사람들에게 즐거움을 주는 괴짜 마술사

사람들에게 즐거움을 주는 건 좋은 일이다. 남을 즐겁게 해줌으로써 내가 몇 배로 더 기쁠 수 있다. 내게는 그것이 마술이었다. 한 때 배운 마술로 사람들을 즐겁게 해주고 싶었다. 프로마술사가 아니라도 상관없었다. 사람들에게 소소한 웃음을 줄 수 있다면 그걸로 충분했다.

이렇게 다섯 가지의 꿈을 적어 놓고 제일 밑에 마지막으로 한 문장을 더 넣었다.

'모든 꿈이 이루어졌습니다. 감사합니다.'

꿈을 얘기할 때 '됐으면 좋겠다.' 와 같이 소망이 아닌 '이루어졌습니다.' 와 같이 과거형으로 말해야 더 효과가 있다고 해서 덧붙인 문장이다. 결과적으로 꿈 명함에 적은 꿈을 이루지는 못했다. 영어를 잘하는 것도 아니고 장사꾼이 된 것도 아니며 한국 제일의 갑부는 더더욱 아니다. 하지만 좌절하지 않았다. 꿈꾸는 것만으로도 행복한 시간이었기 때문이다. 로또에 당첨되는 상상만 해도 행복하듯이 성공한 내 모습을 상상하는 것만으로도 가슴 설레는 순간이었다. 또 내가 진정으로 바라는 꿈을 찾기 위해 거치는 과정이었다는 것을 깨닫고 보니 그 시간들이 더 의미 있게 느껴지곤 한다.

책 속에 길이 있다는 말을 확인하기 위해 책을 읽었다. 과연 내가 가야하는 길은 어떤 길인지 알아내기 위해 읽었다. 많은 권수의 책을 읽지는 못했다. 하지만 멈추지 않고 꾸준히 읽었고 지금도 읽고 있다.

현재 책을 통해 괄목할 만한 성공적인 결과물을 만들어낸 건 아니지만 적어도 책 속에 어떤 길이 있는지는 확실히 깨달을 수 있었다. 내 삶은 책을 통해 바뀌었다. 책 읽기 전과 책 읽은 후로 내 인생을 나눌 수 있을 만큼 책에서 많은 것을 배웠다. 책은 단연코 내 인생 최고의 스승이다.

걸어온 날보다 앞으로 걸어가야 할 길이 훨씬 많이 남아있다. 어떤 길을 어떻게 걸어가게 될지는 모르겠지만 어떤 곳에서도 길을 잃지 않으려면 책을 읽어야 한다. 원하는 목표에 좀 더 빨리 도착하기 위해서는 더더욱 책을 읽어야 한다. 그래서 나는 오늘도 책을 읽는다.

Chapter

03

내 인생의 파도타기

“

나는 나를 사랑해주는
사람들과 마음껏 사랑을 나눠봤으니
어떻게 보면 참 고마운 일이다.
그렇게 생각하면
나는 제법 괜찮은 놈이다.

”

01

대학이 뭐라고

나는 대학을 나오지 않았다. 정확히 말하면 1학년 1학기까지만 하고 중퇴했다. 그토록 바라던 대학을 그만두게 될 거라고는 생각지 못했다. 처음 입학했을 때만 해도 마냥 설레었다. 새로운 학교와 새로운 사람들을 볼 생각에 한껏 들떠있었고 그전에 느낄 수 없었던 자유로움은 마치 새로운 세상을 만난 듯했다. 대학에 진학했으니 이제 인생은 끝난 것이라 생각하며 마음껏 캠퍼스 생활을 즐겼다.

모든 게 다 신기하고 재밌었던 대학 생활도 언제부턴가 회의감이 느껴지기 시작했다. 바로 공부 때문이었다. 당시 내 전공은 경영회계학이었다. 경영학은 그럭저럭 들을 만했는데 회계는 무슨 말인지 하나도 알아들을 수가 없었다. 제일 앞자리에 앉아 수업에 집중하며 열심히 필기를 해도 이해할 수 없었다. 회계에 대해 처음부터 차근차근 알려줄 거라는 기대와는 달리 교수님은 이미 우리가 다 알고 있다는 것을 전제로 하고 수업을 했는데 그 부분은 지금 생각해도 이해가 안 된다. 수업을 들을수록 짜증이 났다. 열심히 해도 회계학은 내가 이해할 수 없는 학문이라고 단정지어버렸다. 지금은 아무리 어려워도 계속 하다보면 할 수 있다고 생각을 하지만 그때는 한두 번 해보고 안 되면 금방 포기해버리곤 했다.

수업뿐만 아니라 서술형 방식의 시험에도 적응하지 못했다. 첫 중간고사를 앞두고 시험공부를 어떻게 해야 할지 몰라 선배들의 조언대로 그냥 예상 문제와 답을 달달 외웠다. 무작정 외운 후 시험을 쳤다. 아는 문제가 나오면 다행이긴 했지만 무슨 말인지도 모르고 그냥 외웠기 때문에 적으면서도 이해가 안됐다. 이게 과연 제대로 된 평가인건지 의문이었다. 반대로 모르는 문제가 나왔을 때는 어쩔 수 없이 내가 외운 거라도 아무거나 적어 넣어야 했는데 이런 식으로 하는 시험과 공부가 무슨 의미가 있을까 싶었다. 좋았던 대학의 자유로운 분위기도 나중에는 아니꼽게 보였다. 매일 술 마시러 다니는 사람들이 많았고 툭하면 수업을 빼거나 대리출석을 하는 사람들을 보고 있자니 이건 내가 생각하는 대학이 아니라고 느꼈다. 차라리 강제로 야간자율학습을 시키는 고등학교가 나에게는 더 학교답게 느껴졌다. 좋은 대학에 가야한다는 말만 믿고 간 대학이었지만 막상 가보니 내가 왜 대학을 다녀야 하는지 그 이유를 알 수가 없었다.

1학기 중간고사를 친 이후부터 학교에 가지 않았다. 기말고사를 치는 날에도 가지 않았다. 어머니는 학교에 가지 않는 나를 보며 적잖은 충격을 받으셨다. 학교를 왜 안 가냐고 물으셨지만 자세한 설명은 하지 않았다. 그냥 가기 싫다고만 말하며 버텼다. 그러다 휴학을 했다. 이후 주기적으로 휴학 연장을 했지만 등록금을 입금하지 않으면 더 이상은 연장이 안 된다는 연락이 왔다. 일단 전화를 끊고 어떻게 할지 고민했다. 아무리 생각해봐도 다시 대학교를 갈 것 같지도 않고 간다고 한들 공부를 열심히 할 것 같지도 않았다. 그렇게나 가기 싫은 학교를 4년이란 시간 동안 억지로 다니는 건 돈 낭비, 시간 낭비일 것 같았다. 결국 자퇴를 했다.

대학 졸업장이 중요하다고 말하는 다른 사람들과 달리 다행히 내 인생에서는 대학 졸업장이 필요 없었다. 보통은 취직 때문에 졸업장이 필요한 경우가 많은데 나는 회사에 관심이 없었고 대기업도 마찬가지였다. 회사에 취직한 적이 몇 번 있긴 했지만 대부분 단순 업무를 하는 중소기업이라 대학 졸업장을 요구하지는 않았다. 일하는 데 따르는 불이익도 전혀 없었다. 내가 관심 있어 하는 서비스업이나 장사에도 대학 졸업장은 중요하지 않았다. 앞으로도 평생 그렇게 대학 졸업장이 필요 없을 줄 알았다. 하지만 자퇴한 지 10년 가까이 됐을 때쯤 나에게도 대학 졸업장이 필요하다는 걸 서서히 느끼게 되었다. 사람들의 시선 때문이었다.

전 여자 친구인 C와의 일이었다. 한 번은 통화를 하다가 어느 대학을 나왔냐며 C가 물었다. 대학을 안 나왔다고 말하면 실망할까봐 솔직하게 말할 수 없었다. 중퇴한 학교 이름을 대며 졸업을 했다고 거짓말을 했다. 그러고 넘어갔지만 계속 속일 수는 없어 얼마 뒤 대학을 중퇴했다고 솔직하게 얘기했다. 내 말을 듣던 C는 별말을 하진 않았지만 그날 이후로 그녀의 태도가 변했다. 전화도 잘 받지 않았고 문자를 보내도 답장은 차가웠다. 내가 고졸이라는 사실이 마음에 들지 않은 듯했다. 며칠 뒤 다시 만났다. 내가 대학을 안 나온 것 때문에 마음이 안 좋은 거 다 아니까 솔직히 얘기해보라고 했다. C는 내가 거짓말을 한 게 기분 나쁘다고 말했지만 내가 봤을 땐 거짓말을 해서가 아니라 대학을 안 나왔다는 사실 자체를 싫어하는 눈치였다. 나에게 이렇게도 말했다. 자신은 대학을 그만둔다는 건 상상해본 적도 없는 일이라고, 자신의 부모님도 다 대졸이라 대학 안 나온 사람은 거들떠도 안 본다고 말이다. 어떻게 대놓고 이렇게까지 말을 할 수 있나 싶었다. 내 자존심은 꾸깃꾸깃한 종이처럼 구겨져 버렸다. 대학을 안 나온 게 큰 죄를 지은 것만 같았다. 너무나 비참했다. 화가 났지만 아무런 대꾸도 할 수 없었다. 국립대를 졸업하고 교사라는 타이틀을 가지고 있는 그녀였기에 고졸에다가 직업도 변변찮은 내가 못 마땅했을 것이라는 건 이해가 된다. 하지만 내가 대학을 안 나왔다는 것을 두고 이렇게까지 실망할 줄은 생각지 못했다. 나중에는 C로부터 이런 말도 들었다.

"너 맞춤법을 되게 잘하길래 대학 안 나온 줄 몰랐어."

말을 듣고 보니 어이가 없었다. 대학 안 나온 거랑 맞춤법 잘하는 거랑 도대체 무슨 상관인건지 기가 찰 노릇이었다. 고졸을 얼마나 바보로 봤으면 그렇게 말을 하는가 싶었다. 너무 황당한 나머지 되려 C의 수준이 의심스럽기까지 했다. 따져볼 걸 그랬나 싶기도 했지만 말해봤자 나만 초라해질 것 같았다. 그냥 넘어갈 수밖에 없었다. 사실 C는 내가 군무원 시험을 칠 수 있도록 만들어준 바로 그 여자 친구였다. 그녀는 내게 시험에 도전할 수 있는 동기를 선물해줬지만 고졸이라는 학벌의 비참함까지도 함께 안겨줬던 것이다. C의 말에 상처를 많이 받았지만 나중에 알고 보니 고졸을 무시하는 건 C만 그런 게 아니었다. 고졸에 대해 편견을 가지고 있는 사람들은 생각보다 많았다. 바로 내 주위에도 말이다.

오랜만에 모인 지인들과 카페에서 수다를 떨고 있었다. 다들 사귀는 사람이 없어 자연스레 연애와 결혼에 대한 얘기가 오갔고 각자 자신의 이상형에 대해 얘기했다. 먼저 K양이 말했다.

"똑똑하고 학구적인 사람이 제 이상형이에요."

그러자 같이 있던 H가 말했다.

"눈을 조금만 낮춰 봐요. 그럼 의외로 괜찮은 사람을 만날 수 있어요."

그 말을 들은 K는 이렇게 말했다.

"그럼 저보고 고졸까지 만나라고요?"

순간 내 귀를 의심했다. 너무 당황한 나머지 어떤 표정을 지어야 할지 몰랐다. 죄 지은 사람마냥 K의 눈치를 살펴야 했고 앉아있는 내내 가슴을 졸였다. 누군가를 만났을 때 외모가 마음에 안 들 수도 있고 직업이 마음에 들지 않을 수도 있다. 돈이 없어서 싫을 수도 있다. 하지만 대학을 안 나온 사람은 만나지 않겠다고 말하는 사람은 K가 처음이었다. 부족한 학벌이 마음에 들지 않을 수는 있지만 고졸과는 시작조차 하지 않겠다는 말은 다소 충격이었다. 더군다나 그렇게 말하는 K가 명문대를 나온 것도 아니었는데 말이다.

또 다른 일화가 있다. 직장에서 만난 동갑내기인 여자사람친구 M은 나와 성향이 비슷해 금세 친해졌고 틈만 나면 회사 사람들 얘기를 하며 웃고 떠들곤 했다. 그날도 평소처럼 M과 이런저런 얘기를 나눴고 내 말에 웃음보가 터진 M은 박장대소를 하며 한참을 웃더니 이렇게 말했다.

"야, 내가 이렇게 헤프게 웃으면 고졸처럼 보이겠지만 이래 봐도 대학 나온 사람이거든?"

처음 몇 초 동안은 이게 무슨 말인가 싶었다. 그 말을 몇 번이고 곱씹어 본 다음에야 무슨 뜻인지 이해할 수 있었다. 그러면 대졸은 어떻게 웃는 거냐고 되묻고 싶었지만 괜한 자격지심 같아 물어보지 못했다. 또 그렇게 물어보면 내가 대학을 안 나왔다는 사실을 들킬 것도 같아서 그냥 가만히 있었다. 내가 대학을 안 나왔다는 것을 모르고 한 말이었기 때문에 M에게 감정이 상한 건 아니었지만 웃음까지 고졸과 대졸로 나누는 걸 보면서 고졸에 대한 편견이 생각보다 심각하다는 것을 느꼈다. 나에게는 적지 않은 충격이었다. 우스갯소리로 한 말일 수도 있지만 어쨌든 학벌에 대한 편견 없이는 할 수 없는 말이었다.

나와 비슷한 또래의 사람만이 이런 편견을 가지고 있는 건 아니었다. 중장년층에서도 그런 편견을 가진 사람들이 있다는 것을 목격했다.

카페에 앉아 있다가 옆 테이블에 앉아 있는 가족의 대화를 들었다. 아들이 말했다.

"어머니 아버지, 해외여행 잘 다녀오실 수 있겠어요? 소매치기도 많고 길을 찾기도 쉽지 않을 텐데…"

아들의 어머니가 이렇게 말했다.

"뭘 그렇게 걱정을 하냐? 옆집 사는 전문대 다니는 애들도 잘만 갔다 오는데 4년제 대학 나온 내가 왜 못가겠니."

여행을 떠나는데 언제부터 학벌이 필요했는가. 여행에 있어 돈, 시간, 용기 외에 학벌이 필요하다는 얘기는 들어본 적이 없었다. 고졸이 아닌 전문대졸까지도 그런 식으로 무시하는 얘기를 들으면서 씁쓸한 마음을 감출 수 없었다.

이런 얘기들을 많이 듣다보니 고졸인 나로서는 사람들의 시선을 신경 쓰지 않을 수가 없었다. 사람들의 편견을 무시할 수 없었던 또 다른 이유는 어딜 가더라도 대학 얘기는 항상 빠지지 않는다는 점 때문이었다. 독서모임, 영어스터디, 기타동호회 등과 같은 모임을 통해 다양한 사람들을 만났다. 사람들과 대화를 하다보면 꼭 나오는 얘깃거리 중 하나가 바로 대학얘기이다. 동호회와 같은 모임뿐만 아니라 직장에서 만난 사람들과 얘기할 때도 마찬가지였다. 어느 대학을 나왔는지 직접적으로 물어보진 않지만 이런저런 얘기를 하다보면 몇 학번인지 또 전공이 무엇인지에 대해서 자연스럽게 말이 나오기 마련이다. 그럴 때마다 나는 사람들 눈치를 보곤 했다. 행여나 나한테 물어볼까 싶어 대학 얘기가 빨리 끝나기만을 바라곤 했다.

처음엔 대학을 안 나왔다고 솔직하게 말했지만 그럴 때 뭐라고 대답해야 할지 몰라 하는 사람들의 그 눈빛과 표정이 너무 싫었다. 대학을 안 나왔다고 말하는 순간 분위기는 싸늘해졌다. 괜히 죄 지은 사람마냥 주눅이 들었다. 그럴 바에는 차라리 대학을 졸업했다고 말하고 넘어가는 게 좋을 것 같았다. 그래서 이제는 누가 물어보면 ○○대학교에서 경영회계학을 전공했다고 말한다. 1학년 1학기밖에 안 다녔지만 어쨌든 대학을 다닌 건 사실이니까. 그렇게 말하면 다들 고개를 끄덕이고 넘어간다. 고졸이라고 말해서 창피를 당할 바에야 차라리 대졸이라고 거짓말하는 게 나았다. 그게 서로가 편했다.

그렇다면 대학은 꼭 가야하는 것일까? 사람들마다 의견이 분분하지만 내가 생각했을 땐 대학은 갈 수 있으면 가는 게 좋다고 본다. 간혹 명문대를 졸업해도 취직하기 어려운 세상이라며 대학이 필요 없다고 말하는 사람들도 있지만 그런 경우는 극히 일부다. 이름 있는 대학을 졸업한 사람일수록 원하는 회사에 취직하거나 높은 연봉을 받을 수 있는 확률이 높은 것은 사실이다. 직장의 만족도는 어떨지 몰라도 조건이 더 좋은 곳에서 일할 수 있는 것만은 분명하다. 학벌보다 능력이 중요하다고는 하지만 아직까지는 대학이라는 간판을 결코 무시할 수 없다.

그깟 졸업장을 따자고 대학을 가는 건 시간 낭비라고 말하는 사람들도 있다. 어느 정도 동의한다. 하지만 대학을 가는 이유는 '그깟 졸업장'을 따기 위해서라고 생각한다. 학벌지상주의인 지금의 사회에서 '그깟 대학 졸업장'도 없으면 손해 볼 일이 생길 수 있다. 취직이나 승진에 제한이 될 수도 있고 할 수 있는 일이 개수나 종류가 줄어들 수도 있다. 나만 봐도 그렇다. 고졸이라는 이유로 입사지원서조차 넣지 못할 때도 있었고 심지어 아르바이트에도 제약을 받았다. 고졸을 채용하지 않는 아르바이트가 은근히 많았기 때문이다. 겨우 하루만 일하는 일일아르바이트인데도 고졸을 받지 않는 곳이 있었다. 또 사람들과 대화를 나눌 때 대학얘기가 나오면 대화에 끼지도 못했다. 자존감은 점점 떨어졌다.

대학에 가봐야 별 거 없다고 말하기도 하지만 대학은 원래 별 게 없다. 여태껏 대학만 가면 끝이라는 생각으로 공부하다보니 대학이 특별한 곳으로 느껴졌을 뿐이다. 공부하는 학교에 뭐가 그렇게 대단한 게 있겠는가. 몸을 자르고 붙이는 신기한 마술도 해법을 알고 나면 별 볼 일 없듯 대학도 마찬가지다. 가기 전엔 설레지만 막상 가보면 별 것 없다. 그냥 학교다. 그렇다면 그런 별 것 없는 대학을 사람들은 왜 가려고 할까? 배우고 싶은 학문이 있어서 일수도 있고 원하는 직장에 취직하기 위해서 일수도 있다. 다양한 이유가 있겠지만 내가 생각하는 이유는 아주 단순하다.

'다른 사람들이 다 가니까.'

쉽게 생각해보자. 의무교육이 중학교까지인데도 사람들이 고등학교에 진학하는 이유는 무엇일가? 다들 가니까 가는 거다. 원하는 대학에 가기 위한 관문으로 생각하기도 하지만 고등학교 자체에 특별한 의미를 두고 가지는 않는다. 사람들이 스마트폰을 쓰는 이유는 무엇인가? 다들 쓰니까 쓰는 거다. 끝까지 폴더 폰과 슬라이드 폰을 쓰겠다고 고집하다가도 다들 스마트폰이 편하고 좋다고 하니 나도 써보는 거다. 대학을 가는 이유도 이와 비슷하다. 요즘은 대학이 기본이라고 말하는 사람들이 많아지다 보니 다른 사람들도 그렇게 생각하고 가는 것이다. 대학을 가는 데 대단한 이유가 있어야 할 것 같지만 졸업장을 따는 것만으로도 대학을 갈 이유는 충분하다. 남들이 다 가는 대학이라 큰 의미 없이 느껴질 수 있지만 반대로 생각해보면 다들 가는 대학을 나만 안 가면 개인 신상에 마이너스가 된다. 뒤처져 보일 수밖에 없는 것이다.

그렇다고 남들이 가는 대로 똑같이 따라 가야한다는 말은 아니다. 대학을 가는 데 있어서 너무 많은 의미를 부여하지 말라는 말일 뿐 대학을 무조건 가야한다고 말하는 것은 아니다. 다른 사람이 다 간다고 해도 내가 하고자 하는 것이 분명하다면 안 가도 된다. 내 인생에서 대학 졸업장이 필요 없다고 생각되면 굳이 갈 필요는 없다. 그러나 대학을 가지 않겠다고 결심했다면 나만의 새로운 무기를 만들어야 한다. 대학 졸업장도 없고 실력도 없으면서 고졸과 대졸을 차별하지 말라는 사람이 있는데 그 말은 누가 들어도 모순이다. 사회에 나가 당당히 인정받고 싶다면 대학 졸업장을 극복할 수 있을 만한 자신만의 실력을 키워야 한다. 직장 상사가 아무리 성격이 불같다고 하더라도 업무 능력이 탁월하면 함부로 무시할 수 없다. 식당이 허름한데다가 주인까지 불친절하다해도 음식만 맛있으면 손님은 계속해서 찾아간다. 간판도 중요하지만 실력이 더 중요한 이유가 바로 여기에 있다.

지인인 Y는 부산에서 헤어숍을 운영하고 있다. 미용을 전공했을 거라는 내 예상과 달리 그는 대학을 나오지 않았다. 놀랐던 것은 그의 최종학력이 고졸도 아닌 중졸이었다는 점이다. 그렇다고 해서 Y가 가볍게 보이지는 않았다. 자신의 미용 기술을 바탕으로 남부럽지 않은 연봉을 벌고 있기 때문이다. 지금의 삶에 만족하며 살고 있는 Y에게 대학 졸업장은 더 이상 중요하지 않았다.

사람마다 처해진 환경도 다르고 추구하는 가치도 다르다. 그렇기 때문에 대학에 무조건 가야한다고 할 수도 없고 대학은 필요 없는 거라고 말할 수도 없다. 결국엔 자신이 어떤 길을 갈 것인지 선택해야 한다. 남들보다 일찍 사회에 나가서 하고 싶은 게 있다면 대학에 가지 않아도 된다. 자신의 목표가 분명하다면 그 길로 가면 된다. 하지만 특별히 하고 싶은 일도 없고 뚜렷한 꿈도 없다면 우선은 대학은 나오는 게 좋다고 본다. 무엇을 해야 할지 모를 땐 우선 남들이 다 가는 대학이라도 나오는 게 나중에 직업을 선택하는 데 있어 폭을 넓힐 수 있기 때문이다. 선택은 자신의 몫이다. 대학을 나오면 취직이나 승진에는 유리하겠지만 졸업하기까지 돈과 시간 그리고 노력이 든다는 건

감내해야 한다. 반대로 대학을 나오지 않으면 일찍 사회생활을 시작해 돈을 모으고 경력을 쌓을 수는 있겠지만 사람들의 무시와 세상의 차별은 감수해야 한다. 선택에 대한 책임을 감수할 각오가 되어 있다면 어떤 선택을 해도 괜찮다.

02

저는 잘생기지 않습니다

과일가게에서 일을 할 때이다. 가게사장님은 매일 아침 농산물시장에서 신선한 과일과 채소를 사온다. 항상 모양이 예쁘고 맛도 좋은 최상의 상품을 사오지만 가끔은 못생긴 상품이 올 때도 있다. 하루는 사장님이 양배추 10망을 가지고 왔다. 대체적으로 모양이 예쁘고 깨끗했지만 속이 갈라진 양배추도 몇 개 있었다. 속이 갈라진 양배추는 상품가치가 떨어져 정상가격보다 조금 저렴하게 팔아야 했다. 못생긴 양배추들만 다른 박스에 따로 옮겨 담고는 이렇게 적었다.

'못생겨서 죄송합니다.ㅠㅠ 1,000원'

적고 보니 뭔가 마음에 안 들었다. 가격이 저렴한 것도 서러운데 못생겨서 죄송하다고 사과까지 하는 양배추가 왠지 불쌍해보였다. 다시 고쳐 적었다.

'우리가 인물이 없지, 가오가 없냐? 이 정도 값어치는 하자. 1,000원'

영화 '베테랑'에서 배우 황정민이 했던 대사를 패러디 한 것이다. 그렇게 적고 나니 만족스러웠다. 생긴 건 못생겼어도 싱싱함만은 남부럽지 않다고 말하는 것 같았다. 하지만 손님들은 속이 꽉 차고 예쁜 양배추에만 관심을 가질 뿐 못생긴 양배추는 쳐다보지 않았다. 아무에게도 시선을 끌지 못하는 못생긴 양배추를 보며 문득 그런 생각이 들었다.

'못생겼다고 천대받는 건 사람이나 물건이나 똑같구나.'

생긴 게 못났다고 해서 맛이 없는 것도 아닌데 겉보기에 볼품없다는 이유로 손님들의 관심을 받지 못하는 못생긴 양배추들이 불쌍해보였다. 손님 입장에서는 이왕이면 예쁘게 생긴 물건을 고르는 게 당연하지만 이것이 외모를 지나치게 우선시하는 우리의 사회를 보여주는 것 같아 씁쓸했다.

외모지상주의가 만연해있는 지금 날이 갈수록 그 정도가 더 심해지고 있다. 초등학생이 벌써부터 화장을 하거나 다이어트를 하고 있고 수능 시험을 친 수험생은 대학교 입학 전에 쌍꺼풀을 만드는 게 정해진 코스인 것처럼 성형외과로 향한다. 충분히 예쁜데도 더 예뻐지려고 욕심 부리다가 성형에 중독된 연예인들도 많다. 서울이나 부산의 중심가에 가보면 한 집 걸러 한 집이 성형외과이다. 그 탓에 길거리에는 똑같은 눈과 코를 가진 사람들을 쉽게 찾아볼 수 있다. 보톡스와 같은 주사는 이제 남녀노소 할 것 없이 누구나 받는 가장 기본적인 시술이 되었다. 이러한 미에 대한 관심이 앞으로 더 심해지면 심해졌지 덜해지진 않을 것 같다.

물론 예쁜 건 좋다. 예뻐지기 위해 성형을 하는 것도 괜찮다. '같은 값이면 다홍치마' 라는 말처럼 나 역시도 이왕이면 예쁜 사람이 좋다. 하지만 외모에 대한 사람들의 집착이 정도를 넘어서고 있다는 게 문제다.

"저는 예쁘지 않습니다."

유튜브에서 화장하는 방법을 소개하는 뷰티 크리에이터 B씨가 한 말이다. 항상 화장을 하고 방송을 했던 그녀는 어느 날 화장을 지우고 민낯으로 카메라 앞에 서서는 자신을 예쁘지 않다고 말했다. 이 동영상은 500만의 조회수를 기록하며 세간의 화제가 되었는데 며칠 뒤 한 방송매체에서 B씨의 인터뷰를 들을 수 있었다. 유튜브 방송을 진행하다보면 다양한 사람들의 댓글이 올라온다고 한다. 그 중 초등학생이 값비싼 화장품을 샀다거나 또는 못생긴 자신의 얼굴도 화장하면 언니처럼 예뻐질 수 있냐는 댓글을 보면서 이건 뭔가 잘못됐다는 생각이 들었다고 한다. 획일화된 미의 기준이 누군가에게는 고통이 될 수 있다는 사실을 깨닫고는 예쁘지 않아도 괜찮다는 말을 전하고 싶었다고 말했다. 그것이 민낯으로 동영상을 촬영한 이유라고 했다. 동영상을 올린 이후 '네 얼굴 좀 봐라', '너 같은 건 죽어야 한다.' 라는 식의 입에 담지 못할 댓글에 상처를 받기도 했지만 예쁘지 않아도 괜찮다고 말하는 B씨를 보며 힘을 내는 사람들도 그만큼 많이 생겼다고 했다. 못생겼다는 강박 때문에 죽어야겠다고 생각했던 사람이 힘을 내기도 하고 더 이상은 스스로를 혐오하지 않겠다는 사람, 이제는 맛있는 음식을 마음껏 먹으며 즐기면서 살겠다는 사람도 생겼다고 했다. 악플 때문에 힘들다가도 자신을 보며 살아갈 힘을 얻는 사람들이 있기에 앞으로도 자신의 신념을 굽힐 수 없다고 그녀는 말했다.

뷰티 크리에이터 B씨의 인터뷰를 들으면서 생각보다 많은 사람들이 외모 때문에 고통 받고 있다는 걸 알 게 되었다. 예뻐지고 싶은 걸 넘어서 안 예쁘면 안 된다는 강박이 사람들의 숨통을 조이고 있다는 것도 생각해보게 됐다. 특히 못생긴 얼굴 때문에 죽고 싶다는 생각까지 했다는 누군가의 사연은 충격이었다. 너무 안타까운 이야기지만 한편으로는 그렇게 말하는 사람들의 심정이 이해가 되기도 했다. 나 역시도 외모에 대한 강박 때문에 누구보다도 힘든 시간을 보낸 때가 있었기 때문이다.

부모님 말에 의하면 어릴 때 나는 인물이 되게 좋았다고 한다. 부모님이 나를 안고 밖에 나가면 동네 사람들이 나보고 잘생겼다며 내 손에 돈을 쥐어줄 정도로 인물이 좋았다고 하면서 가끔 어릴 때의 얘기를 하신다. 점점 커가면서 어릴 때의 외모가 조금씩 변하긴 했지만 초 · 중학교 때까지는 학교에서 인기가 있는 편이었다. 초등학생 때는 춤으로 인기가 있었다. 당시 최고의 인기를 누리던 그룹인 HOT의 강타 머리를 똑같이 따라하고는 학교 복도에서 앞머리를 휘날리며 브레이크 댄스를 췄다. 덕분에 학교에서는 춤 잘 추는 아이로 소문나 있었다. 중학교에 들어갔을 때는 예쁜 여자 친구들도 몇 명 사귀었다. 그 중에는 '인터넷 얼짱'에 등극한 여자 친구도 있었다. 그렇게 예쁜 미모를 자랑하는 친구를 만났을 정도로 내 인기는 괜찮았다. 중학교 축제 때 마술공연을 한 뒤로는 더 많은 인기를 얻었다. 사람들에게 관심을 많이 받다 보니 이때까지만 해도 외모에 큰 불만이 없었다. 하지만 고등학교에 진학한 이후부터 얼굴이 역변하기 시작했다. 먼저 안 나던 여드름이 나기 시작했다. 하나 둘 씩 올라오더니 어느 순간부터는 얼굴 전체가 여드름으로 꽉 찰 정도로 많이 났다. 거기에다 눈이 나빠지면서 안경까지 쓰게 됐다. 키가 쑥쑥 자라는 다른 친구들에 비해 나는 중학교 때 키 그대로였다. 가뜩이나 마른 몸인데 살은 더 빠졌다. 키 크기 위해 했던 줄넘기 때문이었다. 6개월 동안 하루도 빠지지 않고 매일 500개씩 했는데 키는 하나도 자라지 않고 살만 빠졌다. 특히 얼굴 살이 다 빠지면서 해골처럼 보일 정도로 볼이 홀쭉해졌다. 깡마른 얼굴이 10년이 넘도록 나를 그렇게 괴롭힐 줄 미리 알았다면 절대로 줄넘기를 하지 않았을 것이다. 키 작고 말랐으며 여드름투성이인데다 안경잡이였던 나는 전형적인 멸치스타일이었다. 그런 내가 외모에 대해 본격적으로 고민하기 시작한 건 성인이 되고 난 이후부터였다.

고등학생 때부터 나기 시작한 여드름은 성인이 되어서도 멈출 줄 몰랐다. 여드름 흉터까지 겹쳐 피부는 보기가 더 흉해졌다. 여드름 때문에 피부에 대한 스트레스는 극에 달했다. 피부보다 나를 더 스트레스 받게 만든 것은 홀쭉한 볼이었다. 줄넘기를 하다가 빠진 볼살은 돌아오지 않았다. 마주치는 사람들마다 왜 이렇게 살이 빠졌냐고 물었다. 거기에다 피부는 또 왜 이렇게 됐냐는 얘기까지 같이 들어야 했다. 한두 번은 그냥 그러려니 했지만 매번 똑같은 얘기가 반복이 되니 스트레스가 이만저만이 아니었다. 누군가를 만날 때면 살 빠졌다고 말하진 않을까 하고 미리부터 신경이 쓰였다. 사람을 만나는 것 자체가 스트레스였다. 몇 년 동안 같은 말을 듣다보니 사람들이 무서워졌다. 대인기피증이란 게 따로 없다는 걸 그때 느꼈다. 길을 걸을 때 아는 사람을 만날까 두려워 사람들이 없는 길로 둘러가기도 했지만 외모에 대한 지적은 나를 아는 사람만 하는 것이 아니었다. 오히려 모르는 사람들이 더 쉽게 말을 내뱉곤 했다.

친구와 함께 편의점에 들렀다. 카운터에서 사장님으로 보이는 사람이 우리에게 대뜸 이렇게 말했다.

"이 친구(지인)는 참 잘생겼는데 저 친구(나)는 좀…"

친누나와 길을 걷다가 마음에 드는 옷이 보여 옷집 안으로 들어갔다. 옷집 사장님은 우릴 보고 무슨 관계냐고 물었다. 남매라고 말했더니 누나와 나를 번갈아보던 사장님이 이렇게 말했다.

"누나는 예쁜데 동생이 좀…"

이처럼 외모에 대해 지적을 하는 것은 모르는 사람도 예외가 아니었다. 내가 왜 알지도 못하는 사람들에게 그런 얘기를 들어야 하는가 싶었다. 기분이 나쁘다 못해 불쾌함마저 들었지만 화를 낼 수도 없는 노릇이었다.

같은 중학교를 졸업한 한 여자 후배에게서는 내가 중학교 때는 진짜 잘생겼었는데 지금은 영 아니라는 식의 얘기를 들으며 대놓고 무안을 당한 적도 있었다. 그런 식으로 자꾸 외모에 대한 지적을 받다보니 사람들 앞에만 서면 위축이 되었다. 좋아하는 사람이 있어도 그 사람은 나를 싫어할 게 분명하다며 지레 겁을 먹고 다가가지 못했다. 카페나 식당에서 일하는 젊은 직원이 나에게 까칠하게 대하면 내가 못생겨서 그러는 거라고 생각했다. 그 정도로 나의 자존감은 바닥까지 떨어졌다. 생애 가장 꽃다운 나이인 20대를 가장 못난 모습으로 보내야 했다.

예쁘고 잘생긴 사람을 보면 참 부러웠다. 훌륭한 외모를 가진 사람은 어딜 가도 환영받았기 때문이다. 그 사실을 제일 처음 느꼈던 건 대학교 1학년 때다. 당시 같이 다니던 친구 두 명이 있었는데 그 중 한 명이 꽃미남 스타일의 굉장히 잘생긴 친구였다. 그 친구는 가만히 있어도 주위에서 먼저 관심을 가지고 다가왔다. 여자뿐만이 아니라 동성인 남자 친구들도 마찬가지였다. 술자리에서도 사람들은 그 친구에게 먼저 말을 걸며 호감을 보였다. 그걸 보면서 '잘생긴 사람은 사람을 사귀는 것도 참 쉽구나.' 라는 걸 느꼈다. 그 친구가 부러웠다.

외모 콤플렉스의 원흉이었던 여드름 피부와 홀쭉한 볼을 해결하기 위해 할 수 있는 건 다해봤다. 피부과에 가서 레이저 치료를 받았다. 피부를 지지는 듯한 고통이었지만 찍소리 안하고 버텼다. 각종 여드름 약도 많이 먹었고 한의원에 가서 침 치료도 받았다. 얼굴에 사혈을 하고 난 후 피부가 좋아졌다는 소문을 듣고는 꼭두새벽부터 그 집을 찾아가 얼굴에 피를 뽑기도 하고 오줌이 살균작용을 한다고 해서 얼굴에 오줌을 바르기도 했다. 폼 클렌징이나 화장품에 들어있는 화학성분이 여드름을 악화시킨다는 얘기를 듣고 한 달 동안 아무 것도 바르지 않고 물로만 씻기도 했다. 그렇게 노력하면 할수록 피부는 점점 나아졌지만 볼살은 달리 방법이 없었다. 아무리 먹어도 살이 찌지 않는 체질이라 얼굴 살을 찌우는 건 불가능했다. 우선은 운동을 해서 몸부터 불리기로 했다. 헬스장을 다니며 웨이트 트레이닝을 했다. 운동 만큼 영양도 중요해 평소보다 식사량을 두 배로 늘려 하루에 6끼를 먹었다. 살을 찌우려고 하루 종일 먹을 것을 입에 달고 살았다. 소화가 안 돼 속이 불편해도 끊임없이 음식을 밀어 넣었다. 먹는 게 이렇게 힘들다는 걸 살면서 처음 느껴봤다. 살 뺀다고 음식을 마음대로 못 먹는 사람도 괴롭겠지만 더 이상 먹기가 힘든 상태에서 헛구역질을 해가며 억지로 먹는 그 고통은 안 겪어본 사람은 모른다. 달걀흰자, 바나나, 감자, 고구마, 닭가슴살, 단백질보충제 등등 근육에 좋다는 건 다 먹었다. 그중 제일 먹기 힘들었던 건 삶은 달걀과 바나나였다. 그냥 먹는 게 아니었다. 믹서기에 넣고 같이 갈아마셨다. 그냥 먹는 것보다 갈아 마시는 게 흡수가 더 잘된다고 해서였다. 믹서기로 갈고 나면 바나나의 달달함보다는 달걀의 비린내가 더 많이 진동했다. 먹을 때마다 속이 울렁거렸지만 살을 찌우겠다는 일념으로 참고 매일 마셨다. 지금 먹으라면 못 먹겠지만 그땐 살을 찌울 수만 있다면 뭐라도 먹을 자신이 있었다.

각고의 노력 끝에 지금은 예전보다 많이 좋아졌다. 여드름 흉터는 남아있지만 이제 여드름은 거의 안 난다. 몸도 얼굴도 여전히 말랐긴 하지만 예전처럼 볼이 푹 꺼진 느낌은 덜 하다. 만족할 만큼은 아니지만 그래도 사람들에게 "얼굴이 왜 그렇냐?"라거나 아파 보인다는 식의 얘기는 거의 듣지 않는다. 이제는 마음이 많이 편안해졌다. 외모를 계속해서 가꾼 노력 덕분이었지만 그것이 꼭 외적인 노력 때문만은 아니었다. 꾸미는 것만큼 중요한 것은 바로 내 마음을 바꾸기 위한 내적인 노력이었다.

여러 모임에서 다양한 사람들을 만났을 때 나의 외모를 칭찬해주는 사람은 드물었다. 남들에게 어떻게든 더 멋있게 보이고 싶어 꾸미는 데 노력을 많이 들였지만 남들은 그렇게 봐주지는 않았다. 그저 평범하다는 듯이 얘기를 많이 했다. 만나는 사람마다 그렇게 얘기하는 걸 보면서 나는 지극히 평범한 외모의 사람이라는 걸 받아들이게 되었다. 못나지도 않고 잘나지도 않은 그저 평범한 외모를 가진 사람이라고 인정하면서부터 타인의 사랑을 구걸하지 않게 되었다. 외모에 대한 집착도 내려놓을 수 있었다. 더 이상 욕심 부리지 않고 있는 그대로의 나를 볼 수 있게 된 것이었다. 지금의 내 모습도 충분히 괜찮다고 받아들였을 때 자유로울 수 있었다. 그것은 나로부터의 자유로움이자 타인으로부터의 자유로움이었다. 그 이후로는 남이 뭐라고 하던 예전만큼 크게 신경 쓰지 않는다.

지난 몇 년의 시간 동안 외모 때문에 정말 많이 힘들었다. 나 자신이 미울 때가 한두 번이 아니었고 사람에 대한 미움과 원망도 그만큼 커져갔다. 속이 많이 상하긴 했지만 지금의 상황을 긍정해보니 그래도 힘든 시간만큼 공부가 많이 된 것 같다. 피부와 관련된 책을 여러 권 읽으면서 피부가 좋아지는 방법에 대해 많이 배웠다. 어떤 화장품이 좋은 화장품인지 또 어떤 성분이 피부에 좋은 성분인지도 알게 되었고 화장품 산업의 숨겨진 속설이나 사람들이 잘못 알고 있는 피부 상식은 어떤 게 있는지도 알 수 있었다. 피부에 안 좋은 것은 건강에도 해롭기 마련인데 가공식품, 밀가루 음식, 기름진 음식 등을 줄이게 되면서 피부와 동시에 건강까지 관리할 수 있었다. 피부와 마찬가지로 살을 찌우기 위해 노력했던 과정 속에서도 얻은 게 있었다. 웨이트 트레이닝을 한 덕분에 좀 더 건강하고 탄탄한 몸을 만들 수 있었고 운동이나 영양에 대한 정보들도 많이 알게 됐다. 뭐든 하나라도 더 알고 있으면 사는 데 도움이 되는 것 같다. 사람들과 얘기할 거리가 많아지거나 다양한 주제로 공감대를 형성할 수 있다는 측면만 봐도 그렇다.

피부나 운동에 대한 지식보다도 더 큰 깨달음은 바로 사람에 대한 이해였다. 외모 때문에 스트레스를 많이 받다보니 나와 같은 사람들의 심정을 헤아릴 수 있게 되었다. 요즘 주위를 보면 외모에 대해 아무렇지 않게 말을 내뱉는 사람들이 많다.

"살 찐 것 같다."

"안본 새 많이 늙었네."

"왜 이렇게 말랐냐? 살 좀 쪄라. 바람에 날아가겠네."

일상 속에서 쉽게 하고 또 듣는 말이다. 그냥 하는 말이라고 하겠지만 같은 말을 반복해서 듣는 사람의 입장에서는 그냥 하는 말이 될 수 없다. 안부를 묻는다거나 걱정돼서 하는 말이라고 하는 사람도 있지만 그런 쓸데없는 안부와 걱정이 누군가에는 큰 스트레스가 될 수 있다는 사실을 사람들은 잘 모른다.

지금까지 피부가 왜 이렇게 됐냐는 말도 살이 왜 이렇게 많이 빠졌냐는 말도 수없이 들었다. 스트레스를 받다 못해 대인기피증까지 생겼다. 제발 그런 말 좀 그만하고 아무렇지 않게 대해주길 바랐다. 그런 내 마음과 달리 사람들은 생각 없이 말을 툭툭 내뱉었고 그 말은 내 가슴에 비수가 되어 꽂히곤 했다. 회사 동료도 친척도 가까운 지인도 다 그랬다. 그러나 딱 한 사람, 내가 가는 미용실의 원장님은 달랐다.

15년 넘게 다니고 있는 P미용실의 원장님은 나의 풋풋하고 앳된 청소년기의 모습부터 여드름투성이에 깡마른 20대의 모습까지 다 봐왔다. 머리를 자를 때마다 이런저런 얘기를 많이 나눴지만 피부가 왜 이렇게 됐냐 라거나 얼굴이 왜 이렇게 홀쭉해졌냐는 식의 말은 단 한 번도 하지 않았다. 미용하는 사람이다 보니 외모에 대해 얘기할 만도 한데 말이다. 그런 점이 너무나 고마웠다. 원장님을 보며 나도 사람의 외모에 대해 함부로 말하면 안 되겠다고 생각했다. 잘생겼든 못생겼든 키가 크든 작든 뚱뚱하든 날씬하든 상관없이 사람을 있는 그대로 보려고 했다. 외모 가지고 놀리는 것은 장난으로라도 하지 않았다. 타인에게 개그맨 누구 닮았다며 웃는 사람이 있어도 나는 동조하지 않았다. 이런 생각은 외모에만 국한되지 않았다. 몸이 불편한 사람을 볼 때도 마찬가지였다. 길을 가다가 얼굴이 이상하거나 몸이 불편한 사람을 봐도 내 시선이 혹시나 그 사람의 마음을 다치게 하진 않을까 싶어 쳐다보지 않는다. 남들이 아무렇지 않게 쏘아보는 그 시선들이 당사자에게는 큰 상처가 될 수도 있다는 것을 잘 알고 있기 때문이다.

지금 거울을 봐도 여전히 특별할 게 없는 평범한 얼굴이다. 마음에 들지 않는 부분도 계속 눈에 띈다. 하지만 지금의 나를 좋아하려고 노력하고 있다. 있는 그대로의 내 모습을 칭찬하려고 한다. 이성에게 눈에 띌 만한 멋진 외모가 아니라도 괜찮다. 나는 소중한 사람이니까. 외모와 상관없이 나라는 사람 자체만으로도 소중하니까.

그래도 어떻게 생각해보면 참 감사하다. 이런 나를 좋아해주는 여자 친구들도 제법 있었으니 말이다. 제 눈에 안경이라고, 나와 사귄 여자 친구들은 하나 같이 나보고 잘생겼다고 말했다. 요즘은 모태솔로도 많은데 그래도 나는 나를 사랑해주는 사람들과 마음껏 사랑을 나눠봤으니 어떻게 보면 참 고마운 일이다. 그렇게 생각하면 나는 제법 괜찮은 놈이다.

03

사람관계
어렵다 어려워

길을 가다가 친구를 만났다. 얼굴이 예쁜데다가 발도 굉장히 넓어 동네에서는 모르는 사람이 없는 친구였다. 그 친구의 손에는 케이크가 들려있었다. 한두 개도 아니고 무려 3개나 되었다. 친구들로부터 받은 생일케이크라고 했다. 밤에 큰 호프집을 빌려 생일파티를 한다고 하는데 제법 많은 친구들이 모이는 듯했다. 생일케이크를 3개나 받은 넓은 인맥을 가진 그 친구가 부러웠다.

진정한 친구 1명만 있어도 성공한 인생이라는 말을 누구나 한 번쯤은 들어봤을 것이다. 예전엔 무심코 흘려들었던 이 말이 그냥 하는 말이 아니었구나 라는 걸 요즘 들어 많이 느끼고 있다. 사람을 사귀는 것도 쉽지 않은데 진정한 친구 1명을 만드는 건 더 어려운 일이다. 오죽하면 진정한 친구 1명을 가진 사람을 성공한 인생이라고 말하겠는가. 물론 이 말에 공감하지 못하는 사람도 많을 것이다. 친구가 없는 사람은 거의 없기 때문이다. 설령 친구가 많지 않다고 하더라도 절친한 친구 한 명 정도는 누구나 있다. 대부분은 그렇다. 하지만 나는 좀 다르다. 진정한 친구는커녕 연락하며 지내는 친구도 거의 없다. 주말에 딱히 연락할 친구도 없고 술 한 잔 하고 싶을 때 불러낼 친구도 없다. 평생 가는 친구는 보통 학창 시절에 만난 사람들인 경우가 많은데 나는 중고등학교 친구들도 잘 만나지 않는다. 같이 학교 다니며 지낼 땐 당연하다는 듯이 어울려 놀았지만 성인이 되고 난 이후부터 조금씩 거리감이 느껴졌다. 서로 성향이 많이 달랐기 때문이다. 중학교 친구들은 다들 체격이 좋았고 술과 담배를 즐겼으며 욕도 잘하는 거친 스타일이었다. 부드럽고 섬세한 나와는 분위기가 많이 달랐다. 고등학교 친구들은 술집보다는 카페를 좋아했고 얘기하는 것을 좋아하는 부드러운 성품을 가진 친구들이었는데 나와 성향은 비슷했지만 관심사가 많이 달랐다. 중학교 친구들도 고등학교 친구들도 다 나와는 좋아하는 것도 생각하는 것도 많이 달랐고 서로 삶을 바라보는 시선과 가치관도 많이 달랐다. 한 마디로 통하는 게 없었다. 그렇다보니 얘기를 나눠도 할 말이 별로 없었고 같이 있어도 편하지가 않았다. 다들 잘 지내는데 나만 못 어울리다 보니 내가 문제인가 싶기도 했지만 어쩔 수 없었다. 내가 이런 사람인 걸 어쩌겠는가.

보통은 대학교에 가서도 중 · 고등학교 친구들 못지않은 좋은 사람들을 많이 만나기도 한다는데 나는 대학을 중퇴하는 바람에 대학 친구도 없다. 주위에 사람이 많이 없다보니 외로웠다. 가끔은 견디기 힘들 정도로 우울했다. 특히 주말만 되면 외로움에 몸서리를 쳤다. 평일엔 괜찮은데 토요일 밤에 아무런 약속도 없이 집에 혼자 있을 때면 괜히 나만 소외된 것 같은 기분이 들었다. 다들 친구들을 만나 술을 마시며 즐겁게 노는데 나만 이렇게 쓸쓸하게 있는 것 같았다. 가슴이 텅 비어버린 듯한 느낌마저 들었다. 이렇다 보니 관계에 대한 고민을 하지 않을 수 없었다. 사람 욕심이 많아졌다. 좋은 사람을 많이 사귀고 싶었다. 나를 찾는 사람들이 많아지길 바랐다. 같이 웃고 즐길 수 있는 사람들이 주위에 넘쳐나길 바랐다. 누구나 인간관계에 대해 고민하며 살지만 20대의 나는 관계에 대해 누구보다도 심각하게 고민했다.

사람들마다 인간관계에 대해 가지고 있는 생각은 다 다르다. 얕지만 넓게 사귀는 사람, 좁지만 깊게 사귀는 사람, 좋아하는 사람만 만나거나 싫어도 인맥을 위해 어쩔 수 없이 만나는 사람 등등 관계를 맺는 방법도 제각각이다. 20대 때의 나는 사람에 대한 욕심이 많아 넓고 깊게 사귀려 했다. 모든 사람들과 좋은 관계를 맺길 바랐다. 한창 책을 읽으며 성공을 꿈꿀 때도 돈 다음으로 중요하게 생각했던 것이 인간관계였다. 하지만 사람들과 만나고 헤어지기를 반복하면서 느낀 것이 하나 있었다. 비슷한 사람과는 큰 노력을 기울이지 않아도 금세 친해지지만 나와 성향이 맞지 않는 사람과는 어떻게 해도 친해지기가 힘들다는 사실이었다. 물론 노력하면 어느 정도까지의 관계는 형성할 수 있지만 노력만으로 성향이 완전히 다른 사람까지 포용하지는 못했다. 그래서 맞지 않는 사람까지 억지로 친해지려는 노력은 그만두기로 했다. 이런 나를 보며 지인은 언제 그 사람의 도움이 필요할지 모르기 때문에 평소에 관계를 잘 맺어두라고 말했다. 무슨 말인지 이해는 됐지만 언제 필요할지도 모를 그날을 위해 수많은 날들을 계속해서 좋은 관계를 유지해야 한다는 건 피곤한 일이라 생각했다. 평소에 사람관계를 잘해야 하는 건 맞지만 싫은 사람까지 억지로 관계를 맺을 필요는 없다고 생각했다. 친한 사람 챙기기도 바쁜데 나랑 안 맞는 사람들까지 신경 써가며 나의 시간과 에너지를 소비하고 싶지 않았다. 그렇게 서서히 관계를 정리하기 시작했다. 인연을 끊어버리겠다는 게 아니었다. 오는 사람 막지 않고 가는 사람 붙잡지 않겠다는 마음가짐이었다. 사람들과 두루 친해지기 위한 노력은 하지만 아무리 노력해도 친해지기 힘든 사람이나 이해하려 해도 이해가 되지 않는 사람을 굳이 억지로 맞추지 않겠다고 생각한 것이다. 사람에 대한 욕심을 버리기로 했다. 인위적인 관계가 아닌 자연스러운 편안함과 즐거움을 느낄 수 있는 관계에 더 집중했다. 그렇게 생각함으로써 마음이 조금씩 편안해질 수 있었다. 관계에 대한 고민으로부터 조금은 자유로울 수 있었다.

그것이 내가 생각하는 최선의 방법이었지만 그렇다고 그런 방법이 마냥 좋은 것은 아니었다. 시간이 지나면서 조금씩 부작용도 생겼다. 잘 맞는 사람들만 만나다보니 그만큼 관계의 폭이 좁아진 것이다. 하지만 내가 선택한 길이었기에 누구를 탓할 수는 없었다. 사실 처음부터 각오했기 때문에 내가 책임져야하는 문제라고 생각했다. 가끔은 그 사람과의 연을 그렇게 져버려야했나 하는 순간도 떠오르지만 아니라고 판단되는 사람은 일찍이 정리하는 게 맞다고 생각한다. 그 생각은 지금도 변함없다. 주위 사람들과의 관계를 돌아보며 휴대폰에 저장 되어있는 사람들을 정리하는 시기는 누구에게나 온다. 나는 그걸 남들보다 좀 더 일찍 그리고 여러 번 겪었을 뿐이다.

그동안 혼자였던 시간이 많았다. 외롭기도 했지만 어떻게 보면 혼자인 것이 꼭 나쁜 것만은 아니었다. 혼자서 해보는 연습을 하는 시간이 되기도 했다. 함께 할 사람이 없을 땐 무엇이든 혼자서라도 해보려고 했다. 타인에게 의지하지 않고 혼자 시도하면서 혼자서도 잘하는 습관을 들이게 되었다. 원래부터 혼자 하는 걸 잘했지만 이런 시간들을 통해 자립심은 더 강해졌다. 혼자 밥 먹고 영화를 보는 건 기본이고 책과 노트북만 있으면 혼자 카페에서 하루 종일 시간을 보낼 수도 있었다. 배우고 싶은 게 있으면 혼자서 학원이든 동호회든 어디든 찾아갔다. 혼자 등산을 가거나 때로는 배낭 하나만 둘러매고 당일치기 기차여행을 다녀오기도 했다. 해외여행이라곤 한 번도 해본 적 없는 내가 겁도 없이 혼자서 유럽배낭여행을 떠났고 일본 오사카를 여행했을 때는 술집에 가서 혼술을 해보기도 했다. 그 정도로 혼자 하는 것이라면 누구보다도 자신 있었다. 혼자 하는 것이 심심하고 때론 적막하기도 하지만 누군가에게 의지하지 않고 스스로의 힘으로 무언가를 해낸다는 것은 분명 의미 있는 경험이었다. 특히 시내에 나가 혼자서는 밥을 못 먹겠다며 차라리 밥을 굶고 마는 사람들이나 배우고 싶은 취미가 있어도 혼자서 못가겠다며 계속 미루고 있는 사람들을 볼 때면 혼자서 뭐든 잘해내는 스스로가 대견하기만 하다.

만날 친구가 많이 없다는 것이 한편으로는 가족의 소중함을 느끼게 해주는 계기가 되기도 했다. 주말마다 부모님이 계시는 본가에 내려가곤 하는데 운전을 하며 집으로 가던 어느 날 문득 그런 생각이 들었다.

'주말에 딱히 만날 사람은 없지만 그래도 나에게는 가족이 있구나.'

나에게는 언제든 만날 수 있는 소중한 가족이 있었다. 항상 나를 응원해주는 내편이 있었다. 그렇게 생각하면서부터 가족에 대한 소중함을 많이 느끼게 됐다. 예전엔 한 해의 마지막 날을 친구들과 술을 마시며 보내는 게 제일 재밌었지만 이제는 가족과 함께 새해를 맞는 것이 가장 의미 있는 거란 생각이 든다.

편하게 만날 수 있는 친구가 거의 없긴 하지만 여태껏 만날 사람이 아무도 없었던 건 아니다. 그동안 여러 모임과 동호회를 통해서 다양한 사람들을 만나곤 했다. 주말이 되면 다 같이 모여 술 마시며 놀았고 여행도 자주 떠났다. 정기적으로 모임을 가졌고 매달 1박 2일 MT를 다녀온 모임도 있었다. 기타 동호회에서는 사람들과 기타를 치며 놀았고 함께 공연을 하며 즐기기도 했다. 그런 모임 속에서 좋은 사람들을 많이 만났다. 사회에서는 친구 사귀기가 어렵다고 하지만 오히려 나는 사회에서 깊은 인연을 많이 맺었다. 형, 누나, 동생 등 다양한 나이대의 사람들이 있는데 지금까지도 남다른 친분을 유지하며 지내고 있다. 그 중에는 내 인생을 뒤바꿔줄 정도로 삶에 많은 영향을 미친 사람도 있는데 그런 걸 보면서 술 마시며 같이 즐기는 열 명의 친구보다 나를 발전시켜주는 한 사람이 더 중요하다는 걸 느끼곤 한다. 이처럼 동갑내기 친구가 많지 않을 뿐이지 연락하고 지내는 형, 누나, 동생들은 제법 있다. 진정한 친구의 의미가 동갑을 넘어 다양한 나이대의 사람들까지 포함한다면 나는 이들이 있기에 이미 성공한 인생이라 할 수 있지 않을까 생각해본다.

지금까지 좋은 사람들과 인맥을 맺기 위해 많은 노력을 기울였다. 반대로 사람이 싫어질 때면 아무도 만나지 않으면서 혼자만의 시간을 가지기도 했다. 원만한 인간관계를 맺기 위한 다양한 노력을 해보면서 느낀 것은 사람은 결국 혼자 살아갈 수 없다는 사실이었다. 사람은 더불어 살아가는 존재이다. 상대방이 내 마음 같지 않아 서운함이 느껴져도 내가 바라는 것만큼 해주지 않아 섭섭함을 느껴도 결국은 사람 속으로 다시 돌아가야 한다. 사람 속에 있어야 행복할 수 있다.

언젠가 사람에게 너무 지쳐있을 때였다. 굳이 사람들을 만날 필요 없이 자기계발만 열심히 하며 살아도 행복할 거라고 생각한 적이 있었다. 하지만 막상 어떤 성취를 하고 성공적인 결과를 만들어내도 봐주는 사람이 없으니 되게 허무하게 느껴졌다. 혼자만의 만족으로는 마냥 행복하다고 말할 수가 없었다. 함께 기뻐해주고 축하해줘야 내가 도전하는 것도 의미가 있었다. 응원해주고 박수쳐주는 누군가가 있어야 기쁨이 두 배가 될 수 있었다.

언젠가 한 번은 어디로부터 얻는 행복이 가장 큰지에 대한 설문을 본 적이 있었다. 돈을 통해 얻는 행복이 제일 크다고 생각한 것과는 달리 1위는 바로 사람에게서 얻는 행복이었다. 돈! 돈! 하는 세상이지만 결국엔 그 돈도 사람이 없으면 아무 의미가 없다. 아무리 비싸고 맛있는 음식이라도 같이 먹어줄 사람이 없다면, 멋진 외제차를 타고 다닌다 해도 함께 드라이브를 즐길 사람이 없다면 행복하다고 말할 수 없을 것이다. 결국 중요한 것은 사람이다.

지금도 여전히 사람 관계는 어렵다. 나이를 먹을수록 나아질 줄 알았지만 오히려 그 반대이다. 관계 맺기는 더 어렵고 나와 맞는 사람을 만나는 건 더더욱 힘들다. 아직도 잘 모르겠다. 그저 다른 방법으로 계속해서 시도해볼 뿐이다. 좀 더 가벼운 마음으로 편안하게 사람을 사귀어보려 한다. 나의 기준으로 타인을 쉽게 판단하지 말고 서로 다름을 인정하는 연습을 더 많이 해보려 한다. 지금까지 많은 사람들을 만나왔다. 앞으로는 더 많은 사람들을 만나게 될 것이다. 지금도 선한 영향력을 미치는 좋은 사람들이 많지만 앞으로 더 많은 사람들과 함께 즐기며 살고 싶다. 그렇게 유대하며 살아가고 싶다.

04

괜찮아
다 지난 일이야

"돌아가고 싶은 시절이 있다면 언제인가요?"

가끔씩 지인들에게 이런 뜬금없는 질문을 할 때가 있다. 대답은 대부분 비슷하다. 학창시절이라고 말한다. 아무 생각 없이 마음껏 놀 수 있는 그때가 좋았다고 말한다. 그때로 돌아갈 수만 있다면 다시 돌아가고 싶다고 말한다. 그런 지인들과 달리 나는 학창시절로 돌아가고 싶은 마음이 없다. 지금이 제일 좋기 때문이다. 돈을 벌어 사고 싶은 것이 있으면 사고 먹고 싶은 것이 있으면 먹을 수 있어서 즐겁다. 하고 싶은 것이 있으면 하고 배우고 싶은 것이 있으면 마음껏 배울 수 있는 지금이 어느 때보다도 행복하다. 지금이 좋다는 게 학창시절로 돌아가고 싶지 않은 이유이지만 사실 학창시절의 기억을 더듬어 봐도 그렇게 유쾌한 기억이 없다. 고등학생 때는 하루에 4시간밖에 못자며 종일 공부만 하다 보니 스트레스를 너무 많이 받았고 초등학생 때는 몸은 허약하고 성격은 신경질적이다 보니 짜증을 내며 보내는 날이 많았다. 그나마 중학생 때는 친구들과 어울리며 재밌게 놀았던 순간이 많았지만 그것보단 불안해하던 기억이 더 먼저 떠오른다. 힘깨나 쓴다는 무리 속에서 겪은 일 때문이다. 동물의 왕국과 같은 약육강식의 세계에서 지지 않기 위해 맞서던 때가 있었는데 그때 오랫동안 나에게 트라우마를 남겼던 몇몇의 친구들, 아니 사람들이 있었다. 누구나 살다보면 아픈 기억 하나 정도는 다 가지고 있기 마련인데 내게는 중학교 시절이 그랬다.

중학생 때의 나는 또래에 비해 작고 마른 체구의 아이였다. 보기는 약해보여도 한 성질 하는 성격인 데다가 주먹도 잘 쓰는 편이라 학교에서 나를 만만하게 보는 친구는 거의 없었다. 나중에는 학교에서 싸움을 좀 한다는 친구들과 어울리게 되면서 소위 말해 좀 논다는 무리를 이루게 되었다. 아무도 우리를 건드리지 못했고 힘을 가진 우리는 그렇게 우리만의 세계를 만들어갔다. 그런 친구들과 어울리면서 사고도 많이 쳤다. 단체로 학생주임에게 불려가 벌을 서고 매타작을 당하기도 했지만 그런 것도 다 추억이라 생각했다. 때로는 선배들에게 단체로 끌려가 맞기도 하고 선배들이 시키는 고된 심부름도 해야 했지만 그것마저도 다 추억이라 생각할 정도로 우리는 철이 없었다. 그러다 다른 학교에서 좀 논다는 친구들과도 어울리게 됐는데 그때부터 본격적인 일탈이 시작되었다. 학교를 마치면 항상 우리들의 아지트인 오락실에서 모여 오락도 하고 노래도 부르며 놀았다. 다들 돈은 없었지만 그냥 어깨에 힘주며 어울려 다니기만 해도 재밌었다. 그야말로 우리들 세상이었다. 해서는 안 될 나쁜 짓도 많이 했다. 그땐 정말 다들 겁이 없었다. 세상 무서운 줄 모르고 날뛰었다. 계속 그렇게 재밌을 줄 알았다. 하지만 얼마 지나지 않아 나에게 오랜 시간 상처로 남게 된 사건이 하나 있었다. 당시 같이 놀던 다른 학교 친구들 중 E가 이유 없이 내게 싸움을 걸었다. 그때 말로 하자면 맞짱을 뜨자고 한 것이다. 작고 마른 내가 만만하게 보였던 것이다. 자신의 힘을 과시하기 위한 최적의 먹잇감이 나라고 생각한 것이 분명했다. 싸우고 싶진 않았지만 친구들이 보고 있었다. 만만하게 보이지 않으려면 싸워야했다. 아파트 뒤쪽에 있는 조용한 공터로 열 댓 명이 넘는 아이들이 우르르 몰려갔다. E와 나는 싸울 준비를 하고 있었고 다른 아이들은 동물원 우리 안에 있는 동물을 보는 것 마냥 흥미롭다는 듯이 우리를 지켜보고 있었다. 내가 먼저 주먹을 휘둘렀다. 그 다음부터는 어떻게 됐는지 기억이 나지 않는다. 단지 하늘이 빙빙 돌고 코가 굉장히 찡하고 아팠다는 기억밖에 없다. 싸움을 시작한 지 몇 초가 지났을까. 정신을 차려보니 다른 아이들이 우리 둘을 갈라놓고 있었고 내 신발 위로는 피가 뚝뚝 떨어지고 있었다. 코피였다. 정신이 없어 고개를 숙인 채 멍하니 있었다. 바닥은 금세 빨간 피로 물들었다. 근처에 있는 화장실로 가서 피를 닦은 후 머리를 뒤로 젖혀 지혈을 했다. 나중에 나와 싸웠던 E를 다시 마주했는데 갑자기 눈물이 났다. 배신감 때문이었다. 친구라 생각하고 믿었는데 이렇게 서로의 얼굴에 주먹을 날리게 될 거라고는 생각지 못했다. 친구들 앞에서 눈물을 보이기 싫었지만 서러운 마음에 눈물이 멈추질 않았다. 그때 받았던 충격은 너무나 컸다.

집에 가서 보니 코가 퉁퉁 부어있었다. 그때는 골절이 되면 붓는다는 걸 몰랐다. 단순히 부은 거라고만 생각하고 병원에 가지 않고 그대로 뒀는데 붓기가 다 빠지고 보니 코가 옆으로 살짝 휘어져있었다. 그땐 이미 골절된 뼈가 붙어버려서 손 쓸 방법이 없었다. 미리 병원에 가지 않은 것을 땅을 치고 후회했다.

그 싸움이 끝이 아니었다. 다들 전처럼 아무 일 없이 지내던 어느 날 E가 나를 불러냈다. 뭔가 불길한 예감이 들었지만 일단은 약속 장소로 나갔다. 그곳에는 E와 그리고 K가 함께 있었다. 나보고 화장실로 따라오라고 하더니 갑자기 나를 때렸다. K가 다른 친구 욕을 하는 걸 듣고 내가 그대로 전해준 게 문제였다. 내가 왜 그랬는지는 기억이 안 나지만 어쨌든 나 때문에 친구들 사이가 틀어져 버린 것이었다. 내가 잘못한 건 맞지만 이게 맞아야 할 이유가 되는 건지 싶었다. 덤빌 자신이 없었던 나는 저항도 못하고 일방적으로 맞았다. 집으로 가는 내내 울었다. 함께 지내던 친구에게 배신당한 그 심정은 정말 말로 표현할 수 없을 정도로 괴로웠다. 가슴이 찢어지는 듯했다. 나를 때린 E도 미웠지만 옆에 있던 K의 싸늘한 눈빛이 나를 더 슬프게 만들었다. K는 내가 누구보다도 믿고 의지하던 친구였기 때문이다. 친구가 전부였던 그 시절의 나에게 친구들의 배신은 억장이 무너지는 일이었다.

나를 힘들 게 한 건 E뿐만이 아니었다. 무리 중에는 100kg이 넘는 거구의 체격을 가진 L이 있었는데 평소 나와 사이가 좋지 않아 자주 다퉜다. 앞에서는 친한 척 하면서도 뒤에서는 서로를 욕했고 거친 말이 오가며 말다툼을 한 적도 많았다. L은 다른 친구들을 이용해 나를 따돌리려 했고 나에 대한 거짓된 소문을 만들어 퍼뜨리기도 했다. 나는 겉으론 강한 척 했지만 사실은 그 친구가 무서웠다. 다행히 주먹이 오가는 싸움은 없었지만 L과 언제 주먹다짐을 하게 될지 모른다는 불안감을 항상 가지고 있었다.

E와 L뿐만 아니라 나중에는 무리들 중 또 다른 한 명과 사소한 일로 시비가 걸려 주먹이 오간 적도 있었는데 그런 식의 일은 나 말고도 다른 친구들 사이에서도 빈번하게 일어났다. 원하든 원하지 않든 그 무리에서 살아남으려면 어떻게든 싸워야 했고 나 스스로가 강해져야 했다. 운동도 그래서 시작하게 됐다. 팔굽혀펴기와 윗몸 일으키기를 매일 200개씩 하며 몸을 단련했다. 하지만 몸과 달리 마음은 어떻게

해도 단련이 되지 않았다. 아무리 생각해도 그런 세계는 겁 많고 나약했던 내가 있을 곳이 아니었다.

E와의 사건 이후로 그 무리들과는 더 이상 만나지 않았고 그때부터 공부에 전념했다. 마침 그때 사이가 멀어진 덕분에 공부를 열심히 할 수 있었고 인문계 고등학교에 진학할 수 있었다. 하지만 문제는 길거리에서 E와 L이 속한 무리의 아이들을 가끔씩 마주친다는 것이었다. 형식적인 인사만 하고 지나갔지만 마주칠 때마다 옛 기억이 떠올라 불안하고 불편한 마음이 들었다. 성인이 된 이후에도 마찬가지였다. 다행히 다른 지역으로 이사를 가게 되면서 그때부터는 그 아이들을 마주칠 일이 없었지만 이사를 간 이후부터는 꿈에서 나와 나를 괴롭혔다. 꿈 내용은 거의 비슷했다. 나를 쫓아와 겁을 주고 협박하는 꿈이었다. 그런 꿈을 꾸다가 깰 때면 그게 꿈이었다는 사실에 안도하며 가슴을 쓸어내렸다. 내가 꿨던 꿈 중 최악의 악몽이었다. 이제는 더 이상 그런 꿈을 꾸지 않지만 몇 년 동안 같은 꿈에 시달렸던 걸로 봐서는 어릴 때 겪었던 사건들이 마음 약한 나에게 큰 상처로 남았던 것 같다.

오랜 시간이 지난 뒤 E의 소식을 들었다. 폭행으로 교도소에 수감 중이라고 했다. 몇 년 뒤 L의 소식도 들었다. 자살이라고 했다. 부모님이 안 계셨던 L은 혼자 생활고에 시달리다가 결국 극단적인 선택을 했다고 한다. 그렇게 서로 미워하고 으르렁거리던 L이었지만 막상 죽었다는 소식을 들으니 불쌍하고 안타까운 마음이 많이 들었다. 하지만 E만큼은 고소하다는 생각밖에 안 들었다. 나 말고도 많은 사람들을 때리고 괴롭힌 죗값을 그렇게 치르는 거라 생각했다.

뜬금없이 어릴 적 이야기를 해서 의아해할지도 모르겠다. 재밌었던 추억거리도 아니고 "내가 왕년에 말이야."라는 말로 시작할 정도로 대단한 이야기도 아닌데 말이다. 사실 이 글을 쓰는 데는 이유가 있다.

사회에서 만난 지인들 중 대부분은 내가 굉장히 밝고 긍정적이며 열정적인 사람이라고 생각하지만 사실 과거의 나는 상처가 많은 아이였다. 성격이 예민하고 열등감이 심해 작은 일에도 쉽게 상처받고 아파했다. 친구들에게 만만하게 보이지 않으려 강한 척을 했지만 사실은 약한 마음을 들키지 않기 위해 오히려 더 악을 썼던 것 같다. 누구보다도 겁도 많고 눈물도 많았던 그런 내가 어쩌다 그런 세계의 아이들을 만나 그렇게 힘든 시간을 겪어야했는지 생각할수록 과거의 내가 애처로웠다. 내가 만약 키가 크고 덩치가 컸더라면 그렇게 무시당하고 시비를 당하는 일은 일어나지 않았을 텐데 왜 나는 이렇게 작고 마르게 태어나서 이 모양 이 꼴인 건지 속상했다. 다른 사람들이 봤을 땐 별 것 아닌 일처럼 보일 수 있겠지만 나에게는 오랜 기간 동안 꿈에 나왔을 정도로 쓰라린 기억이다. 다시 꺼내고 싶지 않은 이야기임에도 불구하고 이렇게 글로 쓰기로 결심하게 된 것은 한 권의 책 때문이었다. 바로 글쓰기를 통해 자신의 상처를 치유할 수 있다는 내용의 책이었다.

글을 쓴다는 것은 상처 입은 과거의 나를 치유하는 과정이라고 했다. 진정한 나를 만나는 여정이라고 했다. 글쓰기를 통해 마음의 소리를 들을 수 있고 마음 속 깊은 곳의 상처를 보듬을 수 있다고 했다. 그럼으로써 있는 그대로의 나를 볼 수 있게 하고 그런 나 자신을 사랑할 수 있게 된다고 책에서는 말했다. 그런 의미에서 꼭 한 번은 가장 아픈 기억을 꺼내서 이렇게 글로 써보고 싶었다. 가슴 속 깊은 곳에 있는 그 상처가 아물 수 있도록 나 자신을 위로해주고 싶었다.

중학생 때의 내 모습을 떠올리면 불쌍하다는 생각밖에 안 든다. 마치 성인이 된 내가 혼자 힘들어하며 울고 있는 과거의 나를 멀리서 바라보고 있는 것만 같다. 힘 좀 쓴다는 덩치 큰 친구들 사이에서 지지 않으려 발버둥치고 있는 내가 안쓰럽다. 그 무리 속에서 어떻게든 살아남으려고 하는 내가 안타깝다. 믿었던 친구에게 두들겨 맞고 울면서 집으로 걸어가는 나를 생각하면 가슴이 미어진다. 나는 왜 이렇게 약하게 태어나서는 친구들에게 무시당하고 또 길을 가는 모르는 사람들에게까지 시비를 당하고 욕을 들어야 했는지 그런 내가 미웠고 세상도 미웠다. 나보다 어린 동생한테 시비 당하고 욕을 먹었을 때는 분노가 치밀어 오르기도 했다. 똥이 더러워서 피한다는 셈치고 넘어갔지만 한 마디도 못한 내가 너무 바보처럼 느껴져 울었던 적도 있었다. 그런 일들을 20대 초반 때까지 겪었다. 이게 다 동네가 좁은 탓이었다.

누구나 마음속에 상처 입은 어린아이가 살고 있다고 한다. 묻어두고 살지만 가끔씩 울컥울컥 고개를 들고 상처를 되살리기에 한 번은 그 상처와 마주하고 털어버리고 떠나보내야 그 상처로부터 자유로워지는 것이다. 꼭 한 번은 그 아이와 만나야 한다.

《하루 다이어리》 이진이

그냥 잊으려 했다. 생각 안 하고 살면 자연스레 잊힐 거라 생각했다. 하지만 한 번은 만나야 한다. 상처입어 혼자 울고 있는 나에게 손을 내밀며 대화를 나눠야 한다. 어릴 때의 나를 정면으로 마주함으로써 그때의 상처를 치유하려 한다. 이젠 지난 과거를 훌훌 털어내려고 한다. 겁 많고 소심했던 과거의 나에게 이렇게 말해주고 싶다. 잘 버텼다고, 그땐 많이 힘들어하고 때론 울기도 했지만 이만한 게 다행이라고 말이다. 심장 떨릴 정도로 두려운 순간도 많았지만 정말 잘 견뎌왔다고, 이젠 다 괜찮다고, 앞으로도 다 괜찮을 거라고….

Chapter

04

어려운 순간은 누구나 있다

"
실패는
더 이상 실패가 아니다.
실패는 경험의
또 다른 이름이다.
"

01

실패에 대한 두려움

"실패를 두려워하지 말라."

성공한 사람들이 많이 하는 말 중 하나이다. 실패를 두려워하지 않으려면 실패를 있는 그대로 받아들이라고 한다. 때로는 실패를 많이 해보라고 말하기도 한다. 성공한 사람들이 하는 말이기에 새겨들어야 할 필요는 있지만 그 말을 어떻게 실천하면 되는지 쉽사리 와 닿지는 않는다. 실패를 이겨내고 성공을 맛본 사람들은 그 말이 무엇을 의미하는지 알고 있지만 대다수의 평범한 사람들은 받아들이기 힘든 말이다. 경험이 없는 이제 갓 도전을 시작한 사람이라면 더더욱 어렵다. 실패가 좋은 경험이 된다는 말도 머리로는 이해가 되지만 일부러 실패를 하고 싶은 사람은 아무도 없다. 모두가 성공을 꿈꾼다. 목표한 바를 달성하길 바란다. 실패할 생각으로 도전을 하진 않는다. 그렇기 때문에 실패를 많이 하라는 말도 실패를 있는 그대로 받아들이라는 말도 모두 다 수용하기란 현실적으로 힘들어 보인다. 그렇다고 실패에 대한 두려움을 가만히 내버려두기엔 목표를 이뤄나가는 과정에 있어 큰 걸림돌이 된다. 어떻게 해야 할까?

실패는 누구나 두렵다. 실패에 대한 두려운 마음이 드는 것은 어쩌면 당연한 일이다. 하지만 극복해야 하는 대상임에는 분명하다. 문제를 해결하려면 우선 원인을 알아야 한다. 실패를 넘어서기에 앞서 실패가 두려운 이유에 대해 먼저 생각해봐야 한다. 실패가 두려운 데는 여러 이유가 있겠지만 그중 하나는 바로 연습 부족에 있다.

어떤 일이든 연습을 많이 한 사람은 성공할 확률이 높다. 성공할 확률이 높아지는 만큼 실패에 대한 두려움은 줄어든다. 반대로 연습을 많이 하지 않은 사람은 실패할 확률이 높다. 실패할 확률이 높아지는 만큼 성공하지 못할 거라는 두려움은 커진다. 간단한 이야기이며 부정할 수 없는 사실이다. 똑같은 무대에 오른다 하더라도 준비를 많이 한 사람은 자신감이 넘치지만 연습을 많이 하지 않은 사람은 자신감이 부족하고 실패에 대한 두려움은 더욱 커질 수밖에 없다. 공부를 대충한 사람과 최선을 다한 사람과는 시험에 대한 마음가짐이 다르다. 사람들 앞에서 발표를 할 때도 준비를 많이 하지 않은 사람은 발표에 소극적일 수밖에 없지만 스스로 영상을 찍고 녹음을 하면서까지 준비한 사람은 발표에 적극적이고 표정이나 행동 하나하나에도 여유가 있다.

지인들 결혼식에서 축가를 부른 적이 여러 번 있었다. 연습을 많이 한 곡은 자신감을 가지고 편안하게 노래를 불렀지만 연습을 많이 하지 않은 곡은 축가를 부르는 내내 가사를 잊어버리진 않을까 또 음 이탈이 나지는 않을까 조마조마하며 노래를 불러야 했다. 이러한 작은 경험을 통해 실패에 대한 두려운 마음이 든다는 것은 어쩌면 그만큼 준비가 되지 않았다는 말과 같다는 것을 느꼈다.

그렇다면 과연 실패에 대한 두려움을 떨치려면 얼마만큼 연습을 해야 하는 걸까? 그것은 바로 머리가 아닌 몸이 기억할 수 있을 정도로 해야 한다. 나는 그것을 기타동호회에서 공연을 하면서 배웠다. 지금까지 여러 기타학원과 동호회를 가봤다. 어딜 가더라도 기타를 잘 치는 사람은 많다. 하지만 사람들 앞에서 노래 한 곡을 제대로 보여주는 사람은 거의 보지 못했다. 기타를 몇 년 동안 배운 사람도 마찬가지였다. 친다고 해도 노래와 기타에 집중하기는커녕 악보와 손을 번갈아보느라 정신이 없다. 보는 사람이 괜히 더 불안하다. 감흥을 느낄 수가 없다. 대부분의 기타동호회가 이렇다. 이유는 대충 연습하고 넘어가기 때문이다. 지금 내가 다니고 있는 동호회의 강사님은 다르다. 강습생들에게 한 달 동안 딱 한 곡만 연습시킨다. 다른 곡은 가르쳐주지 않고 오로지 한 곡만 연습시킨다. 이유는 머리가 아닌 몸으로 기억하게 만들기 위해서다. 집에서 혼자 기타를 치면 누구나 잘한다. 하지만 사람들 앞에서 기타를 칠 때면 긴장이 돼서 아무것도 생각이 나지 않게 된다. 그렇기 때문에 긴장감 때문에 머리가 하얘지더라도 손이 자동으로 움직일 정도로 연습해야 하는 것이다.

나 역시도 공연 때마다 머리가 아닌 몸이 기억할 정도로 연습했다. 한 달 동안 한 곡만 쳤다. 지겹도록 반복하다보니 나중에는 티브이를 보면서도 손이 자동으로 연주하는 정도가 되었다. 그렇게 머리가 아닌 몸이 기억할 정도로 연습을 하고 나니 어떤 무대도 자신 있었다. 기타를 배운 지 몇 달도 채 안 돼서 버스킹을 하고 라이브카페 무대에서 공연을 할 수 있었던 것도 머리가 아닌 몸이 기억할 정도로 연습했기 때문이다.

많은 사람들이 목메고 있는 영어도 마찬가지다. 영어회화 공부를 많이 해도 실력이 늘지 않는다고 말하는 사람들도 보면 대부분 머리가 기억하는 정도의 연습밖에 하지 않는다. 영어회화는 말을 많이 하는 게 중요한데 머리가 아닌 입이 기억할 정도로 연습해야 한다. 영어를 잘하는 사람은 머릿속에서 주어, 동사, 목적어의 어순을 생각하면서 말하지 않는다. 그냥 바로 영어로 말을 내뱉는다. 그만큼 반복연습을 많이 했기 때문이다. 처음엔 더듬거리며 말하지만 반복해서 연습할수록 생각하지 않고 바로 영어로 말을 내뱉을 수 있게 된다.

컴퓨터와 스마트폰을 생각하면 더 이해하기 쉽다. 컴퓨터로 타이핑을 하거나 스마트폰으로 문자를 쓸 때 기역이 어디 있고 니은이 어디 있는지 생각하면서 하진 않는다. 그냥 손이 자동으로 움직인다. 그만큼 연습을 많이 했기 때문이다.

충분히 연습하고 준비함으로써 실패에 대한 두려운 마음을 어느 정도 극복할 수 있다. 하지만 아무리 연습을 많이 한다고 해도 실패에 대한 두려움을 완전히 떨쳐낼 수는 없다. 취미나 놀이가 아닌 생업과 관련된 것이라면 더 그렇다. 그럴 땐 그냥 실패에 대한 두려움 마음을 있는 그대로 받아들이는 게 좋다. 어떻게? 처음부터 실패할 수도 있다는 사실을 미리 인정하자는 것이다. 실패해도 상관없다고 생각하라는 말이 아니다. 언제든 실수할 수 있고 나에게도 실패와 시련이 올 수 있다는 것을 먼저 받아들이고 시작하자는 것이다. 실패를 넘어 최악의 상황까지 미리 생각해보면 의외로 마음이 더 가벼워질 때가 있다.

사람들은 원하는 바를 이루기 위해 도전한다. 목표를 달성하길 바라며 하는 일이 잘 될 거라는 믿음을 가진다. 하지만 낙관적인 전망을 넘어 무조건 잘 돼야만 한다는 생각이 우리를 더 불안하게 만든다. 실패는 있을 수 없는 일이라 여기며 잘 돼야 한다고만 생각하니 예상치 못한 실수와 실패는 용납할 수 없는 사건이 돼버린다. 그렇게 생각하는 사람일수록 예상치 못한 난관 앞에서 쉽게 무너져버리고 만다.

일상 속에서 볼 수 있는 쉬운 일들을 예로 들어보자. 사람은 누구나 만나고 헤어진다. 천생연분이라고 믿었던 사람과 이별할 수도 있다. 그런데 이별을 있을 수 없는 일이라 생각하면 그 사람과 함께 있어도 언젠간 나를 떠나진 않을까 불안해진다. 평생 함께 할 거라고만 생각했던 사람과 헤어지게 되면 믿었던 만큼 상처도 커지게 된다. 하지만 만나고 헤어지는 것을 자연스러운 일이라 생각하고 나에게도 이별이 올 수 있다고 생각하면 마음이 한결 가볍다. '까짓 거 헤어지면 다른 사람 만나면 되지 뭐' 하고 호탕하게 말을 하고 나면 없던 여유가 조금은 생긴다. 그런 마음의 여유가 있어야 설령 헤어지더라도 상처가 덜 남게 되고 다음 연애도 이어갈 수 있다.

시험을 준비할 때 합격하고야 말겠다는 열정으로 열심히 공부하는 것은 좋지만 때로는 무조건 합격해야 한다고 생각하는 것이 오히려 자신을 더 불안하게 만들 때가 있다. 100% 합격해야 한다고만 생각하니 단 1%의 실패조차도 두려운 존재처럼 느끼는 것이다. 그럴 땐 차라리 떨어질 수도 있다고 미리 생각해보는 것이 용기를 가져다주기도 한다. 왜 그럴 때 있지 않은가. "실패하면 어쩌지? 생각처럼 안 되면 어떡하지?"하고 생각하다가도 "아 몰라, 될 대로 되라지 뭐. 실패하면 다시 하면 되지."하고 생각하는 게 마음이 더 편해지는 경험 말이다. 이처럼 성공뿐만 아니라 실패할 수도 있다는 가능성을 열어놔야 그만큼 두려운 마음을 덜 수 있다.

"저는 무대에 오르기 전에 실수하러 간다고 생각하고 올라가요."

한 유명 뮤지컬 배우가 티브이 프로그램에서 인터뷰 할 때 했던 말이다. 실수해선 안 된다는 생각을 너무 강하게 하면 몸에 힘이 들어가 오히려 실수를 더 많이 하게 된다는 것이었다. 차라리 실수하러 올라간다고 마음을 먹었을 때 실수를 해도 크게 연연하지 않았고 지금 할 수 있는 것에 집중할 수 있었다고 한다. 그럼으로써 매 공연마다 만족스러운 무대를 만들 수 있었다고 한다.

책에서 수백 명의 여자를 만나 본 한 연애고수의 이야기를 읽은 적이 있었다. 그는 자신만의 연애 비법 중 하나를 소개했는데 마음에 드는 이성에게 다가갈 때 거절을 당할 거라는 두려움을 가지지 않는다고 한다. 처음엔 누구나 다 거절을 한다는 것을 당연하게 생각하기 때문이다. 처음부터 거절당할 거라는 것을 받아들이고 시작하기 때문에 상대방의 거절에도 아랑곳하지 않고 자신감 있게 대시한다는 것이다. '거절하면 어떡하지?' 하고 전전긍긍하는 보통 사람들과는 생각 자체가 달랐다.

사업과 같이 생계가 달린 문제를 두고 실패해도 괜찮다고 생각하는 것이 말이 되냐고 반문하는 사람들도 있을 것이다. 하지만 실패해도 상관없다고 생각하며 아무 걱정하지 말라는 그런 마음 편한 소리를 하는 게 아니다. 중요한 것은 실패를 할 수도 있다는 사실을 미리 인정함으로써 지금의 상황을 좀 더 멀리서 바라볼 수 있는 안목을 가지자는 것이다. 대게 사람들은 뭔가를 할 때 성공해야만 한다는 강박 때문에 부분만 보고 전체를 보지 못하는 우를 범하곤 한다. 실패에 대한 두려움이 무서운 이유는 바로 그런 데 있다. 실패할 수도 있다고 미리 인정하고 받아들이면 마음의 여유를 가질 수 있게 되고 그럼으로써 그전에는 보이지 않는 것들이 새롭게 보이기도 한다. 그랬을 때 나에게 닥칠 수 있는 다양한 경우의 수를 미리 생각하고 대비할 수 있게 되는 것이다.

실패에 대한 두려움을 극복하려면 충분한 준비와 연습이 필요하다. 실패를 받아들일 줄 아는 마음도 중요하다. 하지만 무엇보다도 가장 중요한 것은 실패를 바라보는 시각을 근본적으로 바꿔야 한다는 것이다. 실패가 부정적인 단어임에는 틀림없지만 실패를 어떻게 바라보느냐에 따라 실패는 이름 그대로 실패가 되기도 하고 때로는 경험이 되기도 한다.

사랑하는 사람과 이별하는 것을 두고 사랑에 실패했다고 말하는 사람들이 있다. 헤어짐 자체로는 괴롭지만 이별을 통해 무엇이 문제였는지를 곰곰이 생각하며 자기 자신을 되돌아보게 된다. 그럼으로써 다음 사람에게는 똑같은 실수를 하지 않겠다는 다짐을 하게 된다. 이런 마음가짐으로 여러 사람을 만나다보면 나 자신을 들여다 볼 수 있게 되고 타인을 이해하는 폭도 넓어진다. 사람을 많이 만나보라는 말은 그래서 있는 것이다. 이렇듯 이별했다고 계속 괴로워만 하면 실패가 되지만 나를 돌아보고 타인을 이해하는 연습이라고 생각하면 경험이 된다.

살다보면 사업에 실패할 수도 있고 원하는 직장에 취직하지 못할 수도 있다. 시험에 떨어질 수도 있고 사랑하는 사람과 이별을 하기도 한다. 간절함을 가지고 도전하면 뭐든 다 할 수 있을 것 같지만 아무리 노력해도 실패할 때가 있다. 실패를 피할 수만 있다면 피하는 게 좋지만 피할 수 없는 것이라면 어쩔 수 없이 마주해야 한다. 거쳐야 할 수밖에 없는 관문이라면 실패를 실패가 아닌 경험으로 받아들여야 한다. 그래야 무너지지 않고 버텨낼 수가 있다. 다음 도전을 이어나갈 수도 있다. 지금 자신이 실패했다고 해서 더 이상 자책하지 말자. 그 실패가 나중에 나에게 어떻게 도움이 될지는 아무도 모른다. 그런 점에서 실패가 꼭 나쁜 거라고만 할 수는 없다. 결국 실패도 우리 삶의 일부분이다. 어떠한 경험이든 그 속에서 배울 점을 찾아야 한다. 성공한 사람들이 실패를 해보라고 말하는 이유도 바로 실패 속에서 배웠기 때문이다. 실패는 더 이상 실패가 아니다. 실패는 경험의 또 다른 이름이다.

02

고난은 축복이다

인사이드 아웃이라는 제목의 애니메이션을 봤다. 사람의 감정을 풍부한 상상력으로 그려낸 것이 꽤나 인상적이었다. 스토리를 요약하자면 이렇다. 모든 사람들의 머릿속에는 감정을 컨트롤 하는 본부가 있다. 주인공인 라일리의 머릿속에도 기쁨, 슬픔, 버럭, 까칠, 소심이라는 다섯 가지의 감정이 살고 있다. 살던 곳을 떠나 새로운 환경에 적응해야 하는 라일리에게 다섯 감정들은 어느 때보다도 바쁜 감정의 신호를 보내지만 실수로 '기쁨' 과 '슬픔' 이 본부를 이탈하고 만다. 감정 컨트롤 본부가 무너지고 그로 인해 라일리의 마음속에 변화가 찾아오게 되면서 방황을 하고 가출을 하기에 이른다. 라일리가 예전의 모습을 되찾기 위해서는 '기쁨' 과 '슬픔' 이 본부로 돌아가야만 한다. 그러나 셀 수 없이 많은 기억들이 저장되어 있는 머릿속 세계에서 본부까지 가는 길은 험난하기만 하다. 감정 시스템을 바로 세우기 위해 '기쁨' 이는 갖은 노력을 다한다. 자신만이 그 일을 이뤄낼 수 있다고 생각한다. 하지만 오랜 모험 끝에 슬픔이 있어야 기쁨이 있다는 사실을 깨닫게 되고 감정 세계를 다시 건설할 수 있는 그 주인공은 자신이 아닌 '슬픔' 이라는 것을 뒤늦게 알게 된다. 결국 '슬픔' 이의 힘으로 무너진 감정 세계를 다시 바로 세웠고 라일리는 예전의 밝은 모습으로 되돌아가며 애니메이션은 해피엔딩으로 막을 내린다.

처음 애니메이션이 시작할 때만 해도 밝고 긍정적인 '기쁨' 이만 눈에 보일 뿐 '슬픔' 이는 눈에 들어오지 않는다. '기쁨' 이를 보면 기분이 좋아졌지만 '슬픔' 이는 표정만 봐도 뭔가 우울함이 느껴졌다. 딱 봐도 '기쁨' 은 좋은 것, '슬픔' 은 나쁜 것으로만 보였다. 하지만 애니메이션에서 문제를 해결한 주인공은 '슬픔' 이었다. 슬픔이 없으면 기쁨도 있을 수 없다는 사실을 애니메이션을 보며 다시 한 번 생각해보게 되었다.

슬픔이 있어야 기쁨이 있듯 인생에는 괴로움을 느껴봐야 즐거운 게 즐거운 줄 안다. 그냥 마시는 물보다 땀 흘려 일한 뒤에 마시는 물이 더 꿀맛이다. 그냥 자는 잠보다 고된 노동을 하다가 중간에 자는 쪽잠이 더 달콤하다. 주말이 즐거운 이유도 출근을 해야 하는 평일이 있기 때문이다. 먹고 싶은 것을 마음껏 먹고 하고 싶은 것을 다 하며 사는 것이 행복이 아니다. 적절한 힘듦과 어려움이 있어야만 오늘의 일상이 좋은 줄 안다. 사소한 것에서도 행복을 느낄 수 있다.

사람들은 흔히 꽃길만 걸으라는 얘기를 많이 한다. 나는 이상하게 그 말이 조금 불편하다. 사람이 꽃길만 걸을 수는 없기 때문이다. 설령 꽃길만 걷는다 하더라도 그게 반드시 좋은 것만은 아니다. 매일 꽃길만 걸으면 그 길이 좋은 줄 모른다. 울퉁불퉁한 길도 걸어보고 먼지 날리는 길도 걸어봐야 꽃길이 좋은 길이란 걸 알게 된다. 그럼 점에서 좋은 일만 가득하라는 말도 하지 않는 편이다. 나 자신에게도 말이다.

유럽 사람들은 해가 뜬 날씨를 굉장히 좋아한다. 평소에는 해가 잘 나오지 않는 우중충한 날씨일 때가 더 많기 때문이다. 그렇기 때문에 햇볕이 쨍쨍한 날에는 길거리나 야외 카페에서 일광욕을 즐기는 사람을 쉽게 찾아볼 수 있다. 길거리 돌담에 앉아 있기도 하고 벤치에 드러누워 잠을 자기도 한다. 그런 유럽 사람들과 달리 한국에서 해가 뜬 날씨를 특별하게 생각하는 사람은 많지 않다. 우리나라는 사계절 내내 햇볕이 잘 들기 때문이다. 비가 오거나 흐린 몇 날만 빼면 항상 햇볕이 쨍쨍하게 내리쬔다. 매일 해가 나오다보니 그 햇볕을 그렇게 감사하다고 느끼지는 않는다. 유럽도 우리나라처럼 매일 햇볕이 내리쬔다면 지금처럼 해가 비치는 날을 그렇게 감사하게 생각하진 않을 것이다.

"한국은 진짜 살기 좋은 나라야."

공장에서 일할 때 탈북을 하여 한국에 정착한 새터민 이모가 있었는데 그 이모가 한 말이었다. 평소 나는 우리나라가 살기 좋은 나라라고 생각하지 않았다. 서비스가 좋고 뭐든지 빠른 최첨단의 기술을 보유하고 있지만 그만큼 각박해지고 인정이 메말라가는 세상이 썩 좋지만은 않았다. 하지만 그 이모는 한국이 좋다고 말했다. 이유는 단순했다. 배불리 먹을 수 있기 때문이라고 했다. 북한에 있을 때는 밥은커녕 먹을 게 하나도 없어 너무 배가 고팠는데 한국에는 먹을 것이 풍족해서 좋다고 했다. 타인으로부터 억압받지 않고 자유롭게 살 수 있는 것 또한 큰 행복이라 말했다. 만약 북한 부유층에서 태어나 뭐든지 다 누리고 살았다면 우리나라가 그렇게 좋다고 느끼지 못했을 것이다. 최소한의 삶도 보장받지 못하는 어려운 삶을 살았기 때문에 마음껏 먹고 자유롭게 다닐 수 있는 그런 평범한 일상이 새터민 이모에게는 행복으로 느낄 수 있었던 것이다.

적절한 고난은 삶에 대한 만족감을 높여준다. 어려움이 있어야 평범한 일상을 행복하게 느낄 수 있다는 이런 생각은 이지선 씨의 저서 《지선아 사랑해》를 읽고 난 후에 더 강하게 들었다. 2007년 7월 30일 꿈 많던 대학생인 이지선 씨는 음주 운전자가 낸 7중 추돌사고로 인해 전신 55%에 3도의 중화상을 입게 되었다. 살 가망이 없다고 한 의료진의 말과 달리 간신히 살아날 수 있었고 30번이 넘는 수술과 재활

치료를 이겨낸 결과 새살이 돋아나는 기적을 경험하게 되었다. 몸과 마음의 상처와 싸우면서 견뎌야 했던 지난 10년간의 고난을 통해 그녀는 삶은 선물이라는 사실을 깨닫게 되었다고 말했다. 그러고는 이렇게 말을 덧붙였다.

"고난은 축복입니다."

그녀는 사고를 당한 이후 평소에 몰랐던 사소한 것들이 얼마나 소중한지 알게 되었다고 한다. 사고를 겪지 않았더라면 삶이 얼마나 많은 행복으로 가득 차 있는지 깨닫지 못했을 거라고 한다. 사고로 인해 행복의 참의미를 깨달을 수 있었기에 고난을 축복이라고 말한 것이다. 손가락 하나하나도 너무나 소중하다고 말하는 그녀는 다음과 같이 말했다.

"전에는 친구들의 예쁜 옷이 부러웠고 언니들이 신은 멋진 구두가 부러웠습니다. 그리고 폼 나는 가방도 갖고 싶어 했습니다. 이제는 친구의 깜빡거릴 수 있는 두 눈이 부럽습니다. 입을 꼭 다물고 침을 흘리지 않는 그 입술이 부럽습니다. 젓가락질을 할 수 있는 그 손이 부럽습니다."

"땅만 보고 걸을 수밖에 없던 제가 등을 꼿꼿이 펴고 사람들과 눈을 마주치고 얘기할 수 있게 되었고 고개를 들면 하늘을 볼 수 있는 은혜를 저도 누릴 수 있게 되었습니다. 다른 이들에겐 별것 아닌 일들이지만 그 별것 아닌 일들을 기적처럼 여기며 감탄하며 사는 것이 이제 저의 일상이 되었습니다."

사람들은 누구나 깜빡거릴 수 있는 두 눈을 가지고 있다. 침이 흐르지 않게 다물 수 있는 입술이 있다. 자유자재로 젓가락질을 할 수 있는 손을 가지고 있다. 누군가에겐 당연한 일상이 사고를 당한 그녀에게는 더 이상 당연하지 않게 되었다. 사고 전에는 당연하다고 생각했던 것들이 사고 직후에는 혼자서는 할 수 없는 힘든 일이 되어버렸다. 누워있는 것 말고는 아무 것도 할 수 없었던 그녀는 그때부터 사소한 모든 것들이 기적이라는 것을 깨닫게 된 것이다.

책을 읽으며 가장 놀랐던 것은 사고가 일어나기 전으로 돌아가고 싶냐는 질문에 돌아가지 않겠다고 하는 그녀의 대답이었다. 돌아갈 수만 있다면 무조건 돌아가고 싶다고 말할 줄 알았지만 내 예상은 완전히 빗나갔다. 그녀는 지금 자신이 얻은 깨달음을 그 무엇과도 바꾸고 싶지 않다고 말했다. 사고를 당한 것이 아니라 사고를 만났다고 말하는 그녀를 보며 고난은 축복이라는 말의 의미를 다시 한 번 되새겨 보게 되었다.

그녀는 치료 후 해외로 건너가 재활상담학 석사와 사회복지학 박사 학위를 취득하였고 최근에는 한국에 있는 대학교에 교수가 되었다는 소식을 들었다. 어떤 상황에도 굴복하지 않고 보란 듯이 웃으며 극복해버리는 그 열정과 긍정적인 마음이 정말 대단하다못해 감동스럽기까지 했다.

고난이 축복이었다고 말하는 그녀처럼 내가 겪어온 크고 작은 고난들도 모두 다 내가 행복의 참의미를 깨닫게 하는 데 많은 영향을 미쳤다. 여태껏 내가 순탄하게 살아왔다면 지금과 같은 도전과 노력은 하지 않았을 것이다. 남들처럼 대학을 나오고 회사에 취직을 했다면 이처럼 다양한 일을 해보지도 못했을 것이고 성공을 꿈꾸며 책을 읽지도 않았을 것이다. 신경질적이고 부정적인 성격이 아니었다면 나를 바꾸기 위한 노력은 하지 않았을 것이다. 사람과의 관계에서 어려움을 겪지 않았다면 사람을 이해하려는 노력은 하지 않았을 것이고 공감하는 능력도 키울 수 없었을 것이다. 부족함 없이 자랐다면 뭔가를 얻기 위한 불같은 열정은 가지지 못했을 것이다. 마냥 행복하게만 살았다면 진정한 행복을 찾으려 하지 않았을 것이고 지금과 같은 행복의 기준도 세우지 못했을 것이다.

지금 우리 가족이 모두 다 행복하다고 느끼며 살고 있는 것도 지난 시간의 고난이 있었기 때문이다. 어릴 때 우리 집은 그렇게 화목한 가정은 아니었다. 돈이 많은 것도 아니었고 사랑이 넘치는 것도 아니었다. 금전적으로는 크게 부족함이 없다고 생각했지만 어머니는 알게 모르게 매달 돈 때문에 힘들어하셨고 또 건강이 많이 안 좋았던 탓에 집에서 누워있는 날이 많았다. 아버지는 술을 많이 드셨고 어머니와 가끔 다투곤 했다. 어머니를 닮아 나도 몸이 허약했다. 몸이 안 좋다보니 예민했고 짜증을 내는 날이 많았다. 학창시절 평범하지만은 않은 학생이었던 나는 방황을 많이 했고 사고도 많이 쳤다. 누나 또한 나 못지않게 많은 시간을 방황하며 힘든 학창 시절을 보내야 했다. 가족 중 안 힘든 사람이 없었다. 그런 어려운 시절이 있었기 때문일까? 지금은 우리 가족 모두가 그 어떤 가정보다도 행복하다고 느끼며 살고 있다. 현재 누나와 내가 독립을 했기 때문에 주말이 되어야 가족들이 다 같이 모일 수 있는데 어쩌다 주말에 모여 다 같이 밥이라도 먹을 때면 지난 얘기를 하곤 한다. 힘들었던 지난 시간도 이제는 웃으며 얘기할 수 있다는 사실만으로도 다들 즐거워한다. 예전엔 다들 힘들었는데 지금은 우리가 이렇게 모여서 밥 한 끼 같이 먹는 것만으로도 행복하다며 웃고 떠든다. 누군가에게는 가족들이 모여 먹는 밥 한 끼가 평범한 일상이겠지만 우리 가족에게는 특별한 식사가 되는 것이다. 각자가 힘든 시기를 견뎌내고 여기까지 왔기 때문에 아무것도 아닌 따뜻한 밥 한 상에도 행복을 느낄 수 있는 것이다. 어릴 때부터 지금까지 계속 화목하고 행복하게 지냈다면 좋았겠지만 그렇게 살았으면 지금과 같은 소소한 행복은 느낄 수 없었을 것이다. 지금의 행복을 알게 해준 지난 고난들에게 감사할 뿐이다.

지금의 직장에 감사함을 느끼는 이유도 지난 시간 동안 힘든 일을 많이 겪었기 때문이다. 비바람 맞으며 일을 많이 했던 터라 지금은 비 안 맞고 안에서 일하는 것만으로도 감사하다. 노가다 판에서 욕설과 막말을 들어가며 일해 본 경험이 있기 때문에 지금의 직장에서 받고 있는 존중과 대우가 감사하게 느껴진다. 한 달에 한 번도 못 쉬고 매일 14시간씩 일했던 힘든 시간이 있었기에 정시퇴근하고 주말과 공휴일에 쉬는 지금의 직장이 좋은 줄 안다. 나에게 닥쳤던 고난들이 그 당시에는 고난이었지만 지나고 보니 지금의 내 인생에서 행복을 느끼게 만드는 귀중한 경험이 되었다. 행복이라는 요리를 만들기 위해 필요한 재료가 여러 가지 있다면 그중 하나는 분명 고난일 것이다.

살다 보면 내 마음 같지 않을 때가 있다. 왜 나에게 이런 일이 생기게 됐는지 세상을 원망하게 될 때도 있다. 당장은 괴롭고 힘들겠지만 때로는 그 고난이 내 마음의 근육을 더 단단하게 만들어주는 경험이 되기도 한다. 그럼으로써 더 큰 어려움이 다가와도 굴하지 않고 끝까지 나아갈 수 있는 힘이 생기는 것이다. 도전할 때도 마찬가지다. 내가 바라는 것을 단 번에 이룰 때도 있겠지만 때로는 단 한 번의 성공을 위해 여러 번의 실패와 고난을 만나기도 한다. 그때마다 좌절하면 더 이상 한 걸음도 나아갈 수 없고 성장할 수도 없게 된다. 그러므로 지금의 고난이 지나서 보면 축복이 될 수도 있다는 사실을 생각해볼 수 있어야 한다.

03

힘들 때 나는 이렇게 극복했다

사람들은 몸이 안 좋을 때면 몸에 좋은 음식을 찾아먹는다. 감기에 좋은 음식, 머리가 아플 때 먹으면 좋은 음식과 같이 증상에 맞는 음식을 검색해보곤 한다. 때로는 평소에 안 먹던 보양식까지 챙겨먹으며 영양을 보충하고 기력을 회복하려고 한다. 아플수록 잘 먹어야한다는 사람들의 말처럼 나 역시도 예전엔 그렇게 생각했지만 건강과 관련된 책을 읽어보니 꼭 그렇지만은 않다는 것을 알게 되었다.

건강하려면 규칙적인 식사가 중요하다는 사실은 누구나 안다. 하지만 세 끼 사이에 규칙적인 공복의 시간이 필요하다는 것은 잘 모른다. 규칙적인 식사만큼이나 중요한 것이 바로 규칙적인 공복이다. 삶에는 적절한 휴식이 필요하듯 우리의 몸도 마찬가지다. 인체는 공복일 때 몸 속 장기들이 휴식에 들어가게 되는데 그때 몸의 기능이 회복이 된다. 특히 몸이 아플수록 속을 비움으로써 몸이 쉴 수 있는 여건을 만들어야 하는데 사람들은 반대로 행동한다. 몸에 좋다는 음식을 더 많이 섭취하면서 몸을 쉬지 않고 일하게 만든다. 많이 먹을수록 위장이 운동을 많이 하게 되고 그리하여 전체적인 장기의 기능이 떨어지게 되는 것이다. 또 아플 때는 주로 잠만 자게 되는데 먹고 자는 것만큼 몸에 나쁜 것은 없다. 몸이 아플 때는 물만 마시거나 최소한의 음식물만 섭취하고 종일 잠을 자는 게 가장 이롭다는 것이 의학박사들의 공통된 견해이다.

동물은 아프면 아무 것도 먹지 않는다고 한다. 아픈 게 나을 때까지 음식을 섭취하지 않고 종일 잠만 잔다고 한다. 오로지 사람만이 아플수록 뭔가를 더 먹으려 한다. 안 좋을수록 쉬어야 하는데 반대로 뭔가를 자꾸 더 하려고 하니 몸이 나을 수 있는 시간은 더 지체되는 것이다.

몸뿐만 아니라 마음도 이와 다르지 않다고 생각한다. 살다보면 마음이 힘든 순간이 있다. 원하는 것을 이루지 못해 좌절할 때도 있고 사람에게 상처받아 괴로울 때도 있다. 그럴 때마다 사람들은 그 힘든 마음을 자꾸 어떻게 하려고 한다. 괴로운 마음을 지금 당장 극복해야 한다고 생각한다. 조언을 해주는 사람도 마찬가지다. 울적할수록 즐거운 음악을 듣고 사람들도 많이 만나야 한다고 말한다. 사랑하는 사람과 이별 때문에 괴로운 마음이 들 때도 자꾸 잊으라고만 말한다. 말처럼 그렇게 되면 좋겠지만 현실은 쉽지가 않다. 머리로는 이해가 되는데 가슴이 따라주지를 않는다. 힘들 땐 아무 것도 하기 싫은 게 일반적이다. 자꾸 이렇게 해라 저렇게 해라고 말해봐야 큰 위로가 되진 않는다. 물론 내 마음이 편해지려면 스스로 마음을 바꾸려는 노력은 필요하다. 그렇게 해서 자신을 변화시킬 수 있다면 가장 좋겠지만 하다보면 아무리 노력해도 안 되는 게 있다. 그럴 땐 차라리 가만히 두는 게 낫다. 소나기가 세차게 내릴 때 빗속을 뚫고 나가려하지 않고 그치기를 가만히 기다리는 것처럼 당장 극복이 안 되는 괴로운 마음도 때로는 사그라질 때까지 가만히 지켜보는 게 나을 수가 있다.

오랜 시간 동안 나를 바꾸기 위한 노력을 해왔다. 나만큼 스스로를 바꾸려는 노력을 한 사람은 그리 많지 않을 거라는 생각이 들 정도로 나 자신을 성찰해왔다. 그렇게 노력하고 시간을 들인 덕분에 개과천선할 수 있었고 가족들까지도 깜짝 놀랄 정도로 많은 변화를 겪었다. 하지만 돌이켜보면 가끔은 나를 바꾸는 것이 오히려 나를 더 힘들게 만들 때가 있었다. 나를 무조건 바꿔야한다는 강박 때문이었다. 노력만으로 모든 성격을 다 긍정적으로 바꿀 수는 없다. 내가 가진 본래의 성격도 있고 뿌리 뽑을 수 없는 성격도 있다. 나라는 사람을 인정하지 않고 무조건 다 바꾸려고 했으니 힘이 안 드는 게 이상했다. 부정적인 나의 성격보다 그 성격을 바꾸려고 하는 시도 자체가 나를 더 스트레스 받게 만들었다. 그럴 때는 노력해도 변하지 않는 성격은 그냥 그대로 두기도 했다. 어쩔 수 없는 성격이라 생각하며 받아들였다. '난 이런 사람이구나.' 하고 인정하기로 했다. 그렇게 생각하는 게 차라리 스트레스를 덜 받았다. 나 자신을 업그레이드하기 위한 노력과 의지는 분명 필요하다. 하지만 아무리 노력해도 안 되는 걸 어쩌겠는가? 바뀌지 않는다며 탓하고만 있을 순 없다. 고칠 수 있는 것은 고치되 노력해도 안 되는 것은 그대로 두는 것이 더 좋은 방법이 될 수 있다.

참는 것이 미덕이라고 배워왔다. 힘들어도 참아야 한다고 들어왔다. 울면 약해진다고 했다. 하지만 참는 것이 능사는 아니다. 살다보면 누구나 힘에 부칠 때가 있다. 힘들 땐 그냥 힘들어하는 게 나을 수도 있다. 내가 부딪치고 깨질 때마다 당장 직면해 있는 문제보다는 무슨 일이든 다 참고 이겨내야 한다는 생각이 나를 더 괴롭혔다. 나는 힘든데 힘들다고 말하면 안 된다는 게 내 마음을 더 힘들게 했다. 힘든 건 힘든 거다. 힘든데 왜 안 힘들다고 말해야 하는가? 그게 싫었다. 힘든 건 그냥 힘들다고 생각하기로 했다. 힘들다고 솔직히 말해야 마음속에 있는 것을 털어낼 수 있다. 우선 꽉 차 있는 것부터 비운 다음에 새로운 것을 채워야 한다. 이렇게 생각을 바꿨을 때 문득 나에게 말하고 싶은 메시지가 떠올랐다. 볼펜과 메모지를 꺼내 이렇게 적고는 벽에 붙였다.

힘들 땐 힘들어하고 괴로울 땐 괴로워해라.

눈물이 날 때는 참지 말고 그냥 울어라.

하지만 절대 포기하지 마라.

끝까지 버텨라.

마지막까지 버티는 사람이 최후의 승자가 될 수 있다.

참고 버티는 수밖에 없다.

죽을 만큼 괴로워도 끝까지 버텨라.

나는 너를 믿는다.

넌 할 수 있다.

울면 약해지는 거란 생각도 들었지만 이때부터는 울고 싶으면 그냥 울었다. 울고 나면 속이 시원해졌다. 괴로운 마음이 눈물로 다 빠져나가는 것 같았다. 마음이 정화되는 듯했다. 힘들면 힘들다고 말하는 것처럼 울고 싶을 때도 울면 된다. 우는 것이 바보 같은 일은 아니다. 우는 것은 자신의 감정을 쌓아두지 않고 표출하는 긍정적인 감정이다. 울면 더 슬퍼질 것 같지만 사실은 마음속에 있는 묵은 감정을 눈물과 함께 배출함으로써 기분이 나아지게 하는 효과가 있다. 실제로 사람이 울면 망간이라는 스트레스 호르몬이 배출되어 슬픔을 치료하는 데 도움이 된다고 한다. 잘 우는 사람이 더 건강하다는 연구 결과도 있다. 이렇듯 운다는 것은 우리가 알던 것과 달리 사람들에게 주는 긍정적인 효과가 크다. 마음을 정화시키고 다시 일어날 수 있는 힘을 준다. 웃어야만 복이 오는 것이 아니다. 이제는 잘 울어야 한다. 잘 울어야 몸도 마음도 건강할 수 있다. 이제부터는 힘들면 참지 말고 그냥 울어라. 자신감 넘치는 모습도 나고 번번이 깨지기만 하는 나약한 모습도 나다. 해맑게 웃는 모습도 나고 서럽게 우는 모습도 나다. 그런 내 모습을 자연스럽게 받아들여야 한다. 마음을 바꾸고 극복하려는 노력 이전에 있는 그대로의 내 감정을 인정하고 받아들이는 게 먼저다.

내 감정을 부정하지 않고 받아들였다면 이제는 행동할 차례다. 마음이 힘들 때 극복하는 나만의 방법이 있다. 가장 효과가 좋았던 것은 등산이다. 언젠가 하는 일마다 안 되고 마음도 너무 힘든 때가 있었다. 시간이 지나도 좀처럼 마음이 나아지지가 않아 뭐라도 해야 할 것만 같았다. 아는 형과 등산을 가기로 했다. 집을 벗어나 산을 오르는 것만으로도 마음이 많이 나아졌지만 어떤 깨달음을 얻은 건 정상에 올랐을 때였다. 산 정상에 있는 바위에 앉아 산 아래로 보이는 깨알 같은 풍경을 보는데 문득 그런 생각이 들었다.

'손톱만도 못한 저렇게 작은 것들에 내가 그동안 너무 많은 신경을 쓰며 살았구나.'

그때의 등산을 통해 삶을 조금 넓게 바라보는 여유를 가지게 되었다. 그렇게 집착하던 일들도 멀리서 보면 아무 것도 아니라는 생각을 하면서 전보다 마음이 많이 가벼워질 수 있었고 다시 일어나 시작할 수 힘을 얻을 수 있었다.

등산이 힘들다면 더 쉽게 할 수 있는 것은 바로 걷기이다. 마음이 울적할 때면 집 근처에 있는 강변공원을 따라 무작정 걸었다. 걸으면서 이어폰을 끼고 노래를 듣기도 하고 지인들과 통화를 하며 수다를 떨기도 했다. 그렇게 강바람을 맞으며 한두 시간 걷다보면 어느새 기분이 나아지고 활력이 솟는다. 경치가 좋은 공원이 아니라도 좋다. 집 근처를 걸어도 되고 시내에 나가 상점과 사람들이 많은 분주한 길거리를 걸어도 좋다. 사람은 몸이 편하면 생각이 많아지기 마련이다. 힘들 때일수록 몸을 많이 움직이는 게 좋다. 일에 몰두하는 것도 방법이 될 수 있으며 봉사활동을 해보는 것도 마음을 치유하는 데 많은 도움이 된다.

때론 어떻게 해도 극복하기 힘든 순간이 있다. 그럴 땐 방법이 없다. 그냥 견뎌야 한다. 모든 괴로움을 다 이겨내는 것은 너무나 힘들다. 견디는 것 외에는 방법이 없는 일도 있다. 물론 그냥 견디기보다는 이런 글귀 하나 정도는 마음속에 새겨놓으면 더 도움이 될 것이다.

'모든 것은 다 지나간다.'

어떻게 생각해도 긍정적으로 생각할 수 없는 상황에서 내가 자주 떠올리던 문장이다. 지금 하고 있는 일이 힘들 때도 앞으로 다가올 일을 미리 걱정할 때도 모든 것은 다 지나간다는 생각을 해보곤 한다. 그렇게 생각하며 견디다보면 힘들었던 순간이 어느새 다 지나가 있다. 그럴 때 다시 생각해본다. 아무리 죽을 것 같은 힘든 일도 결국은 다 지나가기 마련이라고 말이다. 그런 마음가짐을 가지고 견디면 앞이 보이지 않는 깜깜한 순간에도 그렇게 두렵지만은 않다. 언젠간 다 지나간다는 것을 알고 있기 때문이다.

힘든 마음을 극복하는 나만의 또 다른 방법은 '내가 나 자신을 위로하기' 이다. 예전에 나는 힘들고 괴로울 때 누군가 내 등을 토닥여주길 바랐다. 괜찮다고, 잘 할 수 있다고 말해주면 좋겠다고 생각했다. 그러나 내 모든 걸 다 이해해주는 사람은 없었다. 또 타인의 마음까지 헤아리며 살기엔 다들 너무나 바빴다. 결국 내가 나를 위로해주기로 했다. 다른 사람에게 말하지 못한 것도 나 자신에게는 다 말할 수 있었다. 다른 사람들이 틀렸다고 말해도 나 자신만큼은 그렇게 해도 괜찮다고 말하며 다독일 수 있었다. 그렇게 스스로를 위로하고 격려함으로써 괴로운 마음을 이겨내곤 했다. 이제는 내가 나를 위로할 수 있어야 한다. 힘들수록 내 마음을 보듬어줄 수 있어야 한다. 타인의 위로를 받으며 어려움을 극복할 수도 있겠지만 나의 모든 것을 온전히 다 이해해줄 수 있는 것은 결국 나 자신뿐이다.

기업을 경영하는 데 있어서 위험관리를 얼마나 잘하느냐가 매우 중요하다고 한다. 마찬가지로 우리가 살아가면서 부딪치는 어려움도 어떻게 관리하고 헤쳐 나가는지가 중요하다. 힘들다고 금방 포기해버리면 아무 것도 이루지 못한다. 또한 대책도 없이 어려움을 무작정 극복하겠다고 하면 오히려 그게 내 마음을 더 힘들게 만들 수도 있다. 참고 인내하는 것만이 답은 아니다. 힘든 마음도 이제는 건강하게 풀어야 한다.

04

지금 필요한 것은 자존감 회복이다

어릴 때 나는 굉장히 예민하고 화가 많았다. 그런 나를 은근히 피하는 친구도 있었고 가족들까지도 나 때문에 힘들어하던 때가 있었다. 커가면서 짜증을 내는 횟수는 조금씩 줄었지만 예민한 성격만큼은 쉽사리 고쳐지지 않았다. 예민함은 나를 더욱 신경질적이고 날카롭게 만들었다. 사람들이 장난으로 하는 말에도 크게 반응했고 웃자고 하는 말도 나를 무시한다고 느꼈다. 그렇다 보니 사람들과 관계를 맺는 데 있어 어려움이 많았다. 감정기복이 심하다는 말을 수없이 들었다. 연애를 할 때도 오래가지 못했다. 작은 일에도 쉽게 좌절했다. 삐지기도 정말 잘 삐졌다. 우울할 때가 많았고 나는 왜 이렇냐며 자책할 때도 많았다. 무엇이 문제인지 답답했다. 나 때문에 주위 사람들이 힘들어했지만 가장 힘든 건 나였다. 가끔은 나조차도 스스로가 감당이 안 될 때가 있었다. 더 이상 이래선 안 되겠다는 생각이 들었다. 살려면 고쳐야했다.

긍정적인 성격으로 바꾸고 싶었지만 어떻게 해야 할지 방법을 몰랐다. 속에서 올라오는 마음을 억제한다고 해서 될 일이 아니었다. 사방으로 나를 바꿀 수 있는 방법을 찾아다녔다. 심리나 관계에 대한 책을 찾아 읽었고 강연장을 찾아다니며 삶에 도움이 되는 말들을 새겨들었다. 배운 것을 실천하며 끊임없이 나를 변화시키려 했다. 나를 바꾸는 것이 단순한 변화가 아닌 도전이라고 말할 수 있을 정도로 그 과정은 눈물겨웠다. 힘들어도 포기하지 않았다. 이를 악물고 끝까지 나와 싸웠고 어느 순간부터는 내가 조금씩 변하고 있다는 게 느껴졌다. 동시에 나의 부정적인 성격의 원인이 어디에 있는지도 알게 되었다. 문제는 자존감에 있었다.

자존감의 기본 정의는 자신을 어떻게 평가하느냐이다. 자신을 평가하는 정도에 따라 타인과의 관계도 삶을 바라보는 시선도 달라진다. 자존감이 높은 사람은 스스로를 높이 평가하기 때문에 다른 사람의 말에 쉽게 상처받지 않는다. 힘든 일이 있어도 금방 털어낸다. 나 자신을 좋아하기 때문에 삶의 만족도가 높고 타인과의 관계 또한 원만하다. 반대로 자존감이 낮은 사람은 작은 일에도 쉽게 상처받는다. 스스로를 못났다고 생각하기 때문에 다른 사람들이 그냥 하는 말도 확대해석하며 스트레스 받는 경우가 많다. 조금만 힘든 일이 생겨도 쉽게 좌절한다. 매사에 자신감이 없어 새로운 도전은 엄두도 내지 못한다. 친구와의 관계뿐만 아니라 이성과의 연애도 쉽지 않다. 자신이 과연 사랑받을 만한 가치가 있는 사람인지 자꾸 의심하기 때문이다. 타인과 관계를 맺는 데 어려움을 겪을 수밖에 없다. 모든 원인을 자존감에 있다고 볼 수는 없지만 나의 경우에는 자존감을 높이는 것만으로도 많은 변화를 경험할 수 있었다.

자존감을 높이기 위해서는 흔히 나를 사랑할 줄 알아야 한다는 말을 많이 한다. 내가 나를 사랑해야 남도 나를 사랑한다고 말한다. 물론 나를 사랑하는 마음은 중요하다. 하지만 싫은 나 자신을 무턱대고 사랑하라는 건 너무나 어려운 일이다. 마음에 들지 않는 누군가를 갑자기 좋아하라고 말하면 바로 그렇게 할 수 없듯이 나 자신에게도 마찬가지다. 나를 사랑하려해도 머리는 이해가 되는데 가슴이 따라주질 않았다. 더군다나 어떻게 사랑하면 되는 건지 구체적인 방법도 모르고 무작정 나를 사랑한다는 건 경험상 자존감을 회복하는 데 큰 도움이 되지 않았다. 사랑이란 건 자연적으로 생기는 감정인데 말이다. 먹기 싫은 음식을 억지로 먹이면서 맛있다고 말하라는 것과 같은 기분이었다.

물이 무서워 수영을 하지 못하는 사람에게 필요한 것은 수영을 잘하는 방법보다 물과 친해지는 게 우선이다. 물을 편하게 느껴야 물속에 들어갈 수 있다. 그런 다음 호흡과 발차기를 시작으로 해서 자유형, 접형 등과 같은 수영법까지 배울 수 있는 것이다. 그런 것처럼 자존감을 높이는 데 있어서도 단계적으로 접근할 필요가 있다. 떨어진 자존감부터 먼저 회복하고 그 다음 자존감을 상승시키는 것으로 순차적으로 나아가야 한다. 무턱대고 나를 사랑할 것이 아니라 우선은 나 자신이 싫지 않아야 한다. 내가 싫지 않아야 나름 괜찮은 사람이라 느낄 수 있고 괜찮은 사람이라고 느껴야 그런 나를 사랑할 수 있다.

자존감은 회복할 수 있다. 시간이 걸리고 노력이 많이 들 뿐 분명 회복이 가능하다. 자존감을 회복하기 위해서는 구체적으로 실천해야 하는 것들이 있다. 특별한 방법은 아니다. 누구나 다 알지만 실천하지 않았던 것들이다. 다음은 내가 자존감을 회복하는 데 가장 효과가 좋았던 방법들이다.

• 비교하지 않기

자존감을 떨어뜨리는 원인 중 대부분은 남과 비교하는 데서 비롯된다. 비교 자체가 나쁜 건 아니다. 나보다 어려운 상황에 처한 사람을 보며 비교하는 것은 지금의 나에게 만족할 수 있게 만들기도 한다. 하지만 문제는 자존감이 낮은 사람은 자신보다 나아보이는 사람들하고만 비교를 한다는 것이다. 타인의 장점과 나의 단점을 비교하기 때문에 비교를 하면 할수록 자신을 불행한 사람이라 여기게 된다. 그런 식으로 비교하는 사람은 절대 스스로에게 만족할 수 없다. 그 사람은 그 사람이고 나는 나일 뿐이다. 상대방이 나보다 돈이 많다면 그냥 돈이 많을 뿐이다. 내가 그 사람보다 돈이 적다고 해서 불행한 게 아니다. 누군가 결혼을 했다고 하면 그건 그 사람이 결혼했을 뿐이다. 결혼을 못한 내가 그 사람보다 열등한 존재는 아니다. 비교를 아예 안 할 수는 없지만 비교하는 마음이 올라올 때마다 남이 아닌 나 자신을 보는 연습을 해야 한다. 내가 가진 것에 집중해야 한다.

• 제3자의 입장에서 나를 바라보기

자존감이 낮은 사람은 자기만의 생각에 갇혀있는 경우가 많다. 그런 식으로 부정적인 생각에만 빠져 있다 보니 긍정적인 생각은 하지 못하고 다른 사람의 조언도 듣지 못한다. 그렇기 때문에 제3자의 입장에서 나를 바라봄으로써 내 안에서 벗어나야 한다. 축구를 직접 하는 사람보다는 티브이로 보는 사람이 어디로 패스를 해야 할지 더 정확하게 볼 수 있다. 바둑을 두는 사람에게는 안 보이던 묘수가 옆에서 훈수를 두는 사람에게는 훤히 보이는 경우가 많다. 어려운 일이 내 일이 되면 어떻게 해야 할지 판단이 잘 안서지만 남의 일을 볼 때면 어떻게 하면 되는지 쉽게 판단이 선다. 이런 것처럼 나 자신을 객관적으로 볼 수 있어야 한다. 한 걸음 뒤로 물러나야 더 넓은 풍경을 카메라에 담을 수 있듯이 한 걸음 물러나서 나 자신을 봐야 한다. 어려운 게 아니다. 내 감정을 그대로 보면 된다. 기분이 안 좋으면 '내가 지금 이런 생각 때문에 기분이 안 좋구나.' 하고 바라보면 된다.

• 과대평가 하지 않기

스스로를 높게 평가하면 자존감이 높아질 수 있을까? 그럴 것 같지만 꼭 그렇지만은 않다. 사실 자존감은 자신을 과소평가하기보다는 과대평가하기 때문에 낮아지는 경우가 의외로 많다. 사람은 누구나 자신을 과대평가하는 경향이 있다. 스스로를 잘났다고 생각한다. 능력이 뛰어나다고 생각한다. 자신을 평가하는 만큼의 결과가 나오면 다행이지만 기대만큼 해내지 못할 때면 크게 실망하여 자존감이 떨어질 수 있다. 과대평가하는 상상속의 나와 현실의 나 사이에서 이질감을 느끼기 때문이다. 기대가 크면 실망이 큰 것과 같은 이치이다. 그런 점에서 과소평가보다 과대평가가 자존감에는 더 독이 될 수 있다. 내가 작은 성공을 해야 한다고 말하는 것도 그런 이유에서이다. 내가 이만한 일을 해낼 수 있는 사람이라고 과대평가하게 되면 실망할 일이 많아진다. 실망이 반복되면 도전해도 바뀌지 않는다며 자책하게 되는 것이다. 있는 그대로의 나를 보고 지금 내가 할 수 있는 수준의 일부터 시작하는 것이 중요하다. 작은 목표부터 달성해야 나가야 지금의 나에게 만족할 수 있다.

• '다들 그렇지 뭐.' 라고 생각하기

토요일 밤에 약속도 없이 혼자 집에 있을 때면 괜스레 우울해진다. 다들 친구들을 만나 술 마시고 놀고 휘황찬란한 네온사인들이 즐비한 길거리를 쏘다니며 그렇게 불타는 토요일을 보내고 있을 것 같은데 나만 할 일 없이 집에 있는 것 같았다. 그런 내가 초라하게 느껴졌다. 하지만 알고 보면 나만 그런 건 아니었다. 지인들에게 전화를 해보면 토요일에 특별한 약속 없이 집에서 티브이를 보며 쉬는 사람도 많았다. '토요일에 약속 없는 게 나만 그런 게 아니구나. 다 그렇지 뭐.' 라고 생각했을 때 왠지 모르게 위로가 되었다. 사는 게 재미없고 지루하다고 느낄 때도 마찬가지였다. 재밌는 일 하나 없이 매일 똑같은 일상을 반복하며 지루함을 느낄 때도 '사는 게 다 그렇지 뭐.' 라고 말해보면 우울한 마음이 조금 나아진다. 사람 관계가 힘들다고 느껴질 때도 '사람 관계가 어디 나만 힘든가? 다 그렇지 뭐.' 라고 말하면 나에 대한 자책도 관계에 대한 고민도 잦아들곤 했다.

• 나를 칭찬하기

몇 달 전 직장에 있는 전문상담사에게 상담을 받은 적이 있었다. 특별히 문제가 있었던 건 아니고 그냥 얘기를 나눌 누군가가 필요해서였다. 2시간 동안 많은 대화를 나눈 후 상담사는 나에게 필요한 처방을 내려줬다. 바로 마음에도 밥을 주라는 것이었다. 매일 밥을 먹는 것처럼 마음에도 밥을 주라고 했다. 그 말은 즉 자기 자신을 칭찬하라는 뜻이었다. 칭찬이라는 밥을 줌으로써 마음을 더욱 건강하게 만들어야 한다는 말이었다.

자기 자신을 칭찬하라고 말하면 칭찬할 게 없다고 말할 수도 있고 어떤 식으로 칭찬해야 할지도 모르겠다고 말할 수도 있다. 하지만 특별히 대단한 것을 칭찬하라는 것이 아니다. 일상 속에서 일어나는 것 아무거나 칭찬하면 된다. 대단한 일을 가지고 칭찬하려고 하면 칭찬할 수 없다. 작고 사소한 행동으로 나 자신을 칭찬해야 꾸준히 이어갈 수 있다. 예를 들면 이런 것이다.

"오늘도 제 시간에 맞춰 출근을 했네. 정말 잘했어."

"양치질을 깨끗하게 잘했구나. 정말 대단해."

"나는 운전을 참 잘하는구나. 정말 최고야."

이런 식으로 아무 것도 아닌 일에도 충분히 칭찬을 곁들일 수 있다. 생각만 하는 것이 아니라 나 자신에게 말을 걸듯이 소리 내어 말해야 한다. 내가 하는 말에 귀 기울이며 칭찬을 온몸으로 느껴야 한다. 별 것 아닌 것 같지만 실제로 해보면 칭찬하는 그 순간만큼은 기분이 묘하게 좋아지는 걸 느낄 수 있다. 나는 매일은 아니지만 생각날 때마다 칭찬할 거리를 찾아 나 자신을 칭찬하려고 한다.

"오늘도 제 시간에 일어났네. 진짜 잘했다."

"책을 이만큼이나 읽었네. 정말 대단하다."

이것 하나만 꾸준히 실천해도 웬만큼 떨어진 자존감은 다 회복할 수 있으리라 확신한다. 속는 셈치고 실천해보길 바란다. 겸손이 미덕인 시대는 지났다. 이제는 적절한 자뻑이 필요한 때이다.

만약 외모 때문에 자존감이 많이 떨어진 사람이 있다면 개그우먼 박지선 씨의 이야기를 한 번 들어보길 바란다. 박지선 씨는 신인 개그우먼이 되어 선배와의 대면식을 할 때 모든 선배들이 자신의 얼굴을 보며 이렇게 말했다고 한다.

"너구나. 올해는 너구나."

"와 너 좋다. 너 세다 야."

"너 진짜 최고다, 최고."

처음엔 기분이 되게 나빴지만 그런 얘기를 계속 들으면서 생각을 바꾸게 됐다고 한다.

"저는 사실 못생겼다는 말을 많이 듣는데요. 개그 집단에서 그걸 되게 긍정적인 말로 표현해주는 거예요. 이런 말을 계속 들으니까 제가 자존감이 올라갈 수밖에 없었어요."

물론 개그라는 특수한 집단이고 어릴 때부터 자기 얼굴을 좋아했다는 점에서는 보통 사람들과는 조금 다르지만 동영상을 보고 난 후 뭔가 느끼는 게 많았다. 외모 때문에 자존감이 떨어져 있다면 유튜브에서 개그우먼 박지선 씨가 했던 2015년 청춘페스티벌 강연 영상을 찾아보면 도움이 될 거라 생각한다.

삶에 있어 자존감은 매우 중요한 감정이다. 꿈을 꾸며 도전을 하더라도 자존감이 높은 사람과 낮은 사람은 차이가 날 수밖에 없다. 자존감이 낮은 사람은 원하는 대로 일이 풀리지 않으면 역시 나는 이것밖에 안 된다며 좌절하곤 한다. 한 번 넘어지면 다시 일어나기도 쉽지 않다. 반대로 자존감이 높은 사람은 할 수 있다는 자신감이 충만하기 때문에 도전하는 데 있어 훨씬 유리하다. 사람과의 관계를 맺는 것도 마찬가지이다. 도전자체도 중요하지만 어떤 사람들을 만나 어떤 관계를 유지하느냐에 따라 새로운 기회를 만나기도 한다. 이것이 바로 내가 자존감의 중요성을 말하는 또 다른 이유다. 꿈을 가지는 것과 목표를 세우고 실천하는 것만큼 중요한 것이 자존감을 바로 세우는 일이다.

05

손에 잡히는 긍정의 힘

매사에 불만불평이 많았다. 사람들에게 자주 투덜거리곤 했고 그럴 때마다 지인들로부터 많은 조언을 들었는데 그중 가장 듣기 싫은 말이 있었다. 바로 긍정적으로 생각해라는 말이었다. 긍정적으로 생각이 안 되니까 이렇게 하소연을 하는 건데도 사람들은 계속해서 긍정적으로 생각하라고 말했다. 그 말이 귀에 들어올 리 없었다.

긍정적으로 생각하는 것이 좋다는 것을 모르는 사람은 없다. 그러나 어떻게 긍정적으로 생각해야 하는지에 대해 구체적으로 말해주는 사람은 없다. 좋게 생각하라거나 그러려니 하라는 말이 전부다. 아니면 참는 게 이기는 거라고 말하며 인내를 강요한다.

매사에 부정적이었던 나는 누구보다도 긍정적인 사람이 되고 싶었다. 어떻게 하면 긍정적으로 바뀔 수 있는지는 내가 어렸을 때부터 고민해온 문제였다. 오랜 시간 동안 고민하며 여러 방법들을 실천해보곤 했다. 나를 긍정적으로 바꾸는 데 쏟아 부은 시간과 노력은 상당했으며 많은 눈물이 서려있을 정도로 힘든 시간이었다. 그런 과정 속에서 긍정이란 무엇인지에 대한 나만의 깨달음을 얻을 수 있었다. 긍정에 대한 정의가 전구에 불이 켜지는 것처럼 어느 날 갑자기 머릿속에 떠올랐다.

'긍정이란 상자의 밑면을 보는 것이다.'

눈에 보이는 것이 다가 아니다. 알면서도 사람들은 눈에 보이는 부분만 보며 얘기한다. 괴로움이란 부분만 보면 괴로운 감정만 생각하게 되고 실패라는 부분만 보면 실패라는 생각만 하게 된다. 육면체로 이루어진 상자에서 내 눈에 보이는 면이 흰색이라고 해서 보이지 않는 밑면까지 흰색이라는 보장은 없다. 앞면, 옆면, 윗면뿐만 아니라 보이지 않는 밑면까지 들춰봤을 때 이 상자가 몇 가지 색깔로 이루어졌는지 알 수 있다. 긍정이라는 것은 이렇게 가려져 있는 부분까지 볼 줄 아는 것, 더 나아가 같은 것도 새롭게 볼 줄 아는 것이라 생각했다. 이것이 바로 내가 깨달은 긍정의 의미였다.

사랑하는 사람과 사귀다가 헤어지거나 배우자와 이혼을 하면 흔히 사랑에 실패했다고 말한다. 하지만 그게 왜 실패인가? 연애 한 번 못해본 모태솔로도 많은데 그에 비하면 나는 사귀어라도 봤다고 생각하면 그래도 다행이다. 나는 지금까지 만난 여자 친구들과 대부분 오래 사귀지는 못했다. 그럴 때마다 내가 문제라고 생각을 했고 앞으로 있을 만남들까지도 미리 걱정을 했다. 그래도 조금만 다르게 생각해보니 사귀어라도 봐서 다행이란 생각이 들었고 아무도 안 사귀었으면 그런 추억을 만들지도 못했을 텐데 하는 생각도 들었다. 이별했을지언정 만나라도 봐서 정말 다행이라고 생각하며 스스로를 긍정했을 때 내 마음이 편안해질 수 있었다.

단순한 이별과 배우자와의 이혼은 조금 다를 수 있다. 아직 겪어보진 않았지만 이혼했을 때 자신을 긍정하는 방법은 친한 형을 통해 배울 수 있었다. 몇 년간의 결혼생활 끝에 이혼을 하게 된 직장 선배가 있었는데 결혼을 하지 않겠다는 나에게 이렇게 말했다.

"남들 다 하는 거는 한번 해보는 게 좋다. 결혼도 해보고 애도 낳고 해봐. 그래도 정 혼자 살고 싶으면 일단은 결혼 생활 해보면서 애도 낳고 그렇게 몇 년 살다가 나중에 이혼하면 돼. 그럼 결혼도 하고 애도 낳아보고 혼자도 살아보고 다 해볼 수 있잖아. 안 그러냐?"

우스갯소리로 한 말이긴 했지만 단순히 웃자고 한 말은 아니었다. 자신의 경험을 토대로 깨달은 진심이 담겨 있었다. 이혼을 해서 힘들다고만 생각하면 한없이 힘들지만 털어내고 그래도 나는 둘 다 해봤다며 긍정적으로 생각을 한다면 지금의 현실이 그나마 덜 힘들 수 있다는 그런 메시지가 담겨 있었다. 무심한 툭 던지는 그 형의 말이 결혼을 걱정하고 두려워하는 내 마음을 조금 가볍게 만들어주었다.

지인들과 식사를 하러 고기집에 갔다. 다른 식당보다 고기값이 비쌌다. 사장님은 유기농 사료를 먹고 자란 돼지라서 더 비싼 거라 말했다. 다들 고개를 끄덕였다. 그때 같이 있던 L이 이렇게 말했다.

"근데 돼지들이 맛있게 먹은 걸 왜 우리가 돈을 내야 해?"

같이 있던 사람들이 전부다 그 말을 듣고 웃음이 빵 터졌다. 좋은 걸 먹고 자랐으니 비싸다는 생각만 하던 사람들과 달리 L은 다르게 생각하고 말했던 것이다. 나도 따라 웃으면서도 어떻게 그렇게 생각을 할 수 있을까 싶었다. 그러면서 어쩌면 이렇게 같은 것도 다르게 볼 줄 아는 것이 긍정이 아닐까 하는 생각을 해보게 됐다. 일상에서 일어나는 작은 일들부터 먼저 긍정해보는 것이 필요하다고 느꼈다.

나는 어릴 때부터 몸이 안 좋았다. 위장이 약해 먹고 싶은 것을 마음대로 먹을 수가 없어 스트레스를 많이 받았다. 음식을 가려먹어야 할 때면 짜증나고 이렇게 약한 내가 싫기도 했지만 조금만 다르게 생각해보면 이만큼이라도 먹을 수 있음에 감사하다는 생각이 들었다. 큰 병을 앓는 사람 중에는 밥 말고 아무 것도 못 먹는 사람도 있는데 그에 비하면 나는 먹을 게 많았다. 안 좋은 음식을 많이 먹으면 불편하지만 기름진 음식이든 밀가루 음식이든 뭐든 조금 먹는다고 해서 크게 불편한 건 없었다. 매운 음식을 마음껏 먹고 밤늦은 시간에도 배불리 먹는 사람들을 보면 부럽기도 하지만 그런 식의 식습관을 가진 사람은 언제 큰 병이 생길지 모른다. 몸이 안 좋은 덕분에 일찍이 건강에 눈 뜰 수 있어서 다행이라 생각한다.

운동을 하다가 어깨와 무릎을 다쳐서 몇 달 동안 병원치료를 받을 때였다. 아직 팔팔한 나이인데 왜 나는 이렇게 몸이 잘 다치는지 또 다친 몸은 왜 이렇게 낫지도 않는지 짜증이 났다. 물리치료사도 내 몸을 보며 또래의 사람들보다 몸이 많이 안 좋은 편이라고 말했다. 이런 내 몸이 싫었다. 하지만 다르게 생각해보면 몸을 움직일 수 있는 것만으로도 다행이다 싶었다. 병원에 오는 사람들 중에는 팔이 안 올라가서 혼자 옷도 제대로 못 갈아입는 사람도 있는데 나는 옷은 혼자서 갈아입을 수 있었다. 계단을 오를 때마다 무슨 이 나이에 이렇게 무릎이 아프냐며 투덜거리기도 하지만 그래도 두 다리로 걸을 수 있다는 사실만으로도 다행이란 생각이 들었다.

집에서 키우는 고양이가 내 이불에 오줌을 눴다. 겨울 이불이라 크고 두꺼워 빨래를 할 엄두가 나지 않아 처음엔 짜증이 났다. 그러다 조금 다르게 생각해보기로 했다.

'고양이 오줌이 아니었으면 이불을 계속 안 빨았을 텐데 이참에 이불 빨래를 하게 됐네.'

그릇을 바닥에 떨어뜨려 깨뜨린 나를 보고 어머니가 말했다.

"그릇도 이렇게 깨먹어야 그릇장사하는 사람도 먹고 살지."

이처럼 긍정이라는 것은 그렇게 어려운 것이 아니다. 일상 속에서 벌어지는 작고 사소한 일들에서도 충분히 긍정할 수 있다. 그런 연습을 통해 내 생각이 변해야 더 큰 괴로운 일도 긍정할 수 있는 것이다.

긍정적으로 생각하는 습관을 들이면 확실히 화낼 일이 줄어든다. 그러나 세상만사를 다 긍정할 수는 없다. 어떻게 생각해도 도저히 긍정할 수 없는 일들도 많이 있다. 그럴 땐 그냥 긍정하지 말라고 얘기하고 싶다. 우리는 부처도 아니고 하느님도 아니다. 모든 일에 다 긍정하고 산다면 정말 행복하겠지만 사람인지라 그렇게 하기가 힘들다. 그렇기 때문에 할 수 있는 데까지만 긍정하면 된다. 긍정은 좋지만 때로는 긍정적으로 생각해야 한다는 그 강박이 나를 더 스트레스 받게 한다. 그렇기 때문에 할 수 있는 것만 하고 안 되는 것은 그냥 버리면 된다. 마음을 바꾸는 것이 죽기보다 힘든 일이라고 하는데 그런 점에서 보면 모든 일을 다 긍정적으로 생각하자는 건 너무나 큰 성공이다. 10번 중에 1 ~ 2번만이라도 긍정해보며 작은 성공을 쌓는 것부터 시작해보자. 예전엔 10번 중에 10번을 다 화를 냈다면 이젠 10번 중에 단 한 번이라도 웃을 수 있도록 생각을 바꿔보자. 그렇게만 해도 충분히 잘한 것이다.

사람은 변하지 않는다고 말한다. 하지만 그 말은 남을 두고 하는 말이지 나를 두고 말하는 것이 아니다. 사람은 누구나 자신을 바꿀 수 있다. 지금껏 부정적인 성격으로 살았다고 해도 얼마든지 긍정적으로 바꿀 수 있다. 생각하고 실천한 만큼 바뀐다. 나를 바꿀 수 있는 건 자신뿐이다. 지금까지는 바꿔야 할 필요성을 느끼지 못해 실천하지 않았을 뿐이다. 바꿔야 할 계기가 생기면 사람은 바뀐다. 긍정하는 연습을 통해 자신을 바꿔보자. 이제는 바닥에 쏟은 물이 아닌 컵 안에 담긴 물을 보자. 나 자신을 긍정해야 세상을 긍정할 수 있다.

06

원하는 대로 되는 것이 반드시 성공일까?

어느 한 마을에 도깨비 방망이가 떨어졌다. 원하는 것이 무엇이든 다 만들어내는 요술방망이였다. 그 방망이를 주운 사람은 자신이 원하는 만큼의 돈을 만들어냈다. 다른 사람들도 그 방망이로 돈을 만들었고 집 창고가 돈으로 가득 찰 정도로 끝없이 방망이를 휘둘렀다. 요술방망이 덕분에 마을 사람들 모두가 부자가 되었다. 그토록 갖고 싶어 했던 돈을 원 없이 가지게 됐다며 모두가 기뻐했다. 그러나 그 기쁨도 잠시였다. 모두가 돈이 많으니 돈의 가치가 없어져버렸다. 더 이상 거래의 수단이 되지 못했고 돈으로 할 수 있는 건 아무 것도 없었다. 그때부터 사람들은 돈이 아닌 먹을 음식을 하나라도 더 차지하려고 했다. 슈퍼마다 서로 먹을 것을 차지하기 위한 싸움이 벌어져 온 동네는 엉망이 되었다. 모두가 원하는 대로 돈을 많이 가졌지만 세상은 오히려 돈이 없을 때보다 더 어지러워졌다. 어릴 때 '꼬비꼬비' 라는 제목의 TV만화에서 봤던 이야기이다.

만화책을 즐겨보던 초등학생 시절 '도라에몽' 이라는 만화책에서 본 이야기이다. 주인공인 진구는 공부하는 게 너무 싫어 도라에몽에게 공부가 아닌 잠을 자는 게 가장 훌륭한 일이 되는 세상을 만들어달라고 부탁한다. 도라에몽은 진구의 소원을 들어줬고 그때부터 세상은 잠을 잘 자는 사람이 대접받는 이상한 세상으로 변했다. 잠자기가 특기였던 진구는 그때부터 친구들의 부러움을 얻기 시작했다. 눕자마자 잠이 드는 달인으로 TV방송에 출연하기도 한다. 진구는 자신이 원하는 세상이 되었다며 환호했다. 하지만 그 즐거움은 그리 오래가지 않았다. 사람을 만날 수가 없었기 때문이다. 밖을 나가봐도 길거리에 사람이 한 명도 없었다. 모두 다 집에서 잠을 자느라 아무도 밖으로 나오지 않았다. 만나서 놀 친구가 없었고 문을 여는 상점이 없어 살 수 있는 것도 없었다. 모든 사람이 다 잠들어 있는 세상에서 할 수 있는 것이란 아무것도 없었다. 진구가 원하는 대로 세상이 바뀌었지만 생각한 것과는 너무 다른 세상이 되어 버렸다. 결국 진구는 도라에몽에게 다시 세상을 원래대로 되돌려달라고 할 수밖에 없었다.

사람은 누구나 자신이 원하는 대로 이루어지길 바란다. 수험생은 명문대학에 진학하길 바라고 취업준비생은 조건과 대우가 좋은 직장에 취직하길 바란다. 운동선수는 나가는 대회마다 입상하길 바라고 사업가는 하는 일마다 대박이 터지길 바란다. 남녀노소 할 것 없이 돈을 많이 벌길 바라고 능력 있고 외모가 화려한 사람과 결혼하길 바란다. 원하는 대로 이루어지는 것은 분명 기쁜 일이다. 하지만 사람들이 바라는 대로 모두 다 이루어지게 된다면 세상은 과연 어떻게 될까? 아마 하루도 못가서 대혼란에 빠지고 말 것이다. 돈을 많이 가지고 싶다고 해서 모든 사람들이 10억씩 가지고 있다면 돈의 가치가 상실되어 돈으로 할 수 있는 것은 아무 것도 없어진다. 모든 사람들이 다 의사와 선생님이 된다면 식품을 만드는 사람이 없어져 먹을 수 있는 게 아무것도 없을 것이고 청소부가 사라져 길거리는 삽시간에 쓰레기장으로 변하고 말 것이다. 올림픽에 참가한 선수들이 전부다 금메달을 딴다면 그 금메달은 더 이상 선수에게 기쁨과 환희를 안겨줄 수 없다. 모든 사람이 자신이 원하는 사람과 결혼할 수 있다고 한다면 한 사람이 수십 수백 명의 사람들과 결혼을 해야 할지도 모른다. 사람들이 원하는 대로 이루어지는 것이 당장은 좋겠지만 결국엔 말도 안 되는 일이 벌어지는 뒤죽박죽된 세상으로 변하고 말 것이다. 우리가 살고 있는 세상은 어쩌면 내 마음대로 되지 않기 때문에 그나마 이 정도의 질서와 균형을 유지하며 살아가는지도 모른다.

살다보면 세상일이 내가 원하는 대로 되기도 하고 되지 않기도 한다. 원하는 대로 이루어질 때 사람들은 그것을 성공이라 말하며 기뻐한다. 그러나 원하는 대로 이루어지는 것이 반드시 좋은 것만은 아니다. 지금 좋은 일이 나중에는 도리어 안 좋은 일이 되어 나에게 돌아올 수도 있기 때문이다. 라디오에서 들은 사연이다. 어머니와 아들이 있었다. 아들은 교도소에 수감 중이었고 어머니는 그런 아들이 하루라도 일찍 교도소에서 출소할 수 있게 해달라며 매일 기도를 했다. 어머니의 지극한 정성 덕분이었는지 아들은 교도소에서 모범수로 인정받아 예정보다 일찍 출소하게 되었다. 어머니는 자신이 원하는 대로 기도가 이루어졌다며 너무나 행복해했다. 그러나 기쁨도 잠시 아들은 출소한 지 얼마 되지 않아 교통사고를 당해 숨지고 말았다. 그때 그 어머니는 이렇게 말했다고 한다.

"아이고, 차라리 교도소에 있었으면 죽지는 않았을 텐데."

누구나 로또 1등을 꿈꾼다. 로또만 당첨되면 인생을 역전할 수 있을 거라 생각한다. 하지만 로또에 당첨된 사람들을 추적 조사한 결과 일확천금으로 행복한 삶을 사는 사람보다는 오히려 불행한 삶을 사는 사람들이 더 많다고 한다. 돈을 물 쓰듯이 쓰면서 충동적인 소비를 하기 때문이다. 투자를 하다가 수억 원의 빚을 지게 되는 경우가 다반사이고 돈 때문에 가족과 등을 돌리기도 한다. 심지어 자살이라는 극단적인 선택을 하는 사람들도 많다. 이런 이야기는 누구나 한 번쯤은 들어봤을 정도로 이미 많이 알려져 있는 실제 사례들이다. 자신의 바람대로 로또 1등에 당첨되면 당장은 기쁘겠지만 원하는 대로 된 그 일이 오히려 나를 패가망신하게 만드는 것이다. 외국에서는 복권에 당첨되어 너무 놀란 나머지 심장마비로 세상을 떠난 사람도 있다고 하는데 이쯤 되면 로또 1등이라는 엄청난 행운이 나에게 오지 않은 것을 감사하게 생각해야 할 일인지도 모른다.

원하는 대로 되는 것이 반드시 좋은 일은 아닌 것처럼 원하는 대로 되지 않았다고 해서 반드시 나쁜 일인 것도 아니다. 당장은 원하는 대로 되지 않은 일이 나중에 더 좋은 결과를 만들어내기도 한다. 인터넷 뉴스에서 본 사연이다. 한 여성이 지갑을 잃어버렸다. 경찰서에 신고를 했고 다행히 담당 경찰관이 여성의 지갑을 찾아 주었다고 한다. 여성은 고맙다는 인사를 하기 위해 경찰관에게 식사를 대접했고 대화를 나누다가 서로 가까워져 연인으로 발전했는데 결국 결혼까지 하게 되었다고 한다. 지갑을 잃어버린 안 좋은 일이 결혼을 하게 만드는 좋은 일로 뒤바뀐 것이다.

직장 동료 P는 길을 걷다가 꽁꽁 언 바닥에서 미끄러져 넘어지는 바람에 팔이 골절되고 말았다. 병원에 가서 며칠간 입원을 하며 치료를 받아야 했다. P는 이왕 병원에 온 김에 몸 전체를 다 검진해보기로 했는데 검진 결과 몸 안에 혹이 있다는 걸 발견하게 된다. 의사 말에 의하면 조금만 더 늦었으면 혹이 더 커져 치료하기가 어려웠을 수도 있었는데 조기에 발견한 덕분에 큰 병으로 번지지 않게 된 것이라고 한다. 골절이라는 원치 않는 일이 몸 안에 혹을 발견하게 만드는 좋은 일로 변한 것이다.

막일을 할 때였다. 공사장에서 업무를 배정받는데 그때 나는 신호수 일을 하고 싶었다. 가만히 서서 반짝거리는 빨간 봉을 흔들며 차량을 통제하는 일이 제일 편해보였기 때문이다. 나의 바람과 달리 신호수는 내가 아닌 다른 사람이 맡게 되었다. 처음엔 아쉬웠지만 신호수 일을 하는 사람을 보고 나니 그 일을 맡지 않은 게 천만다행이라 생각했다. 생각보다 보통 일이 아니었기 때문이다. 신호수 일을 하던 사람은 하루 종일 땡볕 아래 서있어야 했고 쉬는 시간마다 탈진한 사람마냥 얼음물을 들이켰다. 한여름에 햇볕 아래서 종일 서있는 것만 해도 힘든데 아무것도 하지 않고 서있기만 하니 시간이 안 가서 더 죽을 맛이라 했다. 그제서야 내가 원하는 대로 되지 않은 것이 정말 다행이라는 생각이 들었다.

만나던 여자 친구와 헤어졌을 때 처음엔 다시 만날 수 있게 해달라고 기도하며 두세 번을 더 붙잡았지만 나의 기도는 이루어지지 않았다. 아무 것도 하지 못할 정도로 너무나 힘들었지만 오히려 헤어진 덕분에 공부에만 집중할 수 있었고 간절함을 가지고 열심히 시험을 준비할 수 있었다. 만약 원하는 대로 다시 만나게 됐다면 지금의 이 직장에 들어오지 못했을지도 모른다. 원하지 않는 이별이었지만 오히려 그 이별이 지금의 나를 만들어준 것이다.

지금 원하는 대로 되지 않은 것이 나중에 더 좋은 기회를 만나게 하는 경우도 있다. 언젠가 한 번 티브이에서 귀농으로 억대 연봉을 벌게 된 청년의 이야기를 본 적이 있다. 그 청년은 귀농하기 전 공무원 시험에 수년간 떨어졌고 그러다 결국 귀농을 하게 된 거라며 사연을 털어놨다. 만약 그때 자신이 바라는 대로 시험에 합격했다면 지금처럼 많은 돈을 벌지도 못했을 것이고 공기 좋은 곳에서 유유자적하며 살아가는 즐거움도 느끼지 못했을 것이다.

이처럼 원하는 대로 됐다고 해서 반드시 좋은 것도 아니고 원하는 대로 되지 않았다고 해서 반드시 나쁜 것도 아니다. 그렇다고 해서 원하는 대로 된 일을 두고 기뻐하지 말라는 말은 아니다. 뜻대로 안 풀리는 것을 반기라는 말도 아니다. 원하는 대로 되면 마음껏 그 즐거움을 만끽하면 된다. 성공하면 기쁘고 실패하면 괴로운 건 사람의 당연한 심리이다. 내가 하고 싶은 말은 성공과 실패 하나하나에 너무 일희일비하지 말라는 것이다.

꿈을 위해 최선을 다했는데도 원하는 대로 되지 않을 때면 괴롭다. 괴로운 만큼 실망하고 좌절하게 된다. 실패를 발판삼아 다시 딛고 일어서는 사람이 있는 반면 다시 일어날 힘을 얻지 못한 채 주저앉아 버리는 사람도 있다. 실패의 충격이 크면 클수록 새로운 도전을 시작하지 못하게 된다. 그렇기 때문에 포기하지 않고 나아가려면 실패를 너무 무겁게 생각하지 않아야 한다. 지금의 실패가 미래의 나에게 도움이 될 수도 있다는 것을 깨달아야 한다. 당장은 실패처럼 보여도 그 실패가 먼 훗날의 나에게 새로운 기회를 가져다줄 수 있다는 것을 생각해 볼 수 있어야 한다. 그런 마음가짐을 가지고 도전한다면 실패하더라도 좌절하지 않고 여유를 가질 수 있다. 넘어져도 포기하지 않고 다시 일어나 목표를 향해 달릴 수 있다.

원하는 대로 일이 잘 풀릴 때도 이러한 마음가짐을 똑같이 적용할 수 있다. 성공하면 기쁘다. 마음껏 기쁨을 만끽하는 것도 좋지만 원하는 대로 되는 게 반드시 좋은 일이 아니란 것 또한 한 번쯤은 생각해 볼 수 있어야 한다. 그래야 성공해도 자만하지 않는다. 겸손한 자세로 예상 가능한 여러 변수를 수시로 점검해야 어떤 어려움을 만나도 유연하게 대처해 나갈 수 있다. 사람은 일이 잘 풀릴 때를 경계해야 한다. 지금의 성공이 앞으로도 계속해서 좋으리란 법은 없다.

유리하다고 교만하지 말고 불리하다고 비굴하지 말라는 말이 있다. 상황이 잘 풀린다고 해서 자만하다간 언제 다시 어려움에 빠질지 모른다. 불리하다고 한탄만 하면 영영 헤어나지 못할 수도 있다. 그러므로 유리하다고 교만하지 말고 불리하다고 비굴하지 말아야 한다.

원하는 대로 되는 것이 무조건 성공은 아니다. 원하는 대로 되지 않는 것이 반드시 실패도 아니다. 인생을 멀리 봐야 한다. 지금 일어난 일이 나중에 어떻게 변할지는 아무도 모른다.

Chapter

05

원하는 만큼 움직여라

“

남들이 가지 않는
길로도 가보고
남들이 하지 않는 정도의
노력을 하며
최선을 다해 뛰어보자.

”

01

나로 산다는 것

언젠가부터 나로 살겠다는 열풍이 불기 시작했다. 이러한 열풍은 도서 트렌드에도 영향을 미치게 되었고 남의 기준이 아닌 나의 기준대로 삶을 살겠다는 내용의 책들이 베스트셀러 순위에서 상위권을 다투고 있다. 큰 꿈을 가지고 불가능에 도전할 것을 강조하던 몇 년 전의 책들과는 전혀 딴판이다. 이러한 추세가 서서히 바뀌고는 있지만 많은 사람들이 공감하고 있는 걸로 봐서는 당분간은 이어질 듯하다.

나로 살겠다고 말하는 책도, 그 책을 읽고 공감하는 사람들도 처음에는 긍정적으로 바라봤다. 지나치게 남을 의식하던 습관을 벗어던지고 이제는 자신만의 시간표대로 살겠다는 모습이 좋았다. 남의 말에 휘둘리지 않고 주관을 가지고 나만의 길을 걸어가겠다는 말에 공감이 되었다. 나로 살기 열풍이 남과 비교하느라 자신을 돌볼 줄 모르는 현대인들에게 많은 용기와 에너지를 불어넣어 줄 거라 기대했다. 하지만 한편으로는 나로 살겠다는 삶의 방식이 유행처럼 번지게 되면서 본래의 의미가 변질되고 있는 게 아닌가 하는 생각이 들었다. 특히 나로 살겠다는 비슷한 제목의 책들이 마구잡이로 쏟아졌을 때와 해보지도 않고 스스로를 합리화하는 청춘들의 이야기를 들을 때가 그랬다. 나로 살기 열풍 속으로 휩쓸리듯 따라가고 있는 사람들을 보면서 한 가지 의문이 들었다. 과연 나로 살겠다고 말하는 사람들이 어떤 기준을 가지고 있는지에 대한 궁금증이었다. 정말로 자신의 기준과 자신만의 시간표가 있기는 한 건지 물어보고 싶었다. 몇 번 해보고 안 되니 스스로를 합리화하기 위해 그런 말을 핑계의 도구로 삼는 건 아닌지 의심스러웠다. 열심히 한다고 말하는 오늘날의 청춘들이 과연 얼마나 치열하게 살고 있는가 하는 궁금증을 지울 수가 없었던 것이다.

인터넷 신문기사에서 어느 작가의 인터뷰 내용을 읽었다. 나로 살겠다는 열풍이 부는 이유 중 하나가 바로 지금의 사회가 실패할 수밖에 없는 구조이기 때문이라고 했다. 댓글에는 그 작가의 말에 공감하는 말들이 많이 있었다. 아무리 노력해도 변하지 않는다고 말하며 사회의 구조적 문제를 논하는 댓글들을 보면서 그런 생각이 들었다.

'이렇게 말하는 청년들이 과연 얼마만큼 해보고 하는 말인 걸까?'

요즘 공무원 시험에 응시하는 사람들이 날로 늘고 있다. 시험 경쟁률은 하늘 높은 줄 모르고 치솟고 있다. 다들 공무원 시험에 합격하겠다는 목표를 가지고 열심히 공부하지만 합격이 말처럼 쉽지가 않다. 시험에 도전하는 사람은 많은 데 비해 합격 정원은 한정되어 있기 때문이다. 그렇다 보니 합격하는 사람보다는 떨어지는 사람이 더 많을 수밖에 없다. 그런데 시험에 떨어지는 사람들 중에서는 열심히 하지도 않으면서 원망만 가득한 사람들이 많다. 가끔은 자신이 시험에 떨어진 것이 사회 시스템 때문이라고 말하며 엄한 데 화풀이를 하는 사람도 있다. 과연 그것이 사회의 문제일까? 물론 공무원 시험에만 몰리는 이런 세상은 이상한 게 맞다. 하지만 자신이 시험에 떨어졌다고 해서 그것이 사회의 문제는 아니다. 시험에 합격하는 사람은 누구보다도 공부를 열심히 한 사람이다. 자신이 합격하지 못한 이유는 열심히 하지 않았거나 운이 조금 부족했을 뿐이다. 경쟁을 부추기는 사회도 문제지만 열심히 하지 않은 자신에게도 원인은 있는 것이다.

군무원 시험을 준비하면서 학원에 다닐 때 다른 학원생들을 보며 의아한 것이 하나 있었다. 인생이 걸린 중요한 시험임에도 불구하고 죽기 살기로 공부하는 사람이 생각보다 너무 적었다는 것이다. 이거 아니면 안 된다는 마음으로 공부하는 사람은 극히 일부였다. 대부분은 학원을 그냥 다니는 듯했다. 사람들이랑 있어보면 다 보인다. 들리는 얘기도 많았다. 학원생들은 다들 시험에 합격하고 싶어 하면서 그만큼의 노력은 하지 않았다. 결과는 뻔했다. 열심히 한 사람들은 대부분 다 합격했지만 합격을 바라기만 할 뿐 별다른 노력을 하지 않은 사람들은 거의 다 떨어졌다. 당연한 결과였다. 떨어진 사람들 중 몇몇은 노력해도 변하는 게 없다며 변명을 늘어놓기 바빴다. 그러면서 그냥 나로 살겠다거나 대충 살겠다는 그런 식의 말을 내뱉었다. 이것이 사회만의 문제인 걸까? 그렇게 사는 것이 과연 나로 사는 것일까?

이것이 필자만의 견해라고 생각할 것 같아 직장 동료인 H의 얘기를 해보려 한다. H는 공무원 시험 준비로 가장 치열한 곳인 노량진 학원가에서 공부를 한 적 있었다. H가 학원을 다니면서 어이가 없었던 건 정말 열심히 공부하는 사람을 찾아볼 수 없다는 점이었다. 개중에도 열심히 하는 사람은 있었지만 수험생 중 상당수가 공부는 뒷전이고 종일 PC방에서 게임만 하며 시간을 보냈다고 한다. 3년, 5년 심지어 10년 동안 학원을 다니며 수험생 생활을 마치 일처럼 하고 있는 사람도 있었다고 했다. 그런 사람들이 시험에 떨어지고 나면 과연 뭐라고 말을 할까? 열심히 하지도 않으면서 푸념만 늘어놓는 사람들을 이해해주고 응원해주는 사람이 세상에 얼마나 있을까? 물론 죽기 살기로 공부했음에도 불구하고 시험에 떨어진 사람들도 있을 것이다. 하지만 내가 우려하는 것은 노력하지 않고 불평만 늘여놓는 그런 사람들의 모습이 치열하게 살고 있는 다른 청춘들의 모습을 대변하듯이 비춰지진 않을까 하는 점이다.

시험이나 취직뿐만 아니라 사업을 하는 사람들도 비슷한 얘기를 한다. 창업을 하다가 망하면 그 원인이 사회에 있다고 말하는 사람들이 있다. 물론 사회에도 원인은 있다. 경제가 어려워지면서 많은 사업체들이 문을 닫고 있다. 경제가 어렵지 않은 적이 없었지만 지금은 정말 심각하다는 것을 나도 느끼고 있다. 하지만 상황이 이렇다는 것을 알고 있으면 행동하기 전에 그만큼 준비를 많이 해야 한다.

성공한 사업가는 말한다. 사업을 하겠다고 마음먹었으면 창업부터 하지 말고 그 일을 먼저 배우는 게 우선이라고 말이다. 그러니까 치킨집을 하겠다고 마음먹었으면 먼저 치킨집에 가서 일을 배워보라는 것이다. 최소 1년은 배우고 난 후에 가게를 열어야 쉽게 망하지 않는다고 한다. 하지만 사업을 하다가 망하는 사람들 중 대부분은 충분히 배우고 준비하는 과정도 없이 우선 가게부터 오픈한 사람들인 경우가 많다. 치킨집을 한 번도 운영해본 적이 없으니 자신만의 노하우가 없다. 차별화된 전략도 없다. 그러다 결국 가게 문을 닫게 된다. 갈수록 경제가 어렵고 비슷한 브랜드의 체인점이 많은 것도 문제지만 충분한 준비도 없이 무작정 시작한 개인에게도 잘못은 있다. 물론 실패할 수밖에 없는 구조라는 말이 전혀 틀린 말은 아니다. 하지만 그전에 내가 실패할 수밖에 없는 행동을 하고 있는 건 아닌지 한 번 생각해봐야 한다.

지인 C에게서 전화가 왔다. C는 검도를 배우기로 했다고 말했다. 취직할 때 도움이 될 수 있도록 스펙을 하나라도 더 쌓기 위해서라고 했다. 그렇게 말하면서 푸념을 늘어놓았다.

"취직하려고 검도까지 배워야 하는 세상이야. 진짜 이상하지 않아?"

C의 마음이 이해가 안 되는 건 아니었다. 스펙 쌓기에 지친 이 시대의 많은 청년들처럼 C 역시도 푸념이 나올 만하다고 생각했다. 사람의 열정과 가능성은 보지도 않고 스펙만을 요구하는 세상에 지칠 법도 같았다. 하지만 세상이 이상하다고 말하기 전에 한 번 생각해봐야 하는 것이 있다. 지금은 경쟁사회이다. 자원은 한정되어 있지만 가지려는 사람은 넘쳐난다. 좋은 일자리는 제한되어 있지만 그 일자리를 원하는 사람은 많다. 그렇기 때문에 남과 경쟁할 수밖에 없다. 다른 사람보다 더 뛰어난 사람이 한정된 자원과 일자리를 얻는다. 남들보다 좋은 학벌을 가지고 있고 경험 또한 풍부한 사람이 우위를 점할 수 있는 확률이 높다. 학벌이 아닌 능력 중심으로 인재를 채용해야 하는 것은 맞지만 그게 말처럼 쉽지가 않다. 직원을 고용하는 고용주나 면접관의 입장에서 생각해보자. 사람을 처음 봤을 때 어떤 사람인지 바로 판단할 수가 없다. 대화를 해보면 어느 정도는 파악이 되지만 이 사람의 능력이나 성향을 정확히는 다 알 수는 없다. 그 사람의 능력을 판단할 수 있는 것은 결국 스펙이다. 학벌이나 자격증과 같은 스펙으

로 그 사람을 판단할 수밖에 없다. 열심히 하겠다고 백 번을 말해도 이 사람이 어떤 이력을 가진 사람인지 확인할 수 있는 객관적인 근거는 스펙과 같은 수치화 된 정보가 유일하다. 요즘 청년들이 스펙 쌓기에 지친다고 말하지만 그럴 수밖에 없는 사회다. 예전에는 대학 나온 사람이 드물었기 때문에 대학만 나와도 취직이 잘 됐지만 지금은 누구나 다 대학을 나온다. 그렇기 때문에 대학졸업장 외에 스펙을 하나라도 더 가진 사람이 원하는 것을 얻는 건 당연하다. 남들과 다른 길을 가겠다면 상관없지만 경쟁에서 이기고 싶다면 결국엔 남들보다 더 많은 무기를 가지고 있어야 한다. 스펙을 따지는 지금의 사회가 전적으로 잘못됐다고만 말할 수는 없다.

요즘 청년들이 얼마나 힘든지 모르고 하는 말이 아니다. 취직하기도 힘들고 겨우 취직을 한다고 해도 직장 생활은 너무나 버겁다. 기업문화가 많이 바뀌었다고는 하지만 여전히 상명하복식의 수직적 조직문화가 만연해있고 구시대적인 사고방식을 강요하는 직장 상사들도 많다. 걸핏하면 요즘 애들은 끈기가 없다며 핀잔을 주고 개인의 인격은 무시당하기 일쑤이다. 매일 야근을 하느라 휴식할 수 있는 최소한의 시간도 보장받지 못한다. 주말에도 수시로 업무에 대한 연락이 오는 바람에 제대로 쉬지도 못한다. 열심히 일해도 언제 해고당할지 몰라 불안감을 떨칠 수가 없다. 월급은 쥐꼬리만큼만 주려고 하면서 일은 최대한으로 많이 시킨다. 물가는 오르는데 반해 월급은 그대로다.

평생 돈을 모아도 집 한 채 마련하기 어렵다. 가뜩이나 살기 어려운데 결혼해서 애까지 낳게 되면 삶은 더욱 팍팍해진다. 이처럼 우리 사회는 분명 많은 문제를 안고 있다. 개선해야 할 것들이 많다. 하지만 사회 구조와 경제가 바뀐다고 해서 모든 것이 해결되는 것은 아니다. 바꿔야 할 사회적 문제가 많은 만큼 개인에게도 자기 자신을 바꾸려는 노력이 필요하다. 그렇게 함께 만들어나가야 한다.

20대에 나는 무슨 일이든 쉽게 구할 수 있었다. 하던 일을 과감하게 그만두고 여행을 떠날 수 있었던 것도 일은 언제든지 구할 수 있을 거라는 자신감이 있었기 때문이다. 몇 달간 쉬다가 다시 일자리를 찾아볼 때도 일할 수 있는 곳은 얼마든지 있었다. 그런 나의 상황과 달리 뉴스에서는 일자리가 없다는 소식이 연일 보도되었다. 취업난이 심각하다고 했다. 쉽사리 이해가 되지 않았다. 구인광고가 이렇게 많은데 일할 곳이 없다는 게 이상했다. 납품 일을 하던 시절 거래처 사장님들을 만나면 오히려 일할 사람이 없다며 하소연을 한다. 일자리는 분명 많이 있는데 사람들은 왜 취직이 안 된다고 말하는지 곰곰이 생각해봤다. 조건이 좋은 일자리만 찾는다는 게 원인이라는 생각이 들었다. 누군가는 이런 내 생각이 잘못됐다고 말했다. 편한 것만 찾는 것이 아니라 먹고 살만한 양질의 일자리가 없는 게 문제라며 내 견해를 반박했다. 듣고 보니 어느 정도 납득이 되긴 했지만 꼭 그런 것만은 아닌 것 같았다. 내 눈에는 여전히 사람들이 너무 높은 곳만 바라보고 있는 듯이 보였다. 자신이 대학을 나왔으니 이런 힘든 일은 하면 안 된다고 생각한다. 이 정도 대우는 받아야 한다고 생각한다. 능력 있는 사람이라고 자부하며 이 정도의 연봉은 받아야 한다고 생각한다. 그렇게 생각하면서 누구나 원하는 좋은 일자리만 찾으려 하니 취직이 어렵다. 취직을 한다고 하더라도 조금만 힘들면 이렇게 말한다.

"내가 이 고생 하려고 대학 다니면서 그렇게 열심히 공부한 건 아닌데."

내가 여러 직장을 옮겨 다니며 일할 당시에도 취업난은 심각했다. 그런 어려움 속에서도 내가 계속 해서 일을 구할 수 있었던 것은 어떤 일이든 가리지 않고 했기 때문이다. 남들이 우습게 보는 일이라도 나는 그냥 했다. 노가다든 트럭운전이든 뭐든 했다. 남들이 과일장수라고 비웃어도 열심히 과일을 팔았다. 양질의 일자리니 아니니 하는 그런 생각은 하지 않았다. 위험하거나 건강을 해치는 일을 제외하고는 뭐든 다 했다. 이런 나에게 청년실업이라는 단어는 공감하기 어려운 말이었다.

나로 살겠다는 것은 나만의 명확한 기준을 가지고 살아가겠다는 다짐이다. 남과 비교하지 않고 자신만의 길을 걸어가겠다는 우직함이다. 남을 의식하는 것이 아닌 나를 의식하며 있는 그대로의 나를 바라보겠다는 결심이다. 나로 산다는 것의 의미를 정확히 알고 실천해야 한다. 열심히 해봤자 아무런 변화가 없을 때 쓰는 말이 아니다. 개인의 노력으로는 세상을 바꿀 수 없다는 자조 섞인 푸념도 아니다. 이 말이 자신의 게으름을 합리화하기 위한 핑계가 되어선 안 된다. 편하게 살고 싶다는 자신의 나태함을 포장하는 용도로 사용해서도 안 된다.

나로 살겠다는 열풍이 언젠가부터는 대충 살자는 쪽으로 흘러가고 있다. 대충 살자는 말의 의미도 분명히 알아야 한다. 그 말 그대로 정말 대충대충 하자는 말이 아니다. 삶에 부담을 갖지 말고 가볍게 살자는 말이다. 앞만 보며 열심히 달리기보다는 한 발 물러서서 자신을 돌볼 줄 알아야 한다는 뜻이다. 한쪽으로 치우쳤던 삶의 균형을 바로잡겠다는 마음가짐이다. 하나라도 더 가지려고 아등바등하기보다는 주어진 것에 만족하며 지금의 이 순간의 행복을 느끼며 살겠다는 바람이다. 유행처럼 번지는 분위기에 휩쓸려 밑도 끝도 없이 대충 살아서는 안 된다. 잘 할 수 있는 일마저도 대충 하겠다고 하며 자신의 가능성을 없애버리는 일은 더더욱 없어야 한다.

쥐꼬리만 한 월급으로 언제 집을 살 수 있겠냐며 돈 모으기를 포기할 것인가? 합격하는 사람보다 탈락하는 사람이 더 많다고 해서 시험에 도전조차 안 할 것인가? 번번이 사랑에 실패한다고 해서 더 이상 사랑을 하지 않을 것인가? 대충 살겠다고 해도 결국 우리는 돈을 벌어 모아야 한다. 원하는 직장이 있으면 입사지원서를 넣고 시험을 쳐야 한다. 좋아하는 사람이 있으면 거절당할지언정 고백을 해봐야 한다.

대충 살자는 내용의 인터넷 뉴스 기사를 봤다. 기사에 달린 댓글도 읽었다. 공감이 가장 많은 베스트 댓글은 다음과 같았다.

“대충 살면 죽어요.”

성공한 사람들 중 대충해서 성공한 사람들이 과연 몇 명이나 있을까? 아마 한 명도 없을 것이다. 성공한 사람이 아닌 우리 주위에 있는 보통의 사람들만 봐도 그렇다. 대충해서 자신의 꿈을 이룬 사람은 없다. 최선은 아닐지 몰라도 적어도 열심히는 했기 때문에 자신이 원하는 것을 이룰 수 있는 것이다. 아무리 시대가 바뀌고 세상이 변해도 그러한 사실은 변하지 않는다. 무엇이든 하는 만큼 이룬다. 구하는 만큼 얻는다. 대충하면서 그 이상의 결과를 바라는 것만큼 허황된 욕심은 없다.

정말로 나로 살겠다고 마음먹었다면 남들이 꿈꾸지 않는 나만의 꿈을 그려보자. 남들이 가지 않는 길로도 가보고 남들이 하지 않는 정도의 노력을 하며 최선을 다해 뛰어보자. 그렇게 진정한 나로 살기를 실천해보자.

02

열심히는 누구나 한다

꿈과 성공을 주제로 한 강연을 들었다. 강연이 끝난 후 작가와 대화를 나눌 수 있는 시간이 주어졌다. 사람들이 돌아가며 질문을 했고 그 중 한 사람이 이렇게 물었다.

"저는 누구보다도 열심히 살고 있는데요. 아무리 열심히 해도 변하는 게 없어요. 주위 친구들을 봐도 그래요. 하나같이 다 열심히 하는데 전혀 달라지는 게 없어요."

작가가 대답했다.

"요즘 청년들이 진짜로 열심히 한다고 생각하세요?"

따뜻한 위로의 말을 해줄 거라는 기대와 달리 작가의 대답은 차가웠다. 그때만 해도 왜 그렇게 말하는지 이해하지 못했다. 우리들이 얼마나 열심히 하고 있는지 모르고 하는 말이라 생각했다. 한 동안 잊고 살았다. 그러다 몇 년이 더 지난 후에야 그 말의 의미를 조금씩 이해할 수 있었다. 아무리 둘러봐도 무언가를 그렇게 열심히 하며 사는 사람을 찾아볼 수 없었기 때문이다.

지인들에게 요즘 뭔가를 하고 있는 게 있냐고 물어보면 다들 우물쭈물한다. 뭘 하고 있다고 바로 대답하는 사람이 거의 없다. 앞으로 무엇을 하고 싶다는 희망만 얘기할 뿐 지금 뭔가를 하고 있다거나 배우고 있다고 자신 있게 말하는 사람은 보기 드물다. 일하기도 빠듯한데 따로 뭔가를 배울 시간이 어디 있냐며 매일 집과 직장만을 오가는 쳇바퀴 도는 일상을 반복한다. 그러면서 이렇게 말한다.

"열심히 사는데 왜 이렇게 변하는 게 없냐?"

열심히는 누구나 한다. 자신이 열심히 하지 않는다고 생각하는 사람은 없다. 모두가 스스로를 열심히 살고 있다고 평가한다. 하지만 단순히 열심히만 해서는 삶을 바꾸기가 어렵다. 미미하게는 변할지 몰라도 눈에 띌 정도로 달라지기는 어렵다. 그 정도의 '열심히'는 누구나 하기 때문이다. 사람들은 집과 직장을 오가며 열심히 일한다고 말하지만 직장은 누구나 다닌다. 또 직장에서는 누구나 열심히 일한다. 열심히 출근하고 있고 매일 주어진 업무를 책임지고 해낸다. 때론 야근을 불사하고 주말에도 출근을 하며 최선을 다해 일한다. 나만 그렇게 열심히 사는 것 같지만 다들 그런 식으로 열심히 살고 있다. 그렇기 때문에 일만 열심히 해서는 삶이 나아지기를 기대하기 어렵다. 물론 장사를 하는 사람이라면 노력한 만큼의 경제적 부를 누릴 수 있을지 모르지만 월급 받으며 일하는 샐러리맨이 직장에서 하는 열심히만으로 이룰 수 있는 것은 그리 많지 않다.

내가 열심히 해야 한다고 말하는 것은 일 외적인 것들, 그러니까 운동, 독서, 요리, 언어, 악기, 자격증과 같은 기타 등등의 것들이다. 남들 다 하는 직장 생활만 열심히 해서는 삶의 변화를 느낄 수 없다. 남들이 하지 않는 것들을 해야 한다. 또한 남들이 하는 것 이상의 시간과 노력을 쏟아 부어야 한다. 새로움을 느끼고 싶다면 새로운 걸 시작해야 한다. 말로만 하지 말고 생각한 것을 행동으로 옮겨야 한다. 돈을 많이 벌고 싶으면 재테크에 관한 책 한 권 정도는 읽어보고 실천해봐야 한다. 영어를 잘하고 싶다면 영어 학원이나 동호회에 찾아가서 배워봐야 한다. 몸짱이 되고 싶다면 남들이 술 마시고 놀 때 나는 헬스장에 가서 운동을 해야 한다. 요리를 잘하고 싶다면 요리강좌를 하는 문화센터에 찾아가 칼로 두부라도 썰어봐야 한다. 성공한 사람들의 비결이 궁금하다면 자기계발서를 찾아 읽어보거나 유튜브에서 성공한 사람들의 강연이라도 찾아서 들어봐야 한다. 아침형 인간이 되고 싶다면 잠이 많다고 핑계대기 전에 알람에 맞춰 일어나봐야 한다. 물론 재테크 책 한두 권을 읽는다고 해서 부자가 되진 않는다. 영어 학원을 다닌다고 해서 바로 원어민처럼 말할 수 있는 것도 아니다. 성공하는 사람들의 책을 읽는다고 해서 단번에 엄청난 부와 명예를 누릴 수 있는 것도 아니다. 하지만 평소와 다른 삶을 살고 싶다면 평소에 하지 않은 것들을 해야 한다. 어제와 다른 하루가 펼쳐지길 기대한다면 그동안 해보지 않았던 일에 도전해봐야 한다. 남들이 다 하는 정도의 '열심히'가 아니라 남들이 하지 않는 정도의 노력을 해봐야 한다. 열심히 해도 변하지 않는다고 말하기 전에 자신이 얼마나 남다른 노력을 해왔는지 생각해볼 필요가 있다.

내가 읽었던 재테크 서적 중 가장 기억에 남는 책의 저자는 일만 열심히 해서는 부자가 될 수 없다고 한다. 돈을 벌려면 노동이 아닌 돈이 들어오는 파이프라인을 구축해야 한다고 말했다. 매일 샘에서 물을 퍼 나를 것이 아니라 꼭지만 틀면 물이 나오는 시스템을 만들 것을 강조했다. 이것이 그 책의 핵심내용이었다. 돈이 들어오는 파이프라인의 종류는 대동소이한데 내가 읽은 책에서 말하는 파이프라인의 의미는 바로 자기계발이었다. 일 외에 다른 취미나 기술을 배워 꾸준히 수익을 내야 한다는 말이었다. 그 책을 읽은 누군가는 가죽공예를 배운 뒤 자신이 만든 제품을 인터넷에 팔아 수익을 올렸고 어떤 사람은 마케팅 강의를 듣고 공부한 후 문화센터에서 SNS강의를 하며 돈을 벌었다. 피트니스 강사로 전향한 사람은 돈도 돈이지만 무심코 시작한 운동 덕분에 건강도 되찾고 더 젊어진 것도 같다며 자신에게 찾아온 변화를 마음껏 즐겼다. 이처럼 남들이 하지 않는 것을 배울 때 우리의 일상은 서서히 변한다. 지금껏 해보지 않은 것에 도전할 때 색

다른 하루가 찾아온다.

과일가게에서 같이 일하던 L이라는 형이 있었다. L은 35살까지만 일하고 그 이후로는 놀고먹는 삶을 사는 것이 자신의 목표라고 말했다. 돈이 들어오는 시스템을 구축하기 위해 그 동안 숱한 노력을 했다며 지난 이야기를 들려줬다. 부자들이 쓴 책을 읽으며 부자들의 습관과 자세를 배우려 했고 재테크에 관한 책도 여러 권 읽었다. 투자정보를 얻을 수 있는 동호회에 찾아가 사람들과 정보를 교류하기도 했다. 주식에 대해 공부한 후 주식에도 투자했다. 경매에 대해 공부한 후 실제로 법원에 가서 건물 경매를 해보기도 했다. 슈퍼마켓과 과일가게에서 일하며 장사를 배워보기도 하고 트럭에 과일을 잔뜩 실은 후 혼자 길거리에서 팔아보기까지 했다고 말했다. 그런 L이 그때까지 내가 만난 사람 중에서는 가장 도전적이고 실천적인 사람이었다. L을 보며 이 정도는 해봐야 노력이나 변화에 대해 논할 수 있는 것이라 생각했다. 이 정도는 해보고 나서 말해야 누가 들어도 인정할 수 있을 것 같았다. 또한 자신에게도 후회나 미련이 덜 남을 것 같았다. 그 정도의 노력이 별 것 아니라고 생각할 수도 있다. 하지만 열심히 살아도 변하는 게 없다고 말하기 전에 자신이 과연 이 정도의 별 것 아닌 노력이라도 해보기나 했는지 한 번 생각해보길 바란다.

티브이에 억대 연봉을 버는 사람들이 나와 자신의 성공 비결에 대해 말했다. 특별한 비법이 아니었다. 단지 남들과 조금 다르게 했을 뿐이었다. 카센터를 운영하는 자동차 수리공은 독특한 방법으로 자신의 카센터를 홍보하고 있었다. 메모지에 카센터를 홍보하는 문구를 손으로 직접 쓴 후 자동차 창문에 꽂아두는 것이었는데 그 메모를 보고 찾아오는 손님이 제법 많다고 한다. 기계로 인쇄한 전단지를 나눠주는 보통의 방식과는 달랐다. 자동차를 고치는 기술과 친절한 서비스도 중요하지만 남과 다른 방식으로 홍보함으로써 많은 고객을 확보할 수 있었다고 한다. 다음은 출장세차로 억대 연봉을 버는 한 부부가 소개되었다. 그 부부는 고객의 차를 세차하고 나면 옆에 있는 다른 사람의 차도 깨끗하게 세차를 해놓는다고 한다. 그러고는 이렇게 메모를 남긴다고 한다.

"맡겨만 주시면 지금처럼 깨끗하게 세차해드립니다. 연락주세요."

깨끗해진 자신의 차를 본 차주는 어떤 생각이 들었을까? 이 정도의 기술과 서비스가 있다면 맡겨볼 만하다고 생각하지 않을까?

이처럼 요즘은 남과 달라야 성공한다. 음식점을 하더라도 타 음식점과 차별화된 맛이 있어야 사람들은 찾아온다. 카페를 차리더라도 그 카페만의 콘셉트나 분위기가 있어야 SNS에 오르고 입소문이 난다. 라디오 프로그램에 퀴즈에 대한 정답을 메시지로 보낼 때도 단순히 답만 보내면 당첨이 되지 않는다고 한다. 모두다 똑같이 그런 식으로 보내기 때문이다. 남들이 다 보내는 정답은 기본이고 거기에다 자신만의 경험과 이야기를 함께 적어 보내야 당첨 확률이 높다고 한다. 실제로 한 지인은 그런 방법으로 매달 라디오 방송국으로부터 선물을 받고 있다고 했는데 지금까지 받은 선물만 해도 양이 제법 된다고 했다. 그 얘기를 들으면서 사소한 일 하나하나도 남과 다르게 생각하고 행동할 때 남과 다른 결과가 생길 수 있다는 걸 느꼈다. 라디오에 당첨되는 이런 작은 일도 남과 달라야 하는데 인생이 걸려있는 문제라면 더 말할 것도 없다.

언젠가 게을러진 나 자신을 다잡기 위해 유튜브에서 동기부여와 관련된 영상을 찾아본 적이 있었다. 여러 영상을 보면서 가장 기억에 남았던 말은 열심히만 해서는 변하지 않는다는 말이었다. 성공한 사람들은 말했다. 더 이상 힐링이니 뭐니 하면서 나약한 소리하지 말고 최선을 다하라고, 대충해서는 변하는 게 없으니 누구보다도 치열하게 도전하라고 했다. 생각해보면 그랬다. 사람들이 뻔한 말이라 생각하고 들으려 하지 않을 뿐이지 틀린 말이 아니다. 대충 살면서 성공한 사람은 없다. 인생을 바꾼 사람은 누구보다도 최선을 다해 살아온 사람이다. 노력한다고 반드시 성공하는 건 아니지만 성공한 사람치고 노력 안 한 사람 없다. 부정하고 싶겠지만 어쩔 수 없는 사실이다.

지금보다 더 열심히 해야 한다는 말은 아니다. 남들과 다른 방법으로 죽을힘을 다해 최선을 다하라는 말도 아니다. 단지 남들과 똑같은 정도의 노력밖에 안 하면서 그 이상의 결과를 바라는 사람들에게 한 만큼만 돌아온다는 것을 말해주고 싶었다. 쉽고 가벼운 목표를 세웠다면 그 정도의 노력만 하면 된다. 특별한 뭔가를 바라는 게 아니라면 남들이 하는 정도의 노력만 하면서 소소한 행복을 누리는 것도 멋진 삶이다. 하지만 만약 큰 성공을 꿈꾼다면 꿈꾸는 만큼 행동해야 한다는 사실을 명심해야 한다. 남들과 똑같아서는 안 된다. 성공은 그냥 주어지는 것이 아니다. 그만큼의 노력과 시간을 투자했을 때 거머쥘 수 있는 것이다. 가끔 운이 좋아 성공하는 사람도 있지만 그런 운도 노력 끝에 얻을 수 있는 선물이다. 아무런 노력 없이는 행운을 만나기는 어렵다. 또 그런 요행만을 바라며 하루하루를 살기엔 시간이 너무나 아깝다.

03

핑계는 도전을 가로막는 장애물이다

한국사능력검정 1급 자격증을 취득했다. 어떻게 공부했냐며 노하우를 묻는 사람이 있는 반면 학교 다닐 때 문과였는지 이과였는지를 먼저 물어보는 사람도 있었다. 문과 출신이라고 말하면 사람들의 반응은 대부분 비슷했다. 내가 문과라서 한국사를 잘하는 거라고 말했다. 물론 문과에서 한국사를 배우기 때문에 이과생보다는 문과생이 한국사를 더 잘 할 확률은 높다. 하지만 문과생이라고 한국사를 다 잘하진 않는다. 문과생이라 하더라도 한국사를 열심히 공부하지 않은 사람은 잘 할 수 없다.

고등학교 때 나는 문과생이긴 했지만 한국사에 관심이 없어 한국사를 공부해본 적이 거의 없었다. 한국사라면 그야말로 일자무식이었다. 역사에 관한 기본적인 지식도 없을 정도로 한국사에 문외한이던 내가 한국사능력검정 1급 자격증을 취득한 것은 문과생이라서가 아니었다. 공부를 열심히 했기 때문이다. 하지만 몇몇의 사람들은 나의 숨은 노력은 보지 않고 내가 문과생이기 때문에 한국사를 잘하는 거라고만 말했다. 그러면서 자신은 이과생이라서 한국사를 못한다는 핑계를 갖다 붙였다.

중학생 때 마술동호회에서 활동할 당시 사람들의 실력은 제각각이었다. 좀 더 빨리 배우는 사람도 있고 다른 사람보다 배우는 속도가 느린 사람도 있었다. 후자의 경우에서 가르쳐줘도 잘 따라하지 못하는 사람들이 가장 많이 하는 말은 바로 '손이 작아서' 라는 말이었다. 자기가 조금만 못하면 손이 작아서 못한다고 말했다. 열심히 연습해 보기도 전에 손이 작다는 핑계를 먼저 댔다. 마술할 때 손이 크면 유리한 건 사실이다. 그러나 손이 작다고 못하는 건 아니다. 세계마술올림픽인 FISM에 최연소 심사위원으로 발탁된 마술사 최현우는 손이 굉장히 작다. 손이 작음에도 불구하고 그는 국내를 넘어 세계적으로 실력 있는 마술사로 인정받고 있다. 연습해도 안 된다고 말하는 사람들은 손이 작아서 안 되는 게 아니다. 마음이 작아서 못할 뿐이다.

사람들은 많은 핑계를 대며 살아간다. 자신이 가난한 이유는 부모를 잘못 만났기 때문이라고 말한다. 책을 읽지 못하는 건 시간이 없기 때문이라 말한다. 주어진 과제를 다 하지 못한 건 일이 바빴기 때문이라 말한다. 시험에 떨어진 이유는 그저 운이 나빴던 거라며 하늘을 원망한다. 꾸준히 해보지도 않고 문제는 자신이 아닌 사회에 있다며 세상을 비난한다. 이 외에도 수십 가지의 핑계가 난무한다.

핑계의 종류는 다양하다. 그중 사람들이 가장 많이 대는 핑계는 아마 시간이 없다는 말일 것이다. 사람들은 평소에 바쁘다거나 시간이 없다는 말을 입에 달고 산다. 그만큼 바쁜 일상을 보내고 있는 건 맞지만 희한하게도 자신이 좋아하는 것에 있어서는 그런 말을 하지 않는다는 것이다. 시간이 없어서 게임을 못한다는 말은 하지 않는다. 시간이 없어서 술을 못 마신다는 말도 하지 않는다. 시간이 있어서 게임을 하고 시간이 있어서 술을 마시는 게 아니다. 좋아하기 때문에 시간을 내서 하는 것이다. 주위를 보면 틈만 나면 폰 게임을 하는 사람들이 있다. 술은 밤을 새서라도 마시며 논다. 이처럼 좋아하는 일에 대해서는 시간이 없다는 핑계를 대지 않는다.

사람들이 시간이 없어서 못한다는 말을 가장 많이 하는 대상은 바로 책이다. 책 얘기만 꺼내면 사람들은 마치 준비라도 한 듯 시간이 없어서 못 읽는다는 말을 자동으로 내뱉는다. 그렇게 말하는 사람들이 과연 책 읽을 시간이 없는 것일까? 하루를 24시간이 아닌 30시간을 준다면 과연 책을 읽을까? 읽지 않을 거라 장담한다. 아무리 많은 시간을 준다 하더라도 책에 관심이 없는 사람은 책을 읽지는 않는다.

몇 시간이 아닌 하루를 더 줘도 그 시간에 잠을 자거나 친구를 만나서 노는 데 시간을 다 보낼 것이다. 한 달이라는 긴 시간이 주어진다 하더라도 해외여행을 다니는데 시간을 다 소비할 뿐 책을 읽는 일은 없을 것이다.

전에 다니던 회사의 사장님은 책을 굉장히 좋아했다. 인생에 있어서 독서를 굉장히 중요하게 생각하여 책을 많이 읽었다. 직원들에게도 책 읽기를 권장했며 업무 시간에 책 읽는 시간을 따로 만들어주었다. 과연 얼마나 많은 사람들이 책을 읽었을까? 수십 명의 직원들 중 책 읽는 시간에 독서를 하는 사람은 손에 꼽을 정도였다. 대부분 평소대로 업무를 하거나 스마트폰을 보고 있었다. 이런데도 책 읽는 시간이 없다고 말할 것인까? 시간이 없는 게 아니다. 마음이 없을 뿐이다.

책 읽을 마음만 있으면 시간은 얼마든지 쪼갤 수 있다. 나는 주로 멍하니 있기가 아까운 시간에 책을 읽는다. 지하철을 탈 때도 책을 읽고 병원에서 진료 대기 중일 때도 책을 읽는다. 백화점에서 엘리베이터를 기다리거나 에스컬레이터를 타며 오르내릴 때도 책을 읽는다. 화장실에 갈 때도 스마트폰 대신 책을 가지고 들어가고 심지어 운전 중에 신호가 걸릴 때 책을 읽기도 한다. 지인이 약속 시간보다 늦을 때면 가방 속에 넣어둔 책을 꺼내 읽으면서 여유롭게 기다리기도 한다. 일부러 1~2시간씩 따로 시간을 낼 필요 없이 이렇게 자투리 시간에만 책을 읽어도 제법 많은 양의 책을 읽을 수 있다. 독서광으로 소문난 한 유명인은 사무실로 올라가는 엘리베이터 안에서 책을 읽는다고 한다. 매일 그렇게만 읽어도 한 달에 1~2권은 거뜬히 읽을 수 있다고 말하면서 자투리 시간의 중요성을 강조했다.

살면서 핑계를 가장 많이 들었던 곳은 다름 아닌 학원이다. 군무원 시험 준비를 하며 공부할 때 학원에서 온갖 종류의 핑계를 다 들었다. 학원 수강생 중 J라는 친구가 있었다. 전자공학이라는 전공과목을 힘들어하던 다른 수강생들과 달리 J는 유달리 그 과목을 잘했다. 다들 J를 부러워했는데 알고 보니 J는 D대학교 수학과를 졸업했다고 했다. 그때부터 사람들은 J가 전자공학을 잘하는 것은 수학과를 나왔기 때문이라며 입을 모았다. 전자공학과 수학이 그렇게 큰 연관성이 있는 것도 아닌데 말이다. 사실 J가 전공과목을 잘 할 수 있었던 것은 다른 과목은 공부하지 않고 6개월 동안 오로지 그 한 과목만 팠기 때문이었는데 사람들은 J의 숨은 노력을 보기 보다는 출신을 먼저 따졌다. 그러면서 자신이 전공과목을 못하는 이유는 비전공자이기 때문이라 말했다. 수강생 중 90%가 비전공자인데도 그 90%의 사람들은 하나같이 똑같은 핑계를 댔다. 그뿐만이 아니다. 나이 어린 친구가 공부를 잘하면 나이가 어려서 머리회전이 잘 되기 때문에 공부를 잘하는 거라고 말했고 한국사에 약한 사람들은 자기가 문과가 아닌 이과이기 때문에 못하는 거라 말했다. 희한한 것은 그런 식으로 핑계를 대는 사람들은 대부분 공부를 못하는 사람들이라는 점이었다. 공부를 잘하는 사람은 핑계가 없다. 공부를 못하는 사람만이 핑계가 넘친다. 그런 식으로 행동보다 말이 앞서는 사람들을 보면서 충고를 한 마디 해주고 싶었다. 그래서 시험에 합격한 후 학원 홈페이지에 합격수기를 썼는데 성적을 올리는 자신만의 노하우를 위주로 적은 대부분의 합격생들과 달리 나는 핑계대지 말라는 내용을 주제로 썼다. 다음은 내가 학원 홈페이지에 실제로 올린 합격수기의 일부분이다.

"마지막으로 제가 진짜 하고 싶은 얘기는 공부하는 데 있어서 절대로 핑계대지 마세요. 저는 문과였지만 국사에 관심이 없어 국사를 공부해본 적이 거의 없었고 수능 때 사회탐구에서도 배제한 과목입니다. 국어 또한 잘하지 못해 수능 때 포기를 한 과목입니다. 학원생 대부분이 20대 초중반이라 제 나이가 적은 나이도 아니었으며 저는 남들이 다가는 대학조차 나오지 않았습니다. 이런 저도 합격했습니다. 이 글을 읽고 계신 분이 과연 저보다 부족할까요? 대부분 저보다는 나을 것이라 생각합니다. 그러니 더 이상 핑계대지 마세요. 그냥 하세요. 누구나 하는 그런 '열심히' 말구요. 정말 자신이 할 수 있는 최선을 다하세요. 저는 공부하는 8개월 동안 놀았던 날이 거의 없이 종일 도서관에만 있었고요. 아침 7시에 도서관에 가서 밤 11시에 나오곤 했습니다. 저는 정말 '나보다 열심히 하는 사람은 많지 않을 거다' 라는 생각이 들 정도로 공부했습니다. 할 수 있다는 자신감도 중요하지만 무엇보다도 저는 간절함이 가장 중요하다고 생각합니다. 땀과 노력은 배신할 수도 있지만 간절함은 결코 배신하는 법이 없다고 생각합니다."

'핑계대지 말자.'

이것이 바로 나의 좌우명이다. 학원에서 사람들로부터 얼마나 많은 핑계를 들었는지 핑계에 완전히 질려서 짓게 된 좌우명이었다. 해볼 만큼 해보지도 않고 핑계를 대는 사람들을 보면서 나만큼은 절대로 핑계를 대지 말아야겠다고 다짐했다. 공부든 일이든 그 어떤 도전이든 간에 힘닿는 데까지는 해보기로 했다. 생각처럼 잘 안 되더라도 일단은 어느 정도 해보고 나서 말하기로 했다. 가끔 시도조차 안 하고 있을 때도 남을 탓하거나 환경을 탓하지 않았다. 내가 게으른 거라고 솔직하게 인정했다. 시간이 없어서가 아니라 할 마음이 없어서라고 말했다. 피곤해서 못 일어나는 게 아니라 내가 일어나기 싫어서 안 일어나는 거라 말했다. 그런 식으로 타인에게도 나 자신에게도 핑계대지 않고 솔직해지기로 했다. 굳이 그렇게까지 솔직 하려고 한 데는 다 이유가 있다. 핑계는 성장을 방해하는 가장 큰 장애물이기 때문이다.

사람은 누구나 실수할 수 있다. 남들보다 부족할 수 있다. 몇 번을 말해도 이해하지 못할 수도 있다. 자신이 남들보다 부족한 게 많다고 할지라도 인정을 하고 노력하면 더 나은 사람으로 거듭날 수 있다. 하지만 아무리 능력 있는 사람이라도 핑계가 많은 사람은 앞으로 성장할 수 있는 가능성이 매우 낮다. 실패로부터 아무것도 배우지 못하기 때문이다. 핑계를 대는 사람은 실패의 원인을 외부에서 찾는다. 남을 탓하고 세상을 원망할 뿐 자신이 부족하다는 것은 인정하지 않는다. 자신을 인정하지 않으면 변화할 수 없다. 모든 변화의 첫 걸음은 자신을 있는 그대로 보는 것이다. 나 자신을 알아야 내가 무엇이 부족한지 안다. 부족한 것을 채우기 위해 무엇을 해야 할지 고민한다. 생각한 것을 실천으로 옮긴다. 그럼으로써 자신이 원하는 목표를 달성할 수 있는 것이다. 하지만 핑계를 대는 순간 이 모든 것은 무용지물이 되고 만다.

핑계가 무조건 나쁜 것만은 아니다. 때로는 핑계도 필요하다. 사람들은 선의의 거짓말이라는 명목으로 핑계를 댐으로써 타인과의 관계를 무난하게 이어가고 있는 것이다. 뭐든지 다 솔직하게 말했다가는 서로가 피곤해진다. 적당한 핑계거리가 있어야 큰일도 유연하게 넘길 수 있다. 그렇기 때문에 핑계 자체가 나쁜 것은 아니다. 중요한 것은 핑계를 누구에게 대고 있느냐이다. 타인에게 대는 핑계는 선의의 거짓말이 될 수 있지만 나 자신에게 대는 핑계는 아무 쓸모가 없다. 스스로에게 대는 핑계는 성장을 방해할 뿐이다. 핑계는 자신의 그 어떤 게으름이나 불성실함도 다 합리화할 수 있다. 그렇게 되면 핑계는 내가 실천하지 않아도 되게끔 하는 이유가 돼버리고 만다.

뚜렷한 목표가 없는 사람, 뭔가를 할 마음이 없는 사람은 핑계가 앞선다. 온갖 핑계를 대며 해야 할 일을 뒤로 미룬다. 이와 반대로 간절한 꿈이 있는 사람은 핑계가 없다. 그냥 한다. 정말 독한 사람은 회식이 밤늦게 끝나는 경우에도 자신과의 약속을 지키기 위해 집에 가서 해야 할 일을 다 하고 잔다. 성공한 사람들 중 대부분이 이런 유형의 사람들이다.

계획한 모든 것을 다 실천하라는 말은 아니다. 하다보면 계획대로 해낼 때도 있지만 못할 때도 있다. 중요한 것은 계획대로 실천하지 못한 것을 두고 적어도 핑계는 대지 말아야 한다. 책을 안 읽는 것은 시간이 없어서가 아니다. 언어나 악기를 배우지 못하는 것은 나이 때문이 아니다. 저녁에 운동을 하지 않은 것은 술 한 잔 하자며 연락 온 친구 때문이 아니다. 결국은 내가 안 한 거다. 누구 때문이 아니라 나 때문이다. 그렇게 인정을 해야 적어도 후회하진 않는다. 계속해서 전진하고 싶다면 핑계는 없어야 한다. 핑계는 핑계일 뿐이다.

마음이 있으면 방법이 보이고 마음이 없으면 핑계만 보인다. 하고자 하는 마음만 있으면 방법은 어떻게든 찾을 수 있다. 이제는 핑계를 대기 전에 한 번 더 시도해보자. 무엇이든 해볼 만큼 해보고 얘기를 해야 사람들도 인정을 한다. 그래야 도움을 줄 수도 있다. 해보지도 않고 말만 한다면 그건 핑계일 수밖에 없다. 간절한 꿈이 있다면 더 이상 핑계대지 말자.

04

왜 아침형
인간이어야 하는가

아침형 인간이 성공한다는 말이 있다. 누구나 알고 있는 말이지만 실천하기란 쉽지 않다. 대부분의 사람들이 최소한의 수면시간도 없이 바쁜 하루를 보내고 있기 때문이다. 잠이 모자라 아침마다 '5분만 더'를 외치며 잠과의 사투를 벌인다. 그러다 늦잠이라도 자게 되면 아침은 제대로 챙겨먹지도 못한다. 회사에서는 매일 밥 먹듯이 야근을 하고 밤늦게까지 일하고 나면 다음 날을 준비하기 위해 얼른 집에 가서 잠들기 바쁘다. 이렇게 빠듯한 하루를 보내고 있는 현대인들에게 아침형 인간은 너무나 먼 얘기로 들릴지도 모르겠다.

잠이 부족해 피곤에 절어있는 사람들의 심정을 잘 알고 있다. 나 역시도 매일 야근을 하며 하루 종일 일할 당시에는 너무 피곤해서 아침에 일어나는 것이 누구보다도 힘들었다. 일찍 일어나겠다는 건 생각조차 할 수 없었다. 늦잠을 자지 않은 것만 해도 그나마 다행이었다. 그런 내가 아침에 일찍 일어나기로 마음먹게 된 것은 아침형 인간에 관한 책을 읽으면서부터였다. 성공한 사람들의 책을 읽으면서 성공한 사람들은 하나같이 아침형 인간이라는 사실을 알게 있었다. 곧바로 아침형 인간에 대한 책을 여러 권 읽었다. 책에서는 꿈을 이루고 싶다면 반드시 아침형 인간이 돼야 한다고 강조했다. 진정으로 성공을 바란다면 일찍 자고 일찍 일어나는 습관을 들이는 게 급선무라고 했다. 왜 그렇게 말하는지 이유가 궁금했다. 책만 읽어서는 느낄 수 없었다. 직접 경험해보는 것이 가장 확실한 방법이라 생각해서 책에서 읽은 대로 실천하며 아침형 인간이 돼보기로 했다.

아침형 인간이 되겠다고 결심은 했지만 생각처럼 쉽지가 않았다. 아침에 일찍 일어나는 것도 힘들었지만 일찍 자는 것도 문제였다. 늦게 자는 게 습관이 되어 있으니 아무리 일찍 잠들려고 해도 잠이 오지 않았다. 오랜 습관을 버리고 새로운 생활 리듬을 만들기란 결코 쉽지 않았다. 일찍 일어나겠다고 몇 번이고 다짐해도 아침은 여전히 피곤했다. 정신력만으로 가능한 일이 아니었다. 너무 힘들어 과연 아침형 인간이 성공한다는 말이 사실인지 의심스럽기도 했다. 하지만 끝까지 해보기로 했다. 책 속에 길이 있다는 말을 확인하기 위해 책을 읽었던 것처럼 아침형 인간이 성공한다는 말을 확인하기 위해 포기하지 않고 실천했다. 성공한 사람들이 아침의 중요성을 강조하는 걸 보면 분명 뭔가 있을 거라 생각했다. 속는 셈치고 끝까지 도전했다. 그러기를 한 달쯤 지나고 나니 그때부터는 늦잠 자는 날보다 일찍 일어나는 날이 더 많아졌다. 두 달이 됐을 때쯤엔 일찍 일어나는 게 습관으로 잡히는가 싶더니 세 달이 지났을 때쯤 완전히 아침형 인간으로 바뀔 수 있었다. 수십 번의 실패를 거듭한 끝에 결국 성공했다. 매일 아침 5시에 일어나 하루를 시작했고 아침 시간을 활용해 자기계발을 했다. 그렇게 아침 일찍 일어나기를 실천함으로써 왜 그렇게 아침이 중요하다고 말하는지 조금씩 이해할 수 있었다. 내 인생은 아침에 일찍 일어나기 전과 후로 나뉜다고 할 수 있을 정도로 아침은 나에게 많은 걸 선물해 주었다.

아침에 일찍 일어나라고 말하면 사람들의 반응은 비슷하다. 피곤해서 못 일어나겠다고 말한다. 몸이 말을 안 듣는다며 울상이다. 하지만 피곤한 건 지극히 당연한 일이다. 늦게 자고 늦게 일어나는 습관을 갑자기 바꾸려고 하니 피곤할 수밖에 없다. 변화는 언제나 저항을 동반하기 마련이다. 새로운 변화에 적응하려면 그만큼 시간이 걸린다. 습관이 바뀌기까지의 시간을 견뎌내야 한다. 아침에 일찍 일어나는 것은 근육을 키우는 과정과 같다. 처음 운동을 하면 금방 근육통이 생긴다. 안 하던 운동을 갑자기 하니 몸에 알이 배는 것이다. 짧게는 하루 이틀, 길게는 일주일 넘게 온몸이 쑤신다. 그때 몸이 쑤신다고 운동을 그만두면 근육은 더 이상 자랄 수 없다. 반대로 몸이 욱신거리더라도 적절히 휴식해가며 계속해서 운동을 하다보면 처음보다는 근육통이 생기는 횟수가 줄어들고 나중에는 웬만한 운동으로는 알이 배지 않게 된다. 근육은 더욱 커지고 단단해진다. 전에는 들지 못했던 무게도 쉽게 들 수 있게 된다. 그럼으로써 자신이 원하던 우람한 근육을 가지게 된다. 알이 배는 과정 없이 근육질의 몸매를 만드는 것은 불가능하다. 근육이 찢어지고 회복하는 과정을 거쳐야만 건강한 몸을 만들 수 있다. 아침에 일찍 일어나는 것도 이와 같다.

아침형 인간이 되려면 우선 일찍 잠자리에 들어야 한다. 아침에 못 일어나는 사람치고 일찍 자는 사람 없다. 일찍 자야 일찍 일어날 수 있다. 이렇게 말하면 또 밤에 잠이 안 온다고 말할 것이다. 마찬가지로 밤에 잠이 안 오는 것 역시 당연하다. 몇 년 또는 몇 십 년 동안 늦게 자고 늦게 일어나는 습관으로 살았으니 일찍 잠이 올 리 없다. 일찍 일어나려면 우선 일찍 자는 습관부터 들여야 한다. 일단은 티브이를 끄고 스마트폰부터 손에서 내려놔야 한다. 잠이 안 오더라도 일정한 시간에 눕는 습관을 들이는 게 중요하다. 자기 전에 걷기나 스트레칭 등의 운동을 하면 도움이 된다. 나도 처음엔 밤에 잠이 안 왔다. 한 시간을 누워 있어도 눈이 더 말똥말똥해지기만 할 뿐 잠을 이루지 못했다. 몸을 피곤하게 만들기 위해 자기 전에 매일 1시간씩 걷기로 했다. 운동을 하고 나니 몸이 피곤해지면서 졸음이 몰려왔고 11시가 되면 무조건 잠자리에 들었다. 그렇게 며칠 하다 보니 어느 순간부터 일찍부터 잠이 오기 시작했다. 일찍 잠을 자니 자연스럽게 아침에 눈이 떠졌다. 이처럼 일찍 일어나겠다고 마음먹었으면 첫 번째로 해야 하는 것이 바로 일찍 자는 습관을 들이는 것이다.

아침형 인간이 되는 데 있어서 가장 중요한 것이 있다. 바로 일찍 일어나야 하는 이유가 있어야 한다는 것이다. 아무리 일찍 잔다고 하더라도 일어나야 할 이유가 없으면 아침 일찍 일어날 수 없다. 일어난다 하더라도 다시 잠들기 일쑤이다. 일찍 일어나도 할 일이 없기 때문이다. 왜 일어나야 하는지에 대한 명확한 이유가 있어야 한다. 그래야만 아침에 눈을 떴을 때 나의 꿈과 목표를 떠올리면서 침대를 박차고 일어날 수 있게 된다. 내가 처음으로 일찍 일어났던 날 아침에 멍하니 있다가 다시 잠든 것도 할 일이 없었기 때문이다. 단순히 일찍 일어나는 것이 목표였을 뿐 일어나서 무엇을 하겠다는 게 없었다. 그래서 일찍 일어나는 것이 목표가 아니라 일어나서 무엇을 하겠다는 것으로 목표를 바꿨다. 일어나자마자 집 밖으로 나가서 산책을 하며 잠을 깨웠다. 걸으면서 오늘 하루는 무엇을 할 것인가를 생각했다. 산책 후에는 책을 읽고 영어 공부를 했다. 벽에 붙여놓은 글귀와 사진들을 보며 성공한 나의 모습을 떠올렸다. 그런 식으로 무엇을 해야 할지를 계획

하고 실천했을 때 원하는 시간에 일어날 수 있었고 매일 아침이 즐거울 수 있었다.

아침에 일찍 일어나는 건 정신력의 문제라고 말하지만 정신력보다 더 중요한 것 역시 일어나야 할 이유에 대한 유무이다. 일찍 일어나야 할 이유가 있으면 없던 정신력도 생기게 마련이다. 해야 할 이유가 있으면 움직이게 된다. 아침에 일어나는 게 너무 힘들다며 출근 시간에 겨우 맞춰 회사에 도착하는 사람도 아침 일찍 회의가 있다고 하면 어떻게든 일어나 당긴 시간에 맞춰 출근을 한다. 아침잠이 많은 사람도 해외여행을 떠난다고 하면 비행기 시간에 맞추기 위해 아침이 아닌 새벽에라도 일어나게 된다.

고3 수험생 시절 매일 늦잠을 잤던 나와 달리 어머니께서는 매일 아침 일찍 일어나 아침 식사를 준비하셨다. 몇 시간 못 주무셔서 피곤한 날에도 어떻게든 일어나 아침밥을 차려주셨다. 그땐 어머니가 잠이 없다고 생각했는데 지금 생각해보니 그게 아니었다. 자식이 먹을 아침밥을 차려주기 위해서 어떻게든 일어난 것이었다. 이렇듯 정신력보다 더 중요한 것은 일어나야 할 이유가 있느냐이다. 아무리 시간이 넘쳐도 마음이 없으면 책을 읽지 않듯이 아침형 인간이 되어야 할 이유가 없으면 일찍 일어날 수 없다.

아침형 인간이 성공한다는 사례는 이미 많은 사람들로부터 증명되었다. 이를 뒷받침하는 과학적인 사례도 넘쳐난다. 하지만 아침형 인간을 부정하는 사람들이 많다. 저녁형 인간이 더 좋다는 것을 뒷받침하는 연구결과도 많다. 외국의 대학 교수들 중 몇몇은 아침형 인간보다 저녁형 인간이 더 똑똑하고 창의적이라고 한다. 올빼미족이 더 활발하며 문제해결능력 또한 뛰어나다고 말한다. 저녁형 인간은 해와 달의 리듬에 따라 생활하던 본래의 자연 법칙을 거스르는 것이 아니라 밝은 조명이나 디지털 기기들과 함께 새로운 수면 패턴을 만들어가고 있는 것이라 했다. 그런 식으로 저녁형 인간을 예찬했다. 심지어 러셀 포스터라는 뇌과학자는 테드 강연에서 "일찍 일어나고 일찍 잠자리에 드는 것이 더 많은 부를 가져다준다는 증거는 전혀 없다. 내 경험상, 아침형 인간과 저녁형 인간의 유일한 차이점은 일찍 일어나는 사람들이 단지 지나치게 우쭐댄다는 정도이다."라고 말하며 아침형 인간을 폄하했다. 틀린 말은 아니다. 아침에 일찍 일어난다고 해서 많은 부를 가져다주는 것도 아니고 반드시 성공하는 것도 아니다. 그러나 아침형 인간에 대한 목적을 정확히 알아야 한다. 아침에 일찍 일어나는 것이 목적이 아니다. 일찍 기상하는 것은 그저 수단일 뿐이다. 돈은 원하는 것을 얻기 위한 수단일 뿐이지 돈 자체가 목적은 아니듯 일찍 일어나는 행위 자체가 아침형 인간의 목적이 아니다. 아침형 인간의 목적은 아침시간을 활용하는 데 있다. 아침에 일찍 일어나봤자 피곤하기만 할 뿐 변하는 건 없다고 말하는 것도 단순히 일어나는 데만 초점을 맞추기 때문이다.

시간은 금이라 했다. 어떤 분야의 전문가가 되려면 최소한 1만 시간 정도의 훈련이 필요하다는 '1만 시간의 법칙'에서도 알 수 있듯이 성공에 있어 시간은 굉장히 중요하다. 똑같이 주어지는 시간을 어떻게 활용하느냐에 따라 삶의 방향은 달라진다. 그러므로 최대한 많은 시간을 확보하는 사람이 경쟁에서 승리할 수 있는 가능성이 높다. 이미 포화 상태인 하루 일과에서 확보할 수 있는 시간은 결국 아침뿐이다. 일찍 일어나 아침 시간을 확보하면 남들보다 더 많은 시간을 얻을 수 있다. 하루에 1~2시간을 더 살면 한 달 뒤, 일 년 뒤는 남들보다 며칠을 더 살 수 있다. 꿈과 목표를 이루는 데 있어 중요한 것은 얼마나 많은 시간과 노력을 투자했느냐이다. 남들보다 더 많은 시간과 노력을 투자한다면 목표를 달성할 확률은 더 높아지게 된다. 매일 늘어지게 자는 사람과, 누군가 자고 있을 시간에 꾸준히 자기계발을 하는 사람의 인생은 다를 수밖에 없다. 시간이 갈수록 그 격차는 더 벌어지고 말 것이다.

아침시간이 아닌 밤 시간을 활용해 자기계발을 해도 되지 않느냐고 말하는 사람도 있겠지만 아침과 밤은 다르다. 아침에 1시간은 오후에 3시간과 맞먹는다고 한다. 똑같은 시간이라도 아침과 밤의 시간은 질적으로 다르다. 밤이 되면 낮 동안에 한 업무로 인해 에너지를 많이 소비한 상태이므로 쉽게 피로를 느끼게 된다. 피곤하다보니 금세 졸음이 몰려오고 집중력과 생산성은 저하된다. 그와 달리 아침은 숙면으로 인해 몸과 마음이 충전된 상태이므로 정신이 맑다. 어떤 일을 해도 효율이 높다. 조용한 밤 시간이 집중이 잘된다고 하는 사람도 있지만 이른 아침을 경험해봐야 아침 시간이 얼마나 생산적인지 알 수 있다. 모두가 잠들어있는 고요한 시간이 얼마나 집중력이 높은지 직접 느껴봐야 알 수 있다. 나 역시 저녁형 인간으로 살 때는 밤 시간이 집중이 잘된다고 생각했지만 몸의 리듬이 아침에 맞춰지고 나서부터는 아침 시간이 훨씬 더 생산적이라는 것을 느낄 수 있었다.

많은 사람들은 자신을 저녁형 인간이라고 말한다. 한 치의 망설임도 없이 그렇게 말한다. 이유는 간단하다. 저녁형 인간이 훨씬 편하기 때문이다. 누구나 아침은 힘들다. 반대로 늦게 자고 늦게 일어나는 저녁형 인간은 너무나 쉽고 편하다. 편한 대로만 하다 보니 계속해서 저녁형 인간의 삶을 사는 것이고 그게 습관이 되다보니 자신은 저녁형 인간이 분명하다며 합리화하는 것이다. 아침형 인간의 삶은 멀어질 수밖에 없다. 사람들은 저녁형 인간의 생활밖에 안 해봤으면서 아침형 인간을 부정한다. 아침형 인간이 돼본 적도 없으면서 저녁형 인간임을 확신하는 것은 한 번도 운동을 해보지도 않은 사람이 운동은 나와 맞지 않다고 말하는 것과 같다. 어떤 것이 더 좋은지 알려면 둘 다

해봐야 한다. 안 하던 운동도 꾸준히 해보면 운동을 하는 것이 몸을 더 건강하게 만든다는 것을 알게 된다. 하루를 더 활력 있게 만들어준다는 것도 느끼게 된다. 그렇게 몸소 느껴봐야 안다.

자신을 저녁형 인간이라고 말하는 또 다른 이유는 저녁형 인간으로 살기 쉬운 환경에 놓여있기 때문이기도 하다. 문명의 발달이 사람을 잠 못 들게 만들었다. 전구의 발명으로 인해 길거리의 간판과 조명은 꺼질 줄 모른다. 밤낮 할 것 없이 즐길 거리가 넘쳐나고 사람들은 밤을 새며 아침까지 먹고 마시며 논다. 이런 환경에 놓여있다 보니 반복해서 저녁형 인간의 생활을 하게 되는 것이고 그럼으로써 자신을 저녁형 인간이라 믿는 것이다.

이런저런 이유로 많은 사람들이 저녁형 인간의 생활을 하고 있지만 사실 저녁형 인간은 따로 없다. 쉽고 편한 것을 추구하기 때문에 또는 사람들을 잠 못 들게 하는 오늘날의 환경 때문에 저녁형 인간이라는 말이 생겼을 뿐이다. 사람은 해가 뜨면 일어나고 해가 지면 자도록 되어 있다. 그것이 인체의 원리이다. 몸에서 치유제가 가장 많이 분비되는 숙면시간도 밤 10시부터 새벽2시까지이다. 과학의 발달과 과중한 업무, 사람에 대한 스트레스와 같은 것들이 자연의 법칙을 거스르게 만들었을 뿐이다.

아침형 인간으로 변한 나를 본 지인들은 원래부터 잠이 없는 것 아니냐고 물어보기도 한다. 하지만 나는 누구보다도 아침잠이 많은 사람이었다. 학교 다닐 때는 매일 늦잠을 잤고 지각을 밥 먹듯이 했다. 직장생활을 할 때도 스스로 일어나지 못하고 매일 어머니께서 깨워주시곤 했다. 20대 중반을 넘어 후반을 바라보는 나이가 됐을 때까지도 그랬다. 그런 나를 보며 친구들은 아직도 어머니가 깨워주시냐며 어린아이 취급을 했고 나 스스로도 내가 너무 한심하게 느껴졌다. 그랬던 내가 지금은 아침형 인간이 되었다. 매일 11시에 자고 아침 5시에 일어나는 생활을 하고 있다. 간절한 꿈과 목표를 가지고 도전했기 때문이다. 그러니 잠이 많아서 일찍 못 일어나겠다는 핑계는 고이 접어두길 바란다.

수많은 성공한 사람들이 아침을 예찬하고 있다. 그렇다면 아침에 일찍 일어나는 것이 반드시 성공을 보장해주는 것일까? 100% 그렇다고 할 수는 없다. 하지만 나비의 작은 날갯짓이 폭풍우를 유발할 수 있다는 '나비효과' 처럼 아침에 일찍 일어나는 사소한 습관이 어떤 거대한 변화를 불러올지는 아무도 모른다. 아침에 일찍 일어나는 습관은 나에게 많은 변화를 몰고 왔다. 내 삶을 변화시키기 시작한 것이 책이라면 그 변화에 가속도를 붙인 것이 바로 아침에 일찍 일어나는 습관이었다. 처음이 힘들 뿐이다. 습관이 되고 리듬이 잡히면 아침이 주는 고요함과 상쾌함을 느낄 수 있다. 아침에 일찍 일어나는 것만으로 인생을 두 배로 살 수 있다. 아침형 인간이 되면 시간적 여유가 생기고 자신감이 넘친다. 목표를 이룰 수 있는 가능성은 더욱 커진다. 그러니 일단은 일어나보자. 방법의 문제가 아니다. 그냥 일어나면 된다. 어떻게? 벌떡 일어나면 된다.

05

뻔한 말이라고 하기 전에 일단 해봐

셀카봉이 세상에 처음 나왔을 때 많은 사람들이 열광했다. 그 인기를 증명하듯 셀카봉은 불티나게 팔려나갔다. 인터넷에서는 수많은 셀카봉 판매 업체가 생겨났고 길거리에서도 셀카봉을 파는 사람들을 쉽게 찾아볼 수 있었다. 그때 사람들은 셀카봉을 보며 이렇게 말을 했다.

"아 나도 이거 생각하고 있었는데."

그 말을 들으며 그런 생각이 들었다. 생각은 누구나 할 수 있지만 성공은 실천하는 사람의 몫이라는 것을 말이다. 셀카봉과 같은 번뜩이는 아이디어를 가지고 있다하더라도 만들지 않으면 의미가 없다. 셀카봉으로 돈을 버는 사람은 결국 생각을 실천으로 옮긴 사람이다.

아는 것이 힘이라고 말한다. 그러나 이제는 더 이상 알고만 있는 것으로는 힘이 되지 못한다. 아는 것을 실천했을 때 진정한 힘이 발휘된다. 내가 영어를 잘 아는 것이 힘일까? 아니다. 해외에 나가서 배운 영어를 써먹을 때 힘이 된다. 토익, 토플과 같은 영어 자격증 시험에 도전해서 자격증을 취득할 때 나의 이력에 보탬이 된다. 돈 버는 방법을 아는 것만으로는 돈을 많이 벌 수 없다. 꾸준히 적금을 붓든 투자를 하든 일단은 뭐든 해봐야 돈을 벌 수 있다. 이 음식이 몸에 좋다는 것을 안다고 해서 내 몸이 좋아지지 않는다. 그 음식을 먹어야 건강해질 수 있다. 누구나 로또 1등에 당첨되길 꿈꾸지만 1등에 당첨되는 사람은 결국 로또를 구매하는 사람이다. 사지 않으면 아무리 강하게 꿈꾼다 하더라도 1등에 당첨될 수 없다. 이처럼 하면 되고 안 하면 안 되는 것은 너무나 당연한 일이다. 말만 하는 것과 행동하는 것의 차이는 실로 어마어마하다. 무엇이든 일단 해봐야 안다. 해봐야 변화가 생기고 보이지 않던 길도 보이게 된다.

꿈과 성공을 주제로 한 책을 쓴 한 작가의 강연을 들었다. 얘기하면 누구나 알 만한 유명한 베스트셀러 작가 L이었다. 강연 후 청중들과 꿈에 대해 묻고 답하는 시간을 가졌다. 사람들은 서로 손을 들어 질문을 했고 할까 말까 망설이던 나도 용기를 내어 손을 번쩍 들었다. 그리고 물었다.

"꿈꾸는 대로 상상한 대로 다 이루어진다고 하는데 그 꿈이나 목표에 한계는 없나요? 무엇을 꿈꾼다하더라도 다 이루어질 수가 있는 건가요?"

작가가 대답했다.

"해보지도 않고 그런 질문을 하는 건 의미가 없어요. 일단은 먼저 해보고 얘기하세요."

해보지도 않고 생각만 하는 건 공상에 불과하다고 했다. 그러니 일단은 먼저 시작해보고 생각은 그 다음의 문제라고 했다. 꿈꾸는 대로 이루어진다며 격려를 해줄 거란 기대와 달리 차가운 대답이 돌아오는 바람에 조금 민망하기도 하고 서운한 마음도 들었다. 하지만 시간이 지나 많은 경험을 하고 난 후에야 작가 L이 왜 그렇게 말했는지 알 것 같았다. 사실 한계란 것은 없다. 물론 그 말이 상상하면 다 이룰 수 있다는 뜻은 아니다. 한계라고 규정지을 수 있는 게 없다는 말이다. 불가능해 보이는 목표라 하더라도 실천해서 이루면 그것은 더 이상 한계가 아닌 것이다. 반대로 사소한 목표라 하더라도 실천하지 않으면 그것이 바로 나의 한계인 것이다. 결국 한계라는 것은 내가 얼마만큼 이루어내느냐에 달려있다. 해보지도 않고 한계란 없는 건지 또 상상하면 다 이루어지는지에 대한 생각은 아무 의미가 없다. 설령 상상하면 다 이루어진다고 한들 내가 실천하지 않으면 그 말은 휴지조각에 불과한 말이 돼버리고 만다. 중요한 것은 결국 해보는 것이다. 시도해보지도 않고 한계를 규정하는 것은 가장 어리석은 행동이다.

"한 권의 책은 우리 내면에 얼어붙은 바다를 부수는 도끼여야 한다."

실존주의 문학의 선구자로 높이 평가받는 독일인 소설가 프란츠 카프카가 이렇게 말했다. 흔히 책 읽는 사람이 성공한다고 말하지만 정확히 말하면 단순히 책을 읽기만 한다고 성공하는 것은 아니다. 읽은 것을 실천으로 옮겨야 성공한다. 책을 읽고 바로 덮을 것이 아니라 실제로 실천해봐야 한다. 내 삶에 적용시켜봐야 한다. 낡은 습관, 무지, 고집, 편견이라는 얼어붙은 바다를 책이라는 도끼로 깨부술 수 있어야 한다. 그럼에도 불구하고 사람들은 실천하지 않는다. 실천은커녕 책을 읽는 것조차 하지 않는다. 자기계발서에서 하는 말을 뻔한 말이라고 생각하기 때문이다. 하지만 뻔한지 아닌지는 해봐야 안다. 뻔한 말이라도 실천해보면 뻔하지 않은 결과를 만들어낼 수 있다. 나는 그것을 최성락 작가가 집필한 《나는 자기계발서를 읽고 벤츠를 샀다》를 읽으면서 배울 수 있었다.

대학교수인 최성락은 언젠가부터 자기계발서를 읽기 시작했다. 성공하고 싶다는 그런 열망 때문이 아니었다. 직업상 어려운 학술 논물들을 자주 읽다보니 머리를 식힐 수 있는 쉽고 간편한 읽을거리가 필요했던 것이다. 그저 심심풀이 삼아 재미로 읽기 시작한 책이 자기계발서였다. 틈만 나면 자기계발서를 읽었고 읽은 책이 100여 권이 넘었을 때쯤 이런 생각이 들었다고 한다.

'모든 자기계발서가 다 비슷한 말들을 하네. 난 그동안 그저 이 책들을 읽기만 하고 있었는데, 자기계발서가 하라는 대로 한 번 해볼까?'

그는 읽은 내용을 행동으로 옮기기 시작했다. '비전과 목표를 구체적으로 정하기', '인생의 시간표를 작성하기', '바라는 것을 종이에 적기'와 같은 것을 먼저 실천해보기로 했다. 그동안 막연히 원하기만 하던 것들 중 가장 간절한 목표 몇 가지를 골라 적었다. 그중 첫 번째가 바로 '벤츠 구매하기'였다. 이룰 수 있을 거라고 생각한 건 아니었다. 일단은 실천해보기로 했을 뿐이었다. 종이에 목표를 적은 지 3년이 지난 뒤에 그는 정말로 중형급 벤츠를 구매하게 된다. 그로부터 1년 뒤에는 살던 집이 달라졌다. 한국에서 가장 유명한 주거 단지 중 하나인 타워팰리스로 이사를 가게 된 것이다. 두 번째 목표가 바로 '타워팰리스에 살기'였다. 23평의 오피스텔에 살던 자신이 타워팰리스에서 살게 될 거라곤 생각지도 못했다고 한다. 많은 사람들이 뻔한 말이라고 하는 것들을 그는 실천을 했고 결국 자신이 목표로 한 것을 이뤄냈다. 벤츠를 몰고 타워팰리스에서 사는 꿈이 현실로 이루어지자 그때 깨달았다고 한다.

'자기계발서에서 시키는 대로 했더니 정말로 되는구나!'

그리고 이렇게 말했다.

"정말 우스운 일이다. 소위 명문대에서 경제학을 배웠지만 그 지식은 내게 좋은 차와 좋은 집을 가져다주지 못했다. 박사 학위를 받았어도 생계는 해결하게 해주었을지언정 벤츠와 같은 호화로운 생활을 보장하지는 못했다. 전공 서적, 학술 논물들을 많이 읽고 썼지만 이런 것들이 내게 실질적인 변화를 가져다주지는 못했다. 전혀 엉뚱하게도 자기계발서가 나의 삶을 변화시켰다."

많은 사람들이 책에서 말하는 성공담을 뻔한 얘기로 여긴다. 하지만 최성락 교수는 속는 셈 치고 실천을 했고 그 결과 자신이 원하는 목표를 이룰 수 있었다. 알고 있는 것과 아는 것을 실천하는 사람의 차이를 제대로 증명해 보인 것이다. 이처럼 뻔하다고 하는 것도 실천하는 순간 더 이상 뻔한 것이 아니다.

무엇을 해야 할지 모를 때가 있다. 이걸 해야 할지 저걸 해야 할지 고민이 될 때도 있다. 그런 상황에서 계속 고민한다고 해서 해결이 될까? 결국은 부딪쳐봐야 답이 나온다. 하나라도 해보면 어떤 것을 선택하는 게 더 나은지 판단을 내릴 수 있다. 진로를 정하지 못해 방황하던 시절 할 수 있는 일이라면 뭐든 다 해보려 했다. 생각만 하고 있어봤자 변하는 게 아무 것도 없었기 때문이다. 최대한 많은 경험을 해보고 싶었다. 힘들거나 어려운 일은 아닐까 하고 걱정이 될 때도 일단은 해봤다. 하다가 그만두는 일이 있더라도 부딪혀보면 답이 나왔다. 그렇게 하나씩 해봄으로써 내가 어떤 일을 잘하는지 알 수 있게 되었고 어떤 일이 나랑 맞지 않는지도 알 수 있게 되었다. 내가 원하는 일의 기준을 세울 수도 있었다. 석면을 만지다가 온몸에 두드러기가 일어나 한숨도 자지 못한 이후로 건강을 해치는 일은 하지 말자고 다짐했다. 프레스 기계에 손가락이 잘릴 번한 일을 겪은 후 위험한 일은 하지 않겠다고 못 박았다. 하루 14시간 넘게 일을 해보니 사람이 사는 것 같지가 않아 최소한의 저녁 시간은 누릴 수 있는 일을 얻고자 했다. 수완이 좋아 영업을 하면 잘할 거라 생각하며 보험 일을 시작했지만 지인에게 뭔가를 권하는 것이 불편해 영업은 나랑 맞지 않다는 결론을 내렸다. 사람을 좋아해 장사를 하면 성공할 거라 생각하고 과일 가게에서 일을 시작했지만 나에게 사업을 잘하는 능력은 부족하다는 것을 느껴 장사에 대한 꿈을 접었다. 가구시공 일을 할 때 밥을 굶어가며 일하는 것이 너무 서글퍼 끼니는 챙겨먹으면서 일할 수 있는 직업을 원했고 비에 쫄딱 젖을 때마다 제발 비 맞는 일만큼은 하지 말자고 수없이 되뇌었다. 나를 고졸이라고 무시하고 변변찮은 직업도 없다며 홀대하는 사람들을 보면서 남에게 꿀리지 않는 직업을 얻어야겠다고 결심했다. 그런 과정을 통해 내가 원하는 직업에 대한 명확한 기준을 세울 수 있었고 그 기준에 열정과 노력을 더함으로써 지금의 직업을 얻을 수 있었다.

물론 요즘 같은 때에 안정적인 직업을 원하지 않는 사람이 어디 있냐고 얘기할 수도 있다. 하지만 그냥 알고 있는 것과 내가 겪어보고

난 후 아는 것은 다르다. 자신이 직접 느껴봐야 간절할 수 있다. 나는 단순히 '군무원이 되고 싶다' 라고 바라지 않았다. '군무원이 안 되면 안 된다.' 라는 간절한 마음이었다. 부딪혀보고 실천해봄으로써 가지게 된 간절함이었다. 그런 각오가 있었기에 죽기 살기로 공부할 수 있었다.

실천하는 게 중요하다고 말해도 무엇을 어떻게 시작해야 할지 막막할 수 있다. 머릿속이 복잡하다면 아래의 글을 한 번 소리 내서 읽어보자.

돈이 없으면 돈은 벌면 되고

잘못이 있으면 잘못은 고치면 되고

안 되는 것은 되게 하면 되고

모르면 배우면 되고

부족하면 메우면 되고

힘이 부족하면 힘을 기르면 되고

잘 모르면 물으면 되고

잘 안되면 될 때까지 하면 되고

길이 안 보이면 길을 찾을 때까지 찾으면 되고

길이 없으면 길을 만들면 되고

기술이 없으면 연구하면 되고

생각이 부족하면 생각을 하면 되고

어디선가 읽은 '되고 법칙' 이라는 제목의 글이다. 무엇을 어떻게 시작해야 할지 몰라 머릿속이 복잡할 때 자주 떠올리곤 하는 글이다. 복잡하고 어려워 보이는 일도 이렇게 단순하게 생각할 때 용기가 생겼다. 할 수 있다는 긍정적인 마음이 솟아났다. 실패에 대한 두려움도 덜 수 있었다. 실천이란 건 어려운 게 아니다. 그냥 하는 것이다. 모르면 물으면 되고 안 되면 될 때까지 하면 된다는 말처럼 그냥 하면 된다.

영화감독 류승완은 영화감독이 되고 싶다고 말하는 사람들에게 이렇게 말했다.

"6mm 캠코더를 들고 나가서 일단은 본인의 영화를 찍어보세요."

내가 좋아하는 일러스트 작가 이진이 씨는 미대에 가고 싶다거나 일러스트 작가가 되고 싶다는 사람들에게 이렇게 말했다.

"우선 눈에 보이는 것부터 그려보세요."

꿈을 이루고 싶다면 중요한 것은 일단 하는 것이다. 어떻게 하면 되는지 궁리할 시간에 지금 할 수 있는 것을 찾아 실행하는 것이다. 현대그룹 창업자 故 정주영 회장은 '해보기나 했어?' 라는 명언을 남겼다. 성공한 사람들의 명언 중 내가 가장 좋아하는 명언이다. 불평하고 핑계대기 전에 먼저 해봐야 한다. 해보면 뭐라도 배운다. 꿈을 이루는 사람과 이루지 못하는 사람의 차이는 딴 데 있는 게 아니다. 해봤냐 안 해봤냐는 차이만 있을 뿐이다.

06

차이는 간절함에 있다

지인에게서 전화가 왔다. 새로운 뭔가를 준비하기 위해 공부를 하는 중인데 생각처럼 잘 안 된다고 했다. 예전만큼의 열정도 솟아나지 않는다고 말했다. 그러면서 나보고 어떤 마음가짐으로 공부해서 시험에 합격할 수 있었는지를 물었다. 시험에 단 번에 합격한 내가 대단해 보였나보다. 내가 말했다.

"간절함이 중요한 것 같아요. 주위를 보면 간절함을 가지고 하는 사람들은 대부분 다 꿈을 이루더라고요. 저도 진짜 죽는다고 생각하고 공부했어요."

오래 전부터 꿈을 이루는 사람과 이루지 못하는 사람의 차이가 무엇인지 궁금했다. 성공한 사람들은 자신이 성공할 수 있었던 것은 피

나는 노력이 있었기 때문이라 말했다. 나도 처음엔 노력의 차이가 결과의 차이를 만든다고 생각했다. 하지만 노력만으로는 모든 걸 설명하기 어려웠다. 세상에 노력 안 하는 사람은 아무도 없었기 때문이다. 노력, 열정, 끈기, 성실함, 자신감 등등 성공에 필요한 여러 조건이 있지만 그중 가장 핵심적인 차이를 알고 싶었다. 성공한 사람들의 책을 읽으며 그들의 이야기에 귀 기울였다. 티브이에 나오는 생활 속 달인들과 연예인들의 사연까지 유심히 봤다. 크고 작은 도전을 하고 있는 지인들의 일상도 자세히 들여다봤다. 지인을 통해 들은 모르는 사람들의 이야기까지도 빠짐없이 관찰했다. 그 결과 꿈을 이루는 사람과 못 이루는 사람의 결정적인 차이를 알 수 있었다. 바로 간절함이었다. 간절함을 가진 사람은 눈빛과 표정부터가 다르다. 마음가짐이 다르고 열정의 크기가 다르다. 노력을 하는 데 있어서도 보통 사람이 하는 노력과는 어마어마한 차이를 보인다. 어떤 어려움이 닥쳐도 포기하지 않는다. 오로지 목표 하나만 보고 달린다. 꼭 이루고픈 간절한 꿈이 있기 때문이다. 간절함을 가진 사람은 뭐가 달라도 다르다. 아침잠이 많아도 어떻게든 일어난다. 아무리 피곤해도 새벽같이 일어나 집을 나선다. 공부가 힘들다 하면서도 하루 종일 도서관에 붙어있다. 소심한 성격임에도 불구하고 모르는 사람을 붙잡으면서까지 영업을 한다. 사랑하는 사람의 마음을 얻기 위해서라면 물불을 가리지 않고 다 한다. 계속해서 실천이 중요하다고 말하고 있지만 결국 실천도 간절한 사람만이 할 수 있는 것이다. 간절함이 없이 그저 하고 싶다거나 되고 싶다고만 말하는 사람은 행동하지 않는다.

여행을 싫어하는 사람은 없다. 누구나 해외여행을 꿈꾼다. 모두가 원하지만 모든 사람이 다 떠나는 건 아니다. 여행을 떠나는 사람은 여행을 간절하게 원하는 사람이다. 시간이 돼서 어쩌다 가게 되는 사람도 있지만 그런 사람도 평소에 여행에 대한 갈망을 하고 있었기 때문에 떠날 수 있는 것이다. 여행에 관심 없는 사람은 아무리 시간이 많이 주어져도 잠을 자거나 친구들을 만나 술을 마시고 놀 뿐 여행을 가진 않는다. 물론 여행을 떠나고 싶어도 상황이 안 돼서 못 가는 사람도 많다. 회사에 휴가를 낼 수가 없어 시간적 여유가 없을 수도 있고 한 푼이라도 더 모으며 사느라 금전적 여유가 없을 수도 있다. 가정이 있는 사람이라면 여행은 더더욱 어렵다. 하지만 어떤 경우에서라도 간절히 바라는 사람은 어떻게든 여행을 떠난다는 것은 여행지에서 만난 여러 사람들을 통해 확인할 수 있었다. 여행이 간절한 사람은 일단 비행기 티켓부터 지르고 본다. 상황이 여의치 않다면 2박 3일의 짧은 일정으로라도 여행을 다녀온다. 회사에 거짓말을 해서라도 갔다 온다. 부모님에게 돈을 빌려서라도 갔다 온다. 결국 얼마만큼 간절하게 바라느냐의 차이였다. 단순히 '가고 싶다.'와 '꼭 가겠다.'라는 마음의 차이가 다른 결과를 만들어냈다.

간절하면 움직이게 된다. 헬스를 다니며 열심히 운동을 할 때 비린

내 나는 삶은 계란을 갈아 마실 수 있었던 것도 살을 찌우고 싶다는 간절함이 있었기 때문이다. 마술에 빠져있을 때 길거리에서 모르는 사람을 붙잡고 마술을 보여줄 수 있었던 것도 마술을 잘하고 싶다는 열망 때문이었다. 어버이날에 길거리에서 창피함을 무릅쓰고 고래고래 소리를 지르며 꽃바구니를 팔 수 있었던 것도 장사에 대한 꿈을 가지고 있었기 때문이다.

티브이 프로그램에서 한 실험을 봤다. 실험자에게 물을 마시게 한다. 배가 완전히 부를 때까지 마시게 한다. 배가 불러 더 이상 물을 마시지 못하겠다고 말하는 그때 시원한 생맥주를 주며 마셔보라고 한다. 마시지 못할 거라는 예상과 달리 대부분의 실험자들은 맥주 한 컵을 다 마신다. 물은 더 이상 마시지 못하겠다고 했으면서 맥주는 어떻게 마실 수 있었냐고 실험자들에게 물었다. 실험자들은 맥주를 보는 순간 마시고 싶다는 생각이 강하게 들었고 마시다보니 넘어가더라는 것이었다. 좀 더 명쾌한 해답을 얻기 위해 실험자들의 위장을 검사했다. 배가 빵빵할 정도로 물을 마셨을 때까지만 해도 위장에는 빈 공간이 전혀 없었지만 맥주를 보는 순간 위장에서 새로운 공간이 만들어지는 걸 볼 수 있었다. 마시고 싶다는 생각이 위장운동을 촉진했고 그럼으로써 맥주를 받아들일 수 있는 새로운 공간을 만들어낸 것이었다. 그 실험을 보면서 생각했다. 맥주를 마시고 싶다는 생각이 위장

속에 새로운 공간을 만들어낸 것처럼 내가 뭔가를 원하기만 하면 없던 에너지나 시간도 만들어낼 수 있다는 것을 말이다.

꿈을 이루기 위해서는 간절함이 가장 중요하지만 노력한다고 가질 수 있는 건 아니다. 간절함이 없는 사람에게 간절함을 가질 수 있도록 노력하라는 것은 배부른 사람에게 배가 고파라고 하는 것과 같다. 생각이나 노력으로 되는 문제가 아니다. 어떠한 계기가 있어야 한다. 동기부여가 될 만한 경험이 있어야 한다.

20대 중반에 처음으로 수영을 배웠다. 물에 빠져 죽을 번한 일을 겪었기 때문이다. 그 일이 있기 전까지만 해도 수영을 배워야겠다고 머릿속으로 생각만 했었다. 언젠간 꼭 배울 거라며 계속 미루고만 있었다. 그러다 계곡에서 놀다가 물에 빠져 죽을 번한 일을 겪었고 그 일이 있고 나서야 바로 수영장에 가서 등록을 했다. 언제 또 물에 빠질지 모르니 살려면 배워야겠다고 생각한 것이다. 몇 달 안 배워서 능숙하진 않지만 그때 조금이라도 배운 덕분에 지금은 죽지 않을 정도의 수영은 할 줄 안다. 깊은 물속에서 저승의 문턱을 밟아본 경험이 없었더라면 지금까지도 수영을 배우지는 않았을 것이다.

도전을 하게 만드는 어떤 계기가 있으려면 무엇이든 많이 경험해봐야 한다. 사람을 많이 만나봐야 한다. 사색하는 시간도 많이 가져야 한다. 다양한 사람들의 삶에 이야기에 귀 기울여야 하고 내 마음의 소리도 들을 줄 알아야 한다. 직접 부딪히고 느껴보는 직접적인 경험도 필요하고 책을 읽거나 영화를 보며 하는 간접경험도 중요하다. 하다 보면 그 속에서 새로운 동기부여가 되는 것들을 만나게 된다. 동기가 생기면 무엇을 해야 할지가 보이고 목표를 달성하기 위한 간절함도 가질 수 있다.

간절함을 부정하는 사람들이 있다. 간절함이 있다고 해서 다 성공할 수 있는 건 아니라고 말한다. 물론 지금과 같이 복잡하고 다양한 세상에서 간절함 하나만 가지고 성공하기란 쉽지 않다. 성공한 사람은 간절함을 가진 사람이고 실패한 사람은 간절함이 부족한 사람이라고 단정 지을 수도 없다. 간절함의 크기가 성공의 크기와 똑같다고 장담할 수도 없다. 운이 좋아 꿈을 이룬 사람도 있고 사람을 잘 만나 성공한 사람도 있다. 큰 노력을 기울이지 않고도 원하는 것을 가지는 사람이 있는가하면 하다가 보니 여기까지 왔다고 말하는 사람도 있다. 그런 걸 보면 간절함을 가지고 노력하면 다 이룰 수 있다는 말이 무조건 맞다고만 할 수는 한다. 그렇지만 꿈을 이루는 사람은 다 간절함을 가진 사람들이었다. 그것만큼은 분명한 사실이다. 그렇기 때문에 성공의 핵심은 결국 간절함이라는 생각을 떨칠 수가 없다. 간절함 없이 운이 좋아 성공에 이른 사람은 손에 꼽을 정도로 적다. 그런 일부 사람들의 이야기를 전체로 확대해서 해석하는 건 무리가 있다. 원하지 않으면 얻을 수 없다. 간절하게 원해야 가질 수 있다. 운이 좋아 공짜로 얻을 수는 있겠지만 그런 식의 성공은 오래가지 못한다.

'간절함은 배신하지 않는다.'

땀은 배신하지 않는다는 말을 나는 이렇게 바꿔서 자주 말하곤 한다. 땀은 배신할 수도 있다. 흘린 땀의 가치와 무게는 다 다르기 때문에 땀 흘린 사람이 모두 다 잘된다는 보장은 없다. 하지만 간절함은 배신하지 않는다. 적어도 내가 본 세상은 그랬다. 내가 만나온 사람들도 그랬다. 앞으로도 이 생각에는 크게 변함이 없을 것 같다.

당신의
도전은
언제
멈췄습니까?

도전하지 않는 자,
성장도 없다

Chapter

06

도전의 종착지는 행복

"

지금이 좋은 줄 알아야
나중도 좋은 줄 안다.
지금 이 순간에
행복하지 못하면
앞으로도 행복할 수 없다.

"

01

저는 노래하는 베짱이입니다

'개미와 베짱이' 라는 이솝우화가 있다. 게으른 자는 망하고 부지런한 자는 성공한다는 교훈을 담고 있다. 여름 내내 땀 흘려 일한 개미는 풍족한 식량 덕분에 따뜻한 겨울을 보낸다. 매일 노래를 부르며 놀기만 했던 베짱이는 겨울에 먹을 곡식이 하나도 없어 굶주린 채 혹독한 겨울을 보낸다. 이솝우화에서는 개미와 베짱이를 대조함으로써 성공과 실패의 차이를 극명하게 보여준다.

개미의 부지런함은 배울 만하다. 부지런함은 우리의 삶을 더욱 윤택하게 만드는 데 도움을 준다. 성공을 위한 필요한 여러 덕목 중 하나이기도 하다. 하지만 부지런하다고 해서 반드시 성공적인 삶을 보장해주는 건 아니다. 지금은 세상이 많이 바뀌었다. 복잡하고 다양해진 현대 사회에서 부지런히 일한다고 해서 개미처럼 부유한 삶을 살 수 있는 건 아니다.

성실함과 꾸준한 노력을 강조하던 이솝우화 개미와 베짱이도 사회의 변화에 따라 새롭게 재해석된 이야기가 많이 만들어졌다. 겨울에 베짱이가 개미집을 찾아가보니 과로사로 쓰러져 있었다는 이야기, 지구온난화 때문에 겨울이 오지 않아 베짱이는 계속 놀고 개미는 평생 일만 했다는 이야기, 여름 내내 열심히 노래연습을 하던 베짱이가 슈퍼스타K에 나가 우승을 하여 돈방석에 앉게 됐다는 이야기 등등 다양한 결말이 있다. 이러한 결말을 보면 일을 열심히 하는 개미가 반드시 성공한다고 할 수도 없고 일 안 하고 놀기만 하는 베짱이가 무조건 실패한다고 말할 수도 없다. 개미와 베짱이는 각자 자신이 가고자 하는 길을 갔을 뿐이다. 개미는 불확실한 미래에 대비하기 위해 성실하게 일한 것이고 반대로 베짱이는 미래를 걱정하기보다는 현재에 충실하기로 한 것이다. 어떤 것이 더 훌륭한 삶인지 단정 지을 수 없다. 자신이 옳다고 생각하는 길로 걸어갈 뿐이다. 그 길은 스스로가 판단하고 선택해야 한다. 하루하루가 급박하게 변해가는 지금의 현실에서 앞으로 내가 어떤 모습으로 변해있을지는 아무도 모른다. 어떤 기준을 우선적으로 삼을 것인지 생각해보고 자신의 가치관에 맞는 삶을 살아야 한다. 개미가 될지 베짱이가 될지는 순전히 나의 선택이다.

나는 베짱이와 같은 삶을 살고자 했다. 현재 운영하고 있는 블로그의 초기 아이디도 '노래하는 베짱이' 였다. 이솝우화에 나오는 베짱이처럼 기타치고 노래 부르며 오늘을 즐기는 삶을 살겠다는 하는 마음에서 지은 아이디였다. 한 때는 억 단위의 돈을 벌겠다며 돈에 아등바등하던 시절도 있었다. 하지만 돈을 많이 번다고 해도 그 돈을 쓸 시간도 없이 하루 종일 일만하며 사는 삶은 의미가 없다고 여겼다. 또 언제 올지도 모를 성공을 위해 지금 당장 하고 싶은 것을 다 참아가며 사는 것이 정답은 아니라고 생각했다. 현재를 중요하게 생각했지만 그렇다고 앞날은 생각하지 않고 지금 하고 싶은 것만 하며 살 수는 없었다. 적절한 균형이 필요했다. 곰곰이 생각해봤다. 30살 전까지는 하고 싶은 것을 다 해보고 30살 이후부터 일에 집중하자는 결론을 내렸다. 하고 싶은 것에는 노는 것만 포함된 것이 아니었다. 관심이 가는 일이 있으면 다 해보려 했다. 보험에 대해 공부하고 싶어 보험설계사로 일했고 기술을 배워야겠다는 생각에 가구시공 일을 배웠다. 장사를 배워보고 싶어 과일가게에서 일하며 과일과 채소를 팔았다. 인력소개소를 통해 막일을 할 때는 단기간에 여러 직종의 일을 경험해 볼 수 있어 좋았다. 사람들은 노가다를 밑바닥 일이라고 생각하지만 그 속에서 보고 느끼는 것이 많았다. 나를 더 단단하게 만들어주는 데도 많은 도움이 되었다. 열심히 일하는 만큼 놀고 즐기는 데도 에너지를 쏟아 부었다. 남들이 열심히 땀 흘려 일할 때 나는 과감하게 일을 그만두고 국토대장정을 떠났다. 친구들은 열심히 직장생활하며 돈을 벌 때 나는 혼자서 45일 유럽여행을 떠났다. 돈이 없어도 경험이란 자산을 쌓기 위해 빚을 내서 일본과 홍콩, 제주도 등으로 떠나기도 했다. 첫 제주도 여행에서 한라산을 등반했는데 왕복 7시간이 걸리는 시간 동안 걷고 또 걸으며 성찰하고 사색하는 시간을 가지기도 했다. 만난 사람들과 대화를 나누며 서로의 삶을 공유했다. 그렇게 하고 싶은 것을 하며 열심히 놀았다. 노래하는 베짱이라는 아이디처럼 인생을 노래하며 마음껏 즐겼다. 매일을 오늘 속에서 살았다.

이런 나를 보고 주위에서는 우려의 목소리가 많았다. 적은 나이가 아닌데 계속 그렇게 하고 싶은 거만 하면서 살아도 되겠냐며 걱정하는 시선도 적지 않았다. 그 말도 맞다. 하지만 남들과 똑같은 삶을 살고 싶지는 않았다. 대학을 가야 한다, 직장에서 자리를 잡아야 한다, 결혼을 해야 한다, 애를 낳아야 한다는 식의 말이 싫었다. 선택의 문제를 의무인 양 말하는 사람들이 불편했다. 세상에는 다양한 삶의 방식이 있다. 대부분의 사람들이 그렇게 산다고 해서 나도 똑같이 따라하고 싶지는 않았다. 그것이 가장 평범하고 무난한 삶이라고 해도 인생을 가장 잘 사는 방법이라고는 생각하지 않았다. 먼 훗날 결국 남들이 가는 대로 따라가게 된다고 하더라도 우선은 내 방식대로 살아보고 싶었다. 타인의 길이 아닌 나의 길을 걸어가고 싶었다. 남들이 천하다고 비웃는 일도 마다않고 열심히 했다. 매번 시작만 하고 끝맺음을 제대로 못한다는 지적을 받아도 나를 믿으며 또 다시 새로운 도전을 준비해나갔다. 몇 달 동안 일을 안 하고 놀기만 하는 나에게 그렇게 살아서 되겠냐며 걱정해도 새로운 시작을 위한 충전의 시간이라고 생각했다. 끝까지 나를 믿었다. 타인이 말하는 삶이 아닌 내가 원하는 방식의 삶을 살고자했다. 내 취향에 맞는 인테리어로 나만의 집을 만들어보려 했다.

물론 내가 원하는 방식으로 산다고 해서 모든 것이 다 좋은 건 아니었다. 사고 싶은 물건이 있으면 내가 가진 돈을 내놓아야 하듯 하나를 가지려면 하나를 잃을 수밖에 없었다. 꾸준히 직장 생활을 한 친구와 비교하면 나 스스로에게 아쉬운 부분이 많다. 가장 아쉬운 건 돈이다. 대학 졸업 후 한 직장에서 꾸준히 일을 해 겨우 28살의 나이에 5,000만 원이나 되는 돈을 모은 지인이 한 명 있었다. 그에 비해 나는 5,000만 원은커녕 500만 원도 없었다. 하고 싶은 대로 하며 산 결과였다. 그 친구가 부럽긴 했지만 그렇다고 내 삶에 후회는 없었다. 돈으로는 살 수 없는 경험을 얻었기 때문이다. 나는 돈을 많이 모은 그 친구를 부러워 하지만 그 친구는 오히려 하고 싶은 걸 하며 살아온 나를 부러워한다. 뭐가 더 좋다고 할 수 없다. 결국엔 선택의 문제다. 둘 다 가질 수 없다. 어떤 선택을 하든 선택에 대한 책임은 반드시 따른다. 잘 되든 못 되든 그 책임을 감수할 자신이 있다면, 그런 마음가짐으로 나아간다면 그것이 진정한 나만의 삶이라 할 수 있다.

"개쌍마이웨이로 가야돼요."

수능영어 강의로 유명한 강사 J가 한 말이다. 강사 J는 성공한 사람들의 이야기를 듣지 말라고 한다. 성공한 사람들이 가진 특수성을 모든 사람들에게 일반화시키는 것은 명백한 오류라고 했다. 그 사람이기 때문에 가능할 수 있었던 것을 평범한 사람들에게 적용하면 안 된다는 것이 그의 생각이었다. 한 변호사의 이야기를 예로 들어 설명했다. 유명 변호사인 K는 하루에 17시간씩 공부했다고 한다. 그렇게 공부할 수 있는 것도 재능이고 그 사람이기 때문에 가능한 일이라며 보통 사람들이 그렇게 따라했다가는 며칠도 못가서 퍼지게 될 거라 말했다. 결국은 자기가 생각하는 방법대로 하는 게 맞다며 그 생각을 개썅마이웨이라는 다소 거친 말로 표현한 것이었다. 내가 성공한 사람들의 책을 읽으며 실천할 때도 비슷한 것을 느낄 때가 있었다. 성공하는 방법이라며 책에서 아무리 강조를 해도 모든 방법들을 나에게 다 적용할 수 있는 것은 아니었다. 손에 잡히지 않는 너무나 먼 세상의 이야기처럼 느껴지는 것들도 많았다. 하루에 4시간만 자는 나폴레옹 수면법을 따라하는 것은 여간 힘든 게 아니었고 1만 번의 실패를 하면서도 포기하지 않는 에디슨의 열정을 나로서는 가늠하기 어려웠다. 아무리 좋은 방법이라 할지라도 모든 사람들에게 똑같이 적용할 수는 없다고 느꼈다. 물론 성공한 사람들의 습관은 충분히 배울 만하다. 성공한 사람들의 습관을 따라해 자신의 꿈을 이룬 사람들이 많기 때문이다. 하지만 중요한 것은 선택과 집중이다. 우선은 여러 방법들을 실천해보면서 내게 맞는 나만의 성공법칙을 만들어야 한다.

요즘 청년들을 보면 자신만의 길을 걸어가기는커녕 스스로의 가능성을 시험해보지도 않는 사람들이 많다. 군무원 시험을 준비할 때 학원에는 다양한 나이대의 사람들이 있었다. 대부분이 20대 초중반이었다. 대학교를 졸업하자마자 온 사람들이 많았는데 고등학교 졸업 후에 바로 시험을 준비하는 갓 20살이 된 사람들도 몇 명 있었다. 그런 친구들을 보고 있자니 안타까운 마음이 들었다. 자신이 무엇을 좋아하고 어떤 재능이 있는지도 모르면서 그저 남들이 좋다는 것을 따라가는 것에 대한 안타까움이었다. 자신의 가능성을 시험해보지도 않고 남들과 똑같은 길을 가려고 하는 게 좋지만은 않아보였다. 그렇게 해서 합격한다고 한들 과연 만족하며 직장생활을 할 수 있을까 하는 의문이 들었다.

나만의 삶을 구축해나가려면 우선 내 마음의 소리를 들어야 한다. 내가 무엇을 좋아하는지 또 무엇을 잘하는지를 먼저 알아야 한다. 나를 제일 잘 아는 건 자기 자신이라고 말은 하면서 내가 무엇을 좋아하고 잘하는지에 대해 명확히 말할 수 있는 사람은 그리 많지 않다. 주관도 없이 그저 남들이 좋다고 말하는 것을 따라가는 사람들이 적지 않은데 그런 식으로 사는 사람은 내 삶을 주도적으로 이끌지 못한다. 끌려가는 삶을 살게 되고 사는 대로 생각하게 된다. 나라는 자아에 종속되어 살 수밖에 없다. 도전하는 것도 좋지만 내가 왜 이 길을 선택하는지에 대한 주관은 있어야 한다. 남들이 맛있다고 하는 음식도 내 입에 맞아야 맛있는 것이다. 남들이 재미있다고 하는 영화도 내가 재밌어야 명작이다. 남들이 감명 깊게 읽은 책도 내 가슴을 울려야 좋은 책이다. 사람들이 아무리 좋다고 하는 것도 결국엔 내가 좋아야 한다. 성공한 사람의 조언도 내 주관 위에 올려야 큰 힘을 발휘할 수 있다. 이제는 나의 길을 걸어가야 한다. 나만의 기준을 가지고 흔들림 없이 나아갈 때 진정한 나만의 삶을 살아갈 수 있다.

02

삶이 놀이가 될 수 있다면

'미생'이라는 제목의 웹툰을 봤다. 바둑이 인생의 전부였던 주인공 장그래가 프로입단에 실패한 후 회사생활을 하며 벌어지는 이야기를 그린 만화였다. 웹툰 작가 윤태호의 작품인 미생은 드라마로 재탄생될 정도로 인기가 많은 만화이다. 직장인의 애환을 가감 없이 그려낸 모습에 시청자들로부터 많은 인기와 공감을 얻었다. 만화 미생에는 스토리만큼이나 독자들의 마음을 건드리는 주옥같은 명대사들이 많다.

'골을 넣으려면 일단 공을 차야 한다.'
'넘어진 김에 쉬어 간다.'
'인생은 끝없는 반복! 반복에 지치지 않는 자가 성취한다.'
'잊지 말자. 나는 어머니의 자부심이다.'

'기초가 없으면 계단을 오를 수 없다.'

이 외에도 수많은 명대사들이 있는데 30, 40대 직장인이 가장 공감을 많이 했으며 직장을 다니지 않는 20대 시청자들에게까지 많은 울림을 주었다. 나 역시도 공감이 되는 명대사들이 많았는데 이상하게도 만화를 보면 볼수록 뭔가 마음이 무거워졌다. 냉혹한 현실을 그린 만화이다 보니 만화의 분위기 자체가 엄숙한 것도 있었지만 마음을 무겁게 만드는 명대사들이 많았던 탓이기도 했다.

'회사가 전쟁터라고? 밀어낼 때까지 그만두지 마라! 밖은 지옥이다.'

'취직해보니까 말이야, 성공이 아니고 문을 하나 연 느낌이더라고. 어쩌면 우린 성공과 실패가 아니라 죽을 때까지 다가오는 문만 열어가며 살아가는 게 아닐까 싶어.'

어떤 의미에서 하는 말인지는 안다. 너무 힘들어 사표를 집어던지고 싶을 때 참고 인내하라는 말이라는 것도, 인생은 끊임없는 과정의 연속이라는 말이라는 것도 잘 알고 있다. 이런 명대사에 많은 직장인들이 고개를 끄덕이는 걸 보면 사회는 분명 냉혹하고 치열한 곳이다. 도태되지 않으려면 끊임없이 타인과 경쟁해야 한다. 경쟁에서 싸워 이겨야 한다. 일은 오로지 결과로만 말을 한다. 성과가 없으면 지난 노력들은 아무 필요가 없다. 내 밥그릇을 챙기려면 남을 밟고 일어서야 한다. 이처럼 현실은 잔인하기 짝이 없다. 하지만 회사가 전쟁터라는 말도, 밖은 지옥이라는 말도, 가뜩이나 힘든 세상을 더 무섭게 느껴지도록 만드는 게 아닌가 하는 느낌이 들었다. 우리가 생각하는 것 이상으로 사회를 냉혹한 곳으로 느끼게 만들어 사람을 더 경직시키는 것만 같았다. 전쟁터 같은 세상이 두려워 도전할 수 있는 용기조차 내지 못하게 만드는 것 같았다.

사회생활을 하다가 힘든 일이 있으면 누구나 가까운 사람에게 어려움을 털어놓는다. 그럴 때 상대방도 나와 같이 힘들다고 말하며 서로 동병상련의 위로를 전하는 것도 좋지만 때로는 별 것 아니라고, 하면 다 할 수 있으니까 걱정 말라며 힘을 실어주는 것이 마음을 더 가볍게 만들어줄 때가 있다. 나 같은 경우에는 전자보다 후자의 경우에 더 많은 위로를 받곤 했고 미래에 대한 두려움도 이겨낼 수 있었다. 그런 것처럼 사회가 전쟁터니 지옥이니 하는 말보다는 해보면 별 것 아니라고, 눈 뜨고 코 베어가는 세상이지만 나를 품어주는 따뜻한 사람들도 많다고 말해주면 사람들이 더 용기를 가질 수 있지 않을까? 취직한 것이 성공이 아니라 겨우 문을 하나 열었을 뿐이라는 말도 마찬가지다. 취직이 겨우 문 하나를 연 것이 아니다. 닫힌 문을 연 것 그 자체만으로도 성공이다. 죽을 때까지 다가오는 문만 열어가며 산다고 해도 문 하나하나를 여는 것 모두가 다 성공이다. 취직의 문도, 승진의 문도, 결혼의 문도 열 때마다 다 성공한 것이다. 그런 작은 문들을 다 성공의 문이라고 생각하며 살아야 삶의 만족도가 더 높아지지 않을까? 스치듯이 지나가는 행복도 잡을 수 있지 않을까? 그렇게 할 수만 있다면 지금의 삶이 조금이라도 더 가볍게 느껴지지 않을까?

3년 6개월 동안 일했던 회사 P가 내가 정식으로 사회생활을 시작한 첫 직장이었다. 나중에 입사하고 보니 P는 그 동네에서 일이 많기로 소문난 회사였다. 꼭두새벽에 출근해서 종일 일을 하고는 자정이 다 돼서야 겨우 집에 도착하곤 했다. 단순 반복 업무라 종일 서서 같은 일만 반복했다. 일하는 기계가 된 것만 같았다. 일도 힘들었지만 상사와 매번 부딪히는 것도 나를 지치게 했다. 다른 부서의 직원과 싸우는 일도 빈번했다. 매일 제품 불량이 발생하는 바람에 하루도 조용할 날이 없었다. 소리 지르고 제품을 집어던지는 등 사람들의 스트레스는 극에 달했다. 회사가 교통편이 다니지 않는 외진 곳에 있어 회사에 한 번 들어가면 집으로 돌아가는 것도 힘들었다. 복잡한 미로 속에 갇혀있는 기분이었다. 그렇지만 지옥 같던 그 공간에서도 재밌는 일은 많이 있었다. 상사와 부딪히는 건 힘들었지만 퇴근 후 직장 동료와 함께 소주 한 잔하며 상사 욕을 실컷 하는 그 순간은 정말 재밌었다. 불량인 제품을 납품하는 바람에 욕을 먹을 때가 많았지만 불량을 잘 잡아내는 우수사원으로 선정됐을 때는 일하는 보람을 많이 느꼈다. 자기밖에 모르는 이기적인 사람들 때문에 상처도 많이 받았지만 내가 힘들 때 자기 일처럼 도와주는 마음이 따뜻한 사람들도 많이 만났다. 다른 직장에서도 마찬가지였다. 윤활유 회사에서 납품하는 일을 할 때는 트럭에서 잠도 자고 도시락도 까먹고 노래도 부르며 다녔다. 일이 힘들 때도 많았고 상사의 잔소리가 견디기 힘들 때도 있었지만 나만의 멀티 공간인 트럭 안에서 노래를 부르며 다닐 때면 일이 아닌 놀이처럼 느껴졌다. 가구시공 일을 할 때 밥도 제대로 못 먹고 비를 쫄딱 맞으며 일하는 건 힘들었지만 가구를 조립하는 일이 때로는 장난감을 만드는 것처럼 느껴져 나름 재미가 있었다. 박스를 포개서 테이프를 발라 깔끔하게 정리하고 나면 개운한 느낌이 들었는데 그것 또한 소소한 재미였다. 과일가게에서 일할 때 사람 스트레스가 극에 달해 손님과 말도 섞기 싫을 때가 있었지만 나에게 웃음을 주는 재밌는 손님도 많았다.

이처럼 아무리 일이 힘들고 직장생활이 죽을 맛이라고 해도 그 속에서 느낄 수 있는 소소한 즐거움은 분명 있다. 힘든 것만 생각하면 총알이 오가는 전쟁터처럼 느껴지지만 좋은 것만 생각하면 웃음이 오가는 놀이터가 될 수도 있다. 무엇을 보느냐에 차이다. 일도 어떻게 생각하느냐에 따라 놀이가 될 수 있다. 사회를 전쟁터가 아닌 놀이터처럼 느껴야 삶의 무게가 조금은 가벼워질 수 있다.

고등학교 영어 수업시간이었다. 영어선생님은 갑자기 우리에게 영어를 왜 배우냐는 질문을 했다. 내가 손을 번쩍 들고는 당연하다는 듯이 큰소리로 말했다.

"세계화 시대에 발 맞춰 나가기 위해 배웁니다!"

선생님은 피식 웃으며 말했다.

"세계화 시대에 발 맞춰 나가긴 뭘 발 맞춰 나가노? 느그들 시험 칠라고 배우는 거 아이가? 으잉? 만약에 시험 안친다고 하면 영어 공부하겠나? 아무도 안하지. 맞나 아이가?"

학교에서 영어를 배우는 이유는 단순하다. 선생님의 그 말씀 그대로 시험을 잘 보기 위해서이다. 시험을 잘 쳐서 원하는 대학에 가기 위해서이다. 좋은 대학을 나와 희망하는 직장에 취직하기 위해서이다. 배우는 데 거창한 의미가 있는 게 아니었다. 세계화 시대에 발 맞춰 나간다는 그런 글로벌한 생각은 내가 영어에 너무 많은 의미를 부여했을 뿐이었다.

사람들은 삶에 의미를 부여하며 산다. 사소한 일부터 큰 사건까지 다 나름의 의미를 둔다. 때로는 그 존재나 현상이 가지고 있는 본질 이상으로 큰 의미를 부여한다. 적절할 땐 자기성장에 도움이 되지만 과하면 마음을 더 어지럽힐 뿐이다. 사소한 것 하나하나까지 다 어떤 의미를 부여하게 되면 그것이 자신의 삶을 더 무겁게 느껴지도록 만들 수 있다. 학창시절에 사람은 왜 사는가에 대한 철학적인 고민을 많이 했다. 사는 데 이유가 있을 것 같았다. 삶의 의미가 있을 것 같았다. 신이 인간을 만든 의도가 무엇일까도 생각해봤다. 많은 시간이 지나고 나서야 그 질문에 대한 나름의 결론을 내렸다. 특별한 이유가 있어서 사는 게 아니다. 그냥 산다. 태어났으니까 사는 것이다. 먹기 위해 산다거나 행복하기 위해 산다고 하지만 그것마저도 태어나지 않았으면 생각하지 않았을 문제다. 존재하니까 생각하는 문제일 뿐이다. 태어났으니 그냥 사는 거라고 생각하며 삶에 큰 의미를 두지 않았을 때 복잡한 머릿속이 정리가 됐다. 내 삶의 무게도 그만큼 가벼워졌다.

아무런 의미를 두지 말고 생각 없이 그냥 살아야 한다는 말이 아니다. 하고 싶고 좋아하는 일에는 얼마든지 의미를 부여해도 좋다. 하지만 하기 싫은 일을 해야 할 때 의미를 두게 되면 더 하기 싫어지기 때문에 가끔은 단순하게 생각할 필요가 있다. 직장생활이 힘들 때면 왜 일을 해야 하는 건지 회의감이 들 수 있다. 일을 하는 이유는 간단하다. 돈을 벌기 위해서이다. 그럼 왜 돈을 벌까? 밥 먹고 살려고 하는 것이다. 직업이 자아실현을 위한 수단이라고 말하지만 결국 근본적인 이유는 돈을 벌기 위해서 일을 하는 것이다. 가끔 쳇바퀴 도는 삶에 무료함을 느끼기도 하지만 깊게 생각하기보단 먹고 살기 위해 하는 거라고 가볍게 생각하면 머리 아프게 고민하는 일은 줄어든다.

새로운 도전을 하다보면 실패를 만나게 된다. 왜 실패했는지 원인을 분석하는 것도 좋지만 실패했다는 생각 속에 빠져서 계속 고민만 하고 있으면 더 이상 앞으로 나아가기 힘들다. 차라리 성공을 위해서 당연히 거쳐 가야하는 관문이라고 단순하게 생각할 때 실패를 털어내는 것이 조금은 쉬워진다.

박명수 어록이 있다.

'일찍 일어나는 새가 피곤하다.'

'가는 말이 고우면 무시한다.'

'고생 끝에 골병난다.'

'늦었다고 생각할 때가 늦었다.'

이 외에도 웃기면서도 허를 찌르는 현실적인 어록들이 많다. 그중 내가 가장 좋아하는 어록은 따로 있다. 예능 프로그램인 무한도전에서 박명수와 정준하가 벌칙으로 롤러코스터를 타게 됐다. 출발하기 전부터 겁을 먹은 정준하와 달리 박명수는 아무 말 없이 평온하게 앉아있었다. 그런 박명수에게 정준하가 물었다.

"넌 안 무서워?"

박명수가 말했다.

"그냥 하는 거지 뭐."

방송이니까 하는 거다. 방송이 자기 일이니까 하는 거다. 인생도 그런 것이란 생각이 들었다. 하기 싫어도 그냥 하는 것, 어차피 해야 할 일이라면 많은 생각을 하지 않고 일단 하는 것. 그런 마음으로 세상을 살아갈 때 우리의 삶이 놀이가 될 수 있고 삶이 놀이가 될 때 내가 가진 고난의 무게를 조금이나마 덜 수 있지 않을까 생각해본다.

03

지금이
좋아야 한다

훈련소에서 4주 군사훈련을 받았을 때이다. 일요일에 종교행사가 있어 교회에 갔다. 인상이 좋고 목소리까지 멋진 목사님이 우리를 맞이했다. 좋은 말씀도 해주셨다. 그날의 주제는 행복이었다.

"돈이 많으면 행복할까요? 아름다운 여성들과 매일 잠자리를 가진다면 행복할까요?"

그러고는 말을 이었다.

"순간의 즐거움이나 쾌락은 행복을 가져다줄 수 없어요. 행복은 영원한 것이어야 해요."

그날 목사님의 말씀을 듣고 난 이후 살면서 처음으로 행복이란 무엇인지에 대해 곰곰이 생각해보게 됐다. 그동안 행복이 무엇인지 한 번도 생각해보지 않았는데 목사님의 이야기를 통해 진정한 행복에 대해 고민해보게 된 것이었다. 목사님의 말씀 중 단순히 눈앞에 보이는 순간의 즐거움이 행복을 가져다주지 못한다는 말은 이해가 됐지만 행복은 영원한 것이어야 한다는 말은 이해하지 못했다. 어떤 의미로 한 말이었는지는 지금도 잘 모르겠다. 다만 행복의 참의미에 대해 생각해보게 된 중요한 말씀으로 기억하고 있을 뿐이다.

한 동안 잊고 지냈다. 그러다 삶에서 어떤 허전함을 느끼기 시작했고 그 허전함을 행복으로 채우고 싶었다. 오랜 시간 동안 진정한 행복의 의미를 찾아다니며 고민했다. 많은 경험과 사람들의 이야기를 통해 행복에 대한 나만의 기준을 세울 수 있었다. 내가 생각하는 행복은 지금에 감사하는 것, 즉 지금이 좋은 줄 알아야 한다는 것이다.

피로해소음료 광고에서 본 이야기이다. 포장마차에서 소주를 마시고 있는 직장인은 직장 생활이 힘든지 사표를 쓰고야 말겠다며 푸념을 한다. 사표를 쓰겠다는 직장인을 본 백수는 이렇게 말한다.

"부럽다. 취직을 해야 사표를 쓰지. 에휴."

그렇게 말하며 방구석에 누워있는 백수를 본 이등병은 생활관에서 꼿꼿이 앉은 채 속으로 이렇게 생각한다.

"부럽다. 누워서 티브이도 보고."

그런 이등병의 모습을 본, 사표를 쓰겠다고 말했던 그 직장인은 이렇게 말한다.

"야 부럽다. 저땐 그래도 제대하면 끝이었는데."

사람들은 행복이 저 멀리 어딘가에 있다고 생각한다. 산 너머에 행복이 있다고 생각하며 매일 보물찾기하듯 행복을 찾아 나선다. 하지만 행복은 숨어있지 않다. 이미 내 안에 있다. 그런데도 사람들은 타인의 행복만 쳐다보느라 자신이 가진 행복을 보지 못한다. 피로해소 음료 광고에 나오는 사람들처럼 말이다.

직장인과 사업가는 서로를 부러워한다. 직장인은 사업가를 보며 돈을 많이 벌어서 좋겠다고 말한다. 잔소리하는 상사가 없어서 부럽다고 말한다. 반대로 사업가는 직장인을 보며 요즘 같이 어려운 경기에 월급이 따박따박 들어와서 부럽다고 말한다. 미혼자와 기혼자도 마찬가지다. 결혼 안 한 사람은 결혼 한 사람을 보며 가족이 있어 외롭지 않아 좋겠다고 말한다. 결혼 한 사람은 결혼 안 한 사람을 보며 자유로워서 좋겠다고 말한다. 이외에도 다른 사람이 가진 것을 보고 부러워하는 것은 셀 수 없이 많다.

원래 남의 떡이 더 커 보인다. 남의 밥 속에 든 콩이 더 굵어 보이는 법이다. 그건 어쩔 수 없는 사람의 심리이다. 하지만 자신이 가진 떡은 보지 않고 오로지 남의 떡만 쳐다보고 있다면 평생 내 삶에 만족할 수 없다. 남의 콩이 아무리 굵어보여도 내 밥그릇에 담긴 콩도 종종

볼 수 있어야 한다.

지금 혼자인 시간을 마음껏 즐기며 살고 있지만 가끔은 집에 혼자 있는 게 외로울 때가 있다. 그럴 때면 사랑하는 사람과 같이 있으면 좋겠다는 생각을 하기도 한다. 그러면서 결혼한 사람들을 부러워한다. 그런 생각이 드는 건 어쩔 수 없다. 하지만 그럴 때일수록 내가 가진 것을 보기 위해 스스로에게 이렇게 말하곤 한다.

'나는 혼자라서 자유로워 좋구나.'

'구속받지 않고 하고 싶은 것을 마음껏 할 수 있는 지금이 참 좋구나.'

이렇게 말하고 나면 혼자인 내가 너무나 감사해진다. 지금의 내 삶이 조금 더 만족스러워진다.

사람들은 자신이 원하는 것이 이루어지면 행복해질 것이라고 말한다. 그러면서 먼 미래만을 보며 달린다. 꿈을 가지고 실천하는 것은 좋다. 원하는 대로 되지 않는 것보다는 바라는 대로 이루어지는 것이 나를 더 행복하게 만든다. 하지만 원하는 대로 되는 일이 반드시 행복을 동반하는 것은 아니다. 그 행복도 잠깐일 뿐 결국 또 다른 고민의 늪에 빠지게 된다. 사람의 욕심은 끝이 없기 때문이다. 학생 때는 대학만 가면 인생이 끝나는 줄 안다. 그러나 막상 대학을 가면 이제는 취직이 걱정이다. 취직만 하면 행복할 것 같지만 취직하는 그날부터 직장생활이 힘들어 죽겠다며 아우성을 친다. 겨우 버텨내어 직장에서 자리를 잡는다 하더라도 이제는 결혼이 문제다. 결혼하면 행복할 것 같지만 그 다음에는 돈이 문제다. 집도 사야 되고 차도 사야 되고 아이도 낳아 키워야 한다. 아이를 어느 정도 키우고 나면 이제는 노후가 걱정이다. 사는 게 힘들다고 느낄 때면 지난 시간을 추억한다. 그러곤 이렇게 말한다.

'아, 그때가 좋았지.'

이처럼 원하는 대로 상황이 바뀐다고 해서 행복이 따라오는 건 아니다. 꿈을 이룬 자신의 모습을 생각하며 노력하는 것도 좋지만 지금의 내 모습에 만족하는 방법도 연습해야 한다. 사회생활이 힘들다고 해도 우선은 내가 직장을 구했다는 것만으로도 다행이라 생각해볼 수 있어야 한다. 요즘 같이 취직이 어려운 때에 일을 할 수 있는 것만으로도 감사하다는 생각을 해봐야 한다. 인생 2막을 위해 무엇을 준비해야 할지 고민은 되겠지만 우선 지금 일을 해서 돈을 벌고 있다는 사실에 감사할 수 있어야 한다. 새로운 것에 도전할 때 원하는 결과를 만들 수 있을지 걱정은 되겠지만 시작할 수 있는 지금에 감사할 수 있어야 한다. 더 나은 미래를 바라보면서 동시에 해야 할 일은 바로 지금이 좋은 줄 아는 것이다.

지금이 좋은 줄 알려면 작은 것에 감사할 줄 알아야 한다. 사소한 행동에도 자신을 칭찬하는 것이 자존감을 회복하기 위한 최고의 방법이라면 지금 당장 행복하기 위한 최고의 방법은 바로 작은 일에 감사하는 마음을 가지는 것이다. 허나 작은 것에 감사하는 것이 생각처럼 쉽지는 않다. 왜 일까? 생활 속에서 매일 겪는 일상을 당연한 일로 생각하기 때문이다. 아무리 기분 좋은 일도 반복이 되면 더 이상 새롭게 느껴지지 않는다. 일상으로 굳어지게 된 일들은 다 당연한 것으로 여기게 된다. 매일 밥을 먹는 것도, 몸을 자유롭게 움직일 수 있는 것도, 가족의 얼굴을 보고 대화를 나눌 수 있는 것도, 또 세상을 보고 듣고 느끼는 것까지 다 너무나 당연하다. 그런 사소한 것들이 누군가에게는 기적일 수 있는 일이지만 대부분의 사람들에게는 당연한 일로 생각하게 된다. 하지만 감사하는 마음은 당연하다고 생각하는 일을 당연하지 않다고 생각할 때 가질 수 있는 것이다.

재채기를 하다가 등에 담이 걸린 적이 있었다. 등이 결리다 못해 목까지 움직이지 못했다. 가만히 앉아있을 땐 그나마 참을 만했는데 자려고 누울 때나 일어나는 그 순간에는 견딜 수 없는 통증이 밀려왔다. 너무 아파서 몸을 옆으로 굴려서야 겨우 몸을 일으킬 수 있었다. 통증 때문에 수시로 잠에서 깨는 바람에 며칠 동안 제대로 잠을 이루지도 못했다. 몸을 가누지도 못할 정도로 아프고 보니 자유자재로 몸을 움직일 수 있었던 지난 모습이 떠올랐다. 그러면서 생각했다.

"편하게 누워서 잘 수 있는 것이 굉장히 감사한 일이었구나."

독감에 걸려 심하게 앓은 적이 있었다. 온 몸에 열이 심해 잠을 자지도 깨어있지도 못했다. 음식을 먹을 기운조차 없었다. 종일 참다가 결국 어머니의 부축을 받고 자정이 다 돼서야 병원 응급실을 찾았다. 진료를 본 후 링거를 맞았다. 맞고 나니 증세가 나아지는 듯했고 집에 갈 때쯤 됐을 땐 몸이 제법 가뿐해졌다. 좀 살 만해지고 보니 배가 고픈 게 느껴졌다. 편의점에서 김밥을 사먹으며 종일 굶주렸던 배를 채웠다. 그러면서 생각했다.

"아프지 않고 먹고 싶은 것을 먹을 수 있는 지금이 정말 행복한 거구나."

나에겐 당연한 일상이 누군가에게는 당연하지 않을 수 있다. 이러한 사실을 생각해본다면 아무런 탈 없이 건강하게 살아있는 것 자체만으로도 감사한 일이다. 그런 의미에서 우리는 매일을 기적 속에서 살고 있는 건지도 모른다.

도전하고 꿈을 이뤄나가는 과정 속에서 노력과 열정만큼 어떻게 마음을 먹느냐도 중요하다. 성공할 때만 기뻐하고 실패할 때는 좌절한다면 계속해서 도전을 이어나가지 못한다. 원하는 만큼의 결과는 아니지만 이만큼이라도 해낸 것에 감사할 수 있어야 한다. 새로운 나로 다시 태어나기 위해 도전하는 것이 아니다. 성장하기 위해 도전하는 것이다. 지금의 나도 괜찮은 사람이지만 더 나은 내가 되기 위해 꿈을 꾸고 행동하는 것이다. 작은 것이라 해도 그 목표를 달성했다면 지금의 그 기쁨도 만끽할 줄 알아야 한다. 인생에서 최종목표를 이뤘을 때만 행복한 것은 아니다. 지금 이룬 작은 성공에도 충분히 성취감을 느낄 수 있다. 순간순간에 만족할 수 있어야 더 큰 도전을 할 수 있는 자신감이 생긴다. 지금이 좋아야 한다. 지금이 좋은 줄 알아야 나중도 좋은 줄 안다. 지금 이 순간에 행복하지 못하면 앞으로도 행복할 수 없다.

04

후회하지 않는 삶을 위하여

백화점에서 명품 가방 판매 아르바이트를 한 적이 있었다. 백화점 매니저는 나에게 여기 오기 전에 무엇을 했냐고 물었다. 유럽여행을 다녀왔다고 말했다. 내 말을 들은 매니저는 부럽다는 표정을 지으며 이렇게 말했다.

"부럽다. 나는 젊었을 때 유럽배낭여행을 못 가본 게 아직까지도 후회된다. 지금은 애 키우고 직장 다니고 한다고 어디 가지도 못하는데. 결혼하기 전에 갔어야 했는데 말이지. 에휴."

내가 유럽여행을 떠났던 건 여행을 가는 다른 사람들이 부럽기도 했지만 후회하지 않기 위해서였다. 만약 그때 떠나지 않았다면 나 역시도 백화점 매니저처럼 비슷한 말을 하며 지난 시간을 아쉬워하고 있을지도 모른다. 조금이라도 더 젊을 때 다양한 경험을 해보려 한 것도, 여러 직종의 일을 해보자고 생각한 것도 같은 이유에서였다. 뭐든 할 수 있을 때 해봐야 먼 훗날의 나에게 아쉬움이 덜 남을 것 같았다. 그런 생각을 가지고 변화를 두려워하지 않고 끊임없이 도전했다. 당장의 돈도 일도 시간도 다 중요했지만 멀리 내다봤을 때 무엇이 더 중요한가를 먼저 생각하고 움직였다. 사실 이렇게 생각하고 행동하게 된 건 그전에 후회를 느낀 일이 여러 번 있었기 때문이다. 그중에서도 특히 기억에 남는 일화가 하나 있다.

스무 살 때 나와 내 여자 친구 그리고 친구 커플과 함께 2박3일 강원도 여행을 떠나기로 했다. 차를 렌트하고 펜션도 예약해야 했는데 경비가 생각보다 너무 많이 든다는 게 문제였다. 1인당 경비가 무려 20만 원이나 들었다. 4명이면 80만 원이 되는 셈이었다. 지금 그 돈을 주고 놀러 간다고 해도 부담스러운 금액인데 그 당시에는 더더욱 상당한 액수로 느꼈다. 처음엔 알겠다고 말했지만 막상 가려고 하니 돈이 너무 아까웠다. 그때가 호프집에서 아르바이트를 할 때였는데 장사가 안 된다며 하소연하는 사장님께 겨우 사정해서 받은 돈이라 더 그랬다. 한 번에 다 쓰기엔 아까운 돈이었다. 고민 끝에 결국 친구 커플에게 다른 이유를 대며 여행을 못 가게 됐다고 말했다. 친구 커플은 이미 예약해놓은 펜션이랑 렌터카는 어떻게 할 거냐며 단단히 화가 났다. 결국 친구 커플 둘이서만 여행을 떠났다는 얘기를 들었는데 어쨌든 그 이후로 친구 커플은 만날 수 없었다. 사귀던 여자 친구와도 나중에 이런저런 이유로 헤어졌다.

그렇게 많은 돈을 들여서 놀러 갈 필요는 없는 것 같아 가지 않길 잘했다고 생각했다. 하지만 시간이 지나고 보니 그때 놀러가지 않은 것이 조금씩 후회되기 시작했다. 여행을 갔다면 즐거운 추억을 많이 만들었을 텐데, 여행을 통해 여자 친구와 더 끈끈해졌다면 인연의 끈도 그만큼 더 길어질 수 있었을 텐데 하는 그런 아쉬움 때문이었다. 지금 놀러 가면 되지 않겠냐고 말할 수도 있다. 물론 지금도 충분히 갈 수 있다. 하지만 그때와 지금은 다르다. 지금이 20살 때보다 금전적으로는 풍요롭지만 시간은 자유롭지 못하다. 전보다 더 성숙한 내가 되었지만 어릴 때의 그 풋풋한 마음은 사라진 지 오래다. 친구들과 멋모르고 어울리며 놀았던 철없는 웃음도, 이성과 세상에 대한 낯선 설렘도 지금은 느끼기 어렵다. 제일 중요한 건 그때의 그 사람들이 지금은 없다는 점이다. 이제는 20만 원이 아닌 200만 원을 들인다 해도 그 시절로 돌아갈 수 없다.

사실 여행을 갈지 말지 결정을 내리기 전에 이 문제에 대해 조언을 해준 사람이 있었다. 술자리 후 해장라면을 먹기 위해 자주 들르던 편의점의 사장님이었다. 얘기하기를 좋아하는 젊은 감각을 지닌 사람이었다. 내 고민을 찬찬히 듣던 사장님은 이렇게 말했다.

"그냥 갔다 와. 지금 너처럼 이렇게 마음 편하게 놀 수 있는 날도 앞으로 별로 없어. 놀 수 있을 때 놀아. 나중에는 갈려고 해도 못 간다니깐. 나 봐라. 맨날 일하느라 아무것도 못하잖아. 돈도 중요하지만 지금도 중요한 거야."

사장님은 알고 있었다. 이만큼 살아보니 중요한 것은 바로 지금이라는 것을, 할 수 있을 때 마음껏 해봐야 나중에 후회가 없다는 것을 말이다.

스무 살 때의 그 일이 여행을 가지 않은 것에 대한 아쉬움을 토로하는 사소한 이야기에 불과한 것이 아니었다. 할 수 있을 때 하는 것이 얼마나 중요한지에 대한 교훈을 많이 느낄 수 있었던 경험이었다. 여행을 가지 않았던 그때의 일도, 사장님이 해준 조언도 가끔씩 생각날 때가 있다. 특히 어떤 선택의 기로에 있을 때 많이 떠오른다. 그럴 때면 멀리보고 결정하려 한다. 지금이 아니면 할 수 없는 일인지 한 번 더 생각해본다. 몇 달 전 두피관리센터를 찾은 것도 그런 이유에서였다.

친할아버지와 친아버지 두 분 다 머리가 벗어지셨다. 그렇기 때문에 나도 탈모가 될 확률이 높다. 지금은 아무런 문제가 없지만 머리카락이 많을 때 미리 탈모를 관리해야 할 것 같아 두피 · 탈모 관리숍을 방문했다. 먼저 두피 상태를 확인한 후 비용을 물었다. 1주에 한 번 관리를 받는데 3달에 100만 원이라 했다. 6개월 정도는 받아야 어느 정도 효과를 본다고 하는데 그렇게 되면 200만 원이 든다. 두피에센스 비용까지 추가하면 6개월에 약 250만 원의 비용이 드는 것이었다. 금액이 너무 부담스러워 쉽사리 결정을 하지 못했다. 돈을 들인 만큼 효과가 있을지도 확신할 수 없어 고민이 더 많았다. 그러다 결국 지갑에서 신용카드를 꺼내 과감하게 결제를 했다. 100% 효과가 있을 거라고 믿고 한 것이 아니었다. 단지 후회하지 않기 위해서였다. 언젠간 나이가 들면 머리가 많이 빠지게 될 날이 올 것이다. 그때 적어도 '조금이라도 더 젊을 때 숍에서 탈모 관리를 받아볼 걸.' 하는 후회는 남기고 싶지 않았다. 주위에서는 그렇게까지 돈을 들여서 할 필요가 있냐고 했다. 하지만 돈 들여서 효과를 볼 수 있을 때 하는 게 맞다고 생각했다. 젊을 때 돈을 200만 원을 들이든 300만 원을 들이든 뭐라도 해보기라도 해봤으면 나중에 머리가 많이 빠져도 '그렇게 다 해봤는데도 머리가 빠지면 어쩔 수 없지 뭐.' 하고 받아들일 수 있을 것 같았다. 드라마틱한 효과는 아닐지라도 안 하는 것보다는 하는 게 분명 좋을 것도 같았고 또 탈모를 방지하진 못하더라도 늦출 수는 있다고 생각했다. 수천 만 원을 줘도 스무 살 때로 다시 돌아갈 수 없는 것처럼 이 또한 마찬가지였다. 돈 들여서 효과를 볼 수 있을 때 하는 게 중요했다. 지금 들인 200 ~ 300만 원의 돈이 앞으로 후회하지 않을 수 있는 비용으로 쓰인다면 전혀 아깝지 않을 것 같았다.

"지금 이 라운드에 목숨 걸어야 해요."

아는 동생과 함께 실용음악학원을 다니며 슈퍼스타K 오디션을 준비할 때 원장님이 우리에게 한 말이다. 예선에 참가하기 전부터 우리는 자만심으로 가득 차있었다. 1차 예선에는 어떤 노래를 부를지 그리고 2차 본선과 TOP10 무대에서는 어떤 노래를 부를지 다 계획하고 있었다. 이미 우승이나 한 것처럼 말하는 우리를 보며 원장님은 당장 치를 1차 예선에 목숨을 걸으라고 말했다. 1차 예선을 열심히 준비해도 될까 말까한 상황에서 2차 본선이나 그 이후의 무대까지 생각하면 죽도 밥도 안 된다고 했다. 그땐 흘려들었지만 1차 예선에 떨어진 이후에 원장님이 한 말씀을 생각해보게 되었다. 다가올 미래를 미리 계획하고 준비하는 것도 좋지만 당장 해야 할 것도 제대로 못하면서 먼 미래만을 준비하는 것은 의미가 없었다. 원장님의 그 한 마디는 꽤나 묵직했다.

한 번 지나간 시간은 다시는 돌아오지 않는다. 추억이 소중한 이유는 그때로 다시 돌아갈 수 없기 때문이다. 매 순간에 최선을 다하는 것이 중요하다고 생각했다. 앞으로 후회하지 않으려면 오늘에 살아야겠다고 다짐했다. 그렇게 마음먹은 이후 가장 많이 바뀌게 된 건 바로 소비습관이었다. 지금의 나는 평소엔 검소한 편이나 쓸 때는 확실히 쓴다. 무엇을 살 때 꼼꼼히 따져보지만 필요하다고 생각하면 돈이 얼마가 들어도 과감하게 지른다. 지금의 이러한 소비패턴과 달리 과거의 나는 굉장한 짠돌이였다. 알뜰 하다못해 짠순이였던 어머니의 영향이 컸던 것 같다. 굳이 이렇게까지 아껴야 하나 싶을 정도로 검소하신 어머니의 모습을 싫어하면서도 나도 모르게 닮아가고 있었다. 택시를 타는 것은 사치라 생각하여 웬만하면 버스를 타고 다녔다. 사고 싶은 물건이 있으면 바로 사지 않고 필요에 의해 사는 건지 욕심을 채우기 위해 사는 건지 몇 날 며칠을 고민했다. 먹고 싶은 게 있어도 돈이 아까워서 참은 적도 있었다. 그렇게 한 푼이라도 더 아끼며 살았다. 하지만 어느 순간부터 내가 왜 이렇게 아끼며 사는 건지 생각하며 나를 돌아보게 됐다. 돈에 너무 아등바등하며 사는 나에게 회의감이 느껴졌다. 몇 푼 더 아낀다고 해서 부자가 될 것도 아닌데 과연 무엇을 위해 이렇게 사는 건가 싶었다. 절약도 좋지만 쓸 때는 쓰면서 지금 느낄 수 있는 즐거움을 더 중요하게 생각하기로 했다. 그 이후로는 먹고 싶은 게 있으면 다 사먹었다. 먹는 거에 있어서만큼은 아끼지 않기로 했다. 돈보다는 지금 내 몸이 편한 것을 우선으로 삼으며 필요할 때는 택시도 탔다. 사고 싶은 게 있을 때는 꼭 필요한 물건이 아니더라도 구매했다. 사치를 하지 않는 선에서는 내가 가지고 싶은 것을 마음껏 사며 소소한 즐거움을 누리기로 했다.

현재 저축을 거의 하지 않고 있는 것도 같은 이유이다. 지금 이 순간을 즐기기 위해서다. 현재의 직장에 발령받아 일을 시작할 때만 해도 여태껏 해볼 것도 어느 정도 해봤고 이제는 나이도 있으니 저축을 많이 하자고 결심했다. 급여의 1/3을 저축했다. 매달 통장에 쌓여가는 잔고를 볼 때면 기분이 좋기는 했지만 적금을 넣느라 지금 하고 싶은 것을 하지 못할 때마다 그런 생각이 들었다.

'과연 내가 언제 행복하자고 이렇게 허리띠를 졸라 매며 사는 걸까?'

저축을 할 필요가 없다고 생각한 건 아니었다. 언제 어떤 일이 일어날지 모르기 때문에 미래에 대한 대비는 반드시 해야 한다. 맞는 말이긴 하지만 주위에서 건강하게 잘 살던 사람이 하루아침에 죽는 것을 보면서 사람이 무엇을 위해 사는 건지에 대한 생각을 해보게 됐다. 그렇게 돈을 많이 벌어도 죽고 나면 아무 소용이 없다는 생각도 떠올랐다. 당장 내일 죽을지도 모르는 인생에서 내일을 위해 오늘을 희생하는 것은 의미 없는 일이라 여겼다. 일단은 오늘 하루가 즐겁고 행복한 것이 우선이라 생각했다. 저축은 최소한으로 하되 지금 행복할 수 있는 데 더 많은 돈을 쓰기로 했다. 먹고 싶은 것이 있으면 먹고 사고 싶은 것이 있으면 샀다. 비싼 것이라 할지라도 꼭 필요한 거라면 할부를 해서라도 샀다. 많은 사람들을 만나며 즐겼다. 여행도 마음껏 떠났다.

지금에 충실하자는 것이 놀고먹는 데만 돈을 쓰겠다는 것은 아니었다. 자기계발을 하는 데 있어서는 더더욱 과감하게 돈을 썼다. 먹고 노는 것은 순간의 즐거움에 지나지 않을 수 있지만 공부하고 배우는 것은 평생 간다. 자기계발에 투자하는 돈은 지금에 충실함과 동시에 미래의 나에게 하는 투자가 되기도 한다. 그런 점에서 내가 발전할 수 있는 것이라면 아끼지 않았다. 아까울 이유도 없었다.

젊을 때 열심히 일하면 노후가 편하다는 말을 종종 듣곤 한다. 이 시대의 아버지뻘 되는 분들이 그렇게 말하고 성공한 사람들 중에도 더러 있다. 젊을 때 참고 고생한 만큼 나이 들어서는 삶이 편안해진다고 말한다. 당장 10년만 고생하면 남은 60년을 즐기며 살 수 있다고 말한다. 만약 그 말이 한 치의 오차도 없이 정확하다면 해볼 만하다. 어떤 고생을 하더라도 미래만 보장되어 있다면 참고 견딜 만한 가치가 있다. 하지만 젊을 때 열심히 일한다고 해서 그 이후의 삶이 반드시 편안하다고 장담할 수 있는 건 아니다. 10년 고생하다가 골병들어 남은 60년을 힘들게 보내야 할지도 모른다. 정말 그렇게 되고 나면 지난날을 후회하게 되지 않을까? 그래서 나는 오늘이 즐거운 일을 하기로 했다. 10년 고생하고 60년을 편안하게 보내는 게 아닌 당장 10년도 즐겁고 남은 60년도 행복하기로 마음먹었다. 나는 그 방법을 도전에서 찾았다. 도전을 통한 성취에서 발견했다. 후회하지 않기 위해 매일 쉬지 않고 행동하기로 했다. 설레는 내일을 만들기 위해 오늘 이 순간에 집중하기로 했다.

이제는 현재에 충실해야 한다. 지금 할 수 있을 때 해야 한다. 나중에 나이가 들어 지난 시간을 되돌아보면 '괜히 했다.' 보다는 '그때 했어야 했는데.' 라는 후회를 더 많이 한다고 한다. 먼 훗날 그런 후회를 하지 않으려면 오늘에 살아야 한다. 과거, 현재, 미래는 연결되어 있다. 과거에 내가 한 행동이 오늘을 만들고 오늘 내가 하는 행동이 미래를 만든다. 그러므로 미래를 준비하는 가장 확실한 방법은 오늘을 알차게 보내는 것이다. 사랑하는 사람이 있다면 과감하게 고백해보자. 차일 때 차이더라도 후회하지 않기 위해 하는 고백이라면 충분히 가치 있는 일이다. 공부도 때가 있다. 할 수 있을 때 하자. 하고자 하는 열정이 있는 지금 이때 뭐라도 배워보자. 나중에 하려고 미루다간 그나마 있던 열정마저 다 사라질지도 모른다. 놀 수 있을 때 놀자. 추억도 지금 많이 쌓아보자. 학창 시절에 교복을 입고 먹는 떡볶이와 지금 먹는 떡볶이의 맛이 다르듯 그때 새길 수 있는 그만의 추억이 있다.

'Present' 라는 영단어에는 두 가지 뜻이 있다. 명사로 쓰일 땐 우리가 알고 있는 '선물' 이라는 뜻인데 형용사로 쓰일 때는 전혀 다른 뜻이 된다. 바로 '현재의' 라는 뜻이다. Present에 내포되어 있는 뜻처럼 현재를 잘 사는 것이 어쩌면 내 인생 최고의 선물인지도 모른다. 오늘에 살자. 후회하지 않는 삶을 위하여.

05

나는 오늘도 도전한다.

내 삶을 한 단어로 말하자면 그것은 바로 '도전'이다. 내 인생은 도전의 연속이었다. 크고 작은 도전을 하면서 끊임없이 나 자신과 싸웠다. 나를 바라보는 사람들의 시선과 세상의 편견에도 물러서지 않았다. 지난날을 돌이켜보면 기뻤던 일보다 힘들었던 기억이 먼저 떠오른다. 어떤 길을 가야할지 몰라 방황하고 때로는 너무 힘들어 울고 있는 나를 생각하면 지금도 가슴이 먹먹해진다. 그래도 참 잘해왔고 또 잘 견뎌온 것 같다. 특히 혼자서는 아무 것도 못한다는 사람이나 이런 일은 해본 적이 없다며 겁부터 먹는 사람을 볼 때면 그런 생각이 더 많이 들었다. 지금껏 도전하면서 성공보다는 실패가 많았지만 한 번도 실패를 실패라고 생각한 적이 없었다. 실패 속에서 배울 수 있었기 때문이다. 배우는 순간 그것은 실패가 아닌 경험이 되었고 그 경험은 내 성장의 밑거름이 되었다. 실패해도 괜찮다는 말의 의미를 누구보다도 잘 알게 되었다.

도전은 특별한 사람만이 할 수 있는 것이 아니다. 누구나 할 수 있다. 특별해서 하는 것이 아니다. 하기 때문에 특별해지는 것이다. 지인들이 나를 보며 대단하다고 말하는 것도 그런 이유이다. 나는 그저 했을 뿐이다. 아침 시간을 활용하는 사람이 성공한다고 해서 아침에 일찍 일어났을 뿐이고 책 속에 길이 있다고 해서 책을 읽었을 뿐이다. 다양한 경험을 해봐야 한다고 해서 낯선 세상에 나를 던졌을 뿐이고 부딪칠수록 강해진다고 해서 힘든 일도 가리지 않고 다 해봤을 뿐이다. 내가 특별히 대단한 것을 하지는 않았다. 누구나 할 수 있는 도전을 했다. 누군가는 별 것 아닌 사소한 도전으로 생각할 수도 있겠지만 나 스스로를 높이 평가하는 것은 바로 생각하는 데 그치지 않고 행동한다는 점이다. 꿈만 꾸는 몽상가가 아니라 실천하는 혁명가였기에 나 자신에게 후한 점수를 줄 수 있는 것이다. 그만큼 다른 사람들도 나를 특별한 사람으로 바라봐주는 것이다.

예전에는 공무원 시험이 똑똑한 사람들만이 도전할 수 있는 시험이라 생각했다. 어떤 직군의 공무원 시험이든 내 머리로는 도저히 합격할 수 없는 시험이라 생각하며 감히 도전할 엄두도 내지 못했다. 하지만 간절함을 가지고 공부한 덕분에 시험에 합격할 수 있었고 그 후로 사람들은 나를 달리 봤다. 나보고 똑똑한 사람이라고 말했다. 그전에는 똑똑하다는 말을 들어본 적이 거의 없었는데 군무원 시험에 합격한 이후로는 자주 들었다. 내가 똑똑해서 사람들이 똑똑하게 봐주는 게 아니다. 열심히 해서 시험에 합격했기 때문에 그렇게 보는 것이다. 나를 놀기만 좋아하는 가벼운 사람으로 봤다는 지인도 내가 한국사 1급을 가지고 있다는 것을 알고 난 이후부터는 나를 보는 눈이 달라졌다. 대단한 시험에 합격한 것도 아니었다. 그저 나를 내세울 수 있을 만한 '증'을 하나라도 더 갖고 싶어서 도전한 시험이었다. 남들이 놀 때 나는 책상에 앉아 공부해서 자격증을 취득했을 뿐이었다. 버스킹 할 때 찍은 내 사진을 본 지인들은 내가 기타를 되게 잘 치는 줄 안다. 하지만 나는 기타를 잘 치지 않는다. 그저 평범한 실력에 불과하다. 칠 수 있는 곡이 몇 곡 되지도 않는다. 제대로 보여줄 수 있는 곡이 서너 곡밖에 안 되는데도 사람들이 나를 음악 하는 사람마냥 대단하게 보는 것은 남 앞에 서는 것을 두려워하지 않고 버스킹을 했기 때문이다. 누군가는 버스킹을 해보고 싶다고 바라기만 할 때 나는 길거리에 나가 사람들 앞에서 공연을 했을 뿐이다.

번번이 실패한다고 해도 포기하지 않고 꾸준히 실천하는 사람에게는 누구나 박수를 보낸다. 마라톤에서 때로는 1등이 아닌 꼴찌에게 더 많은 박수를 보내듯이 인생에 있어서도 마찬가지다. 내가 몇 등을 하고 있는지도 중요하지만 쉬지 않고 계속해서 달리고 있느냐는 더 중요하다. 지인들에게 내가 4번의 슈퍼스타K 예선과 7번의 가요제를 모두 다 예선에서 탈락했다고 말했을 때 지금까지 비웃는 사람은 아무도 없었다. 실패했을지언정 하나같이 대단하다며 감탄을 연발했다. 결과가 어떻든 일단 도전하고 부딪치는 열정에 박수를 보내는 것이다. 이처럼 평범한 사람을 특별한 사람으로 만들어주는 것이 바로 행동이 가진 힘이다. 꿈의 크기보다 더 중요한 것은 일단 해보는 것이다. 사소한 꿈이라도 도전하는 사람은 특별하다.

매 순간 현실에 안주하지 않고 도전을 선택했다. 지금에 머무르기보다는 나아가는 데 집중했다. 순간의 즐거움이나 괴로움도 지나고 보면 아무 것도 아니라는 것을 느꼈기 때문이다. 사람들은 새해가 되면 지난 한 해를 되돌아보며 내가 무엇을 했는지 떠올려본다. 눈에 띄는 성과나 성공적인 결과물이 바로 떠오르면 다행이지만 딱히 생각나는 게 없을 때면 왠지 모를 씁쓸함을 느끼게 된다. 시간이 왜 이렇게 잘 가냐며 쏜살같이 흐른 시간을 탓하기도 하고 게을렀던 지난날의 자신을 원망하기도 한다. 나 역시 지난 한 해를 돌이켜보며 씁쓸해하던 때가 있었다. 아무 것도 한 것도 없이 시간을 흘려보내고 나니 그런 생각이 들었다.

'멈추지 않고 부지런히 했더라면.'

'그때 조금만 시간을 내서 했더라면.'

한 해가 지났을 때만 그런 생각이 든 건 아니었다. 한 달을 보내고 났을 때도 어제 하루를 보내고 났을 때도 마찬가지였다. 지나고 보면 다 똑같은 날들이다. 이래도 하루고 저래도 하루다. 잠만 자고 편하게 있어도 하루는 가고 일하거나 뭔가를 배워도 하루는 간다. 그 순간이 조금 힘들거나 또는 달콤할 뿐이지 지나고 보면 다 똑같다. 어차피 똑같은 하루라면 이왕이면 뭔가를 하면서 보내고 싶었다. 이래도 한 해가 가고 저래도 한 해가 간다면 머물러 있기보다는 도전하고 싶었다. 그 순간은 피곤하고 힘도 들겠지만 지나고 나서 보면 아무 것도 하지 않은 사람과는 확연히 달랐다. 결과적으로 내 손에는 뭐가 들려도 들려있었다. 성공이든 실패든 관계없었다. 성공은 성공대로 기뻤고 실패는 실패대로 배울 수 있어서 좋았다. 어떤 경우든 다 나름대로의 의미가 있었다. 모두가 나의 자산이었다.

얼마 전 방송통신대학교에 입학등록을 한 것도 같은 이유에서였다. 언젠간 대학을 가야겠다고 생각했지만 막상 등록을 하려고 하니 망설여졌다. 게으름을 피우고 싶어 하는 내 안의 또 다른 나와 줄다리기를 하고 있었기 때문이다. 내년으로 미룰까 하고 생각하던 그때 나와 같이 대학을 등록하기로 했던 지인이 말했다.

"지금 대학에 다녀도 4년은 지나가고 안 다녀도 4년은 지나간다."

그랬다. 시간은 어떻게든 흐른다. 내가 대학에 가서 열심히 공부를 하든 안 다니고 편하게 쉬든 4년이란 시간은 지나간다. 어차피 지나갈 시간이라면, 순간은 힘들어도 지나서 보면 결국은 아무 것도 아닌 거라면 지금 대학을 가는 게 현명한 선택일 거라 생각했다. 그래서 저질렀다. 힘들어서 휴학을 하든 자퇴를 하든 일단은 시작해보기로 했다. 4년 뒤의 내가 4년 전의 나에게 '그때 시작하길 정말 잘했어.' 라고 말할 것이 분명하다고 믿었기 때문이다.

누군가는 날 보며 뭘 그렇게 열심히 사냐고 말했다. 그냥 대충 살라고 했다. 그렇게 아등바등하며 살아봤자 세상은 바뀌지 않는다고 말했다. 물론 도전한다고 해서 더 잘 사는 것도 아니고 반드시 행복한 것도 아니다. 남들이 하는 만큼만 하며 세상이 흘러가는 대로 따라간다 해도 사는 데는 큰 지장이 없다. 그럼에도 불구하고 포기하지 않고 계속해서 도전했던 이유는 성취감 때문이었다. 내가 뭔가를 또 하나 이뤘을 때 말로 표현할 수 없는 기쁨이 몰려왔다. 그런 성취감을 느낄 때 내가 살아있다는 느낌을 받았다. 단순히 숨 쉬며 살아가는 그런 수동적인 삶이 아니었다. 내가 내 삶의 주인이 되어 능동적으로 살아간다는 느낌이었다. "내 인생의 주인은 나라는 것에 동의하십니까?"라는 질문에는 대부분의 사람들이 고개를 끄덕일 것이다. 그렇다면 질문을 조금 바꿔서 "당신은 자신의 삶에 주인으로서 살고 있습니까?"라고 물었을 때 고민하지 않고 바로 대답할 수 있는 사람이 과연 몇 명이나 될까? 예전에는 나도 이러한 질문에 "예"라고 자신 있게 대답할 수 없었다. 길이 보는 대로 걸어갔기 때문이다. 하지만 책을 읽으면서 내 삶은 조금씩 바뀌었다. 크고 작은 도전을 통해 내가 가고자 하는 길을 선택해서 걸어갈 수 있었다. 전에는 그저 사는 대로 생각해왔지만 꿈을 꾸고 목표를 달성해나가면서 내가 생각한 대로 내 삶을 이끌 수 있었다. 내가 내 삶의 주인이 되었을 때 내가 원하는 방향으로 나아갈 수 있었다.

영화 '은밀하게 위대하게' 에서 마지막 장면이 굉장히 인상 깊었다. 남파공작원인 김수현, 박기웅, 이현우는 자신들을 죽이러 온 북한 고위층 간부인 손현주와 아파트 공사장 옥상에서 마지막 사투를 벌인다. 피 튀기는 싸움을 하던 중 경찰이 들이닥쳤고 곧바로 손현주는 폭탄을 꺼내 든다. 안전핀을 뽑고 다 같이 죽으려고 하는 그때 박기웅이 모두를 살리기 위해 손현주를 끌어안고 아파트 아래로 함께 뛰어내린다. 뛰어내리기 전 박기웅은 이렇게 말한다.

"잘 놀다 간다."

드라마 '선덕여왕' 마지막 회에서 하종 역을 맡은 김정현과 미생 역을 맡은 정웅인이 권력싸움에서 패배한 후 죽음을 앞둔 상황에서 얘기를 나누는 장면이 나온다. 김정현이 정웅인에게 묻는다.

"삼촌, 후회하지?"

정웅인이 말했다.

"후회는 무슨, 사내대장부로 태어나서 있는 재주 마음껏 펼쳤고 권력을 쥐어도 보고 놓아도 보고, 재밌었습니다. 재밌었어요. 하하하."

김정현이 말했다.

"삼촌이 참 부럽습니다."

가끔 몇 십 년 뒤의 내 모습을 떠올려보곤 한다. 내 생의 마지막 날을 그려보기도 한다. 어떤 모습으로 살고 있을지 또 어떻게 생을 마감할지보다는 사실 미래의 내가 지난날의 삶을 어떻게 추억할지가 더 궁금하다. 지난 세월을 아쉬워하고 후회하기보다는 영화 속 박기웅의 대사처럼 잘 놀다 간다고 말할 수 있는 삶을 살고 싶다. 드라마 속 정웅인처럼 죽음을 앞둔 상황에서도 그동안 재밌었다며 껄껄 웃을 수 있는 삶을 살고 싶다. 후회하지 않는 삶을 사는 것, 그것이 바로 내 인생 최대의 목표이다. 모든 걸 다 해볼 수는 없지만 조금이라도 후회를 덜 남기는 삶을 사는 것이 성공한 인생이라 생각한다. 성공보다 실패를 더 많이 할지라도 도전해봤다는 것만으로도 만족할 수 있는 삶이 되길 바란다. 이 정도 해봤으면 할 만큼 한 거라고, 그렇게 말할 수 있는 삶이면 충분하다.

아직 내게는 많은 도전이 남아 있다. 우선은 지금 쓰고 있는 이 글이 책으로 만들어져 세상에 나오는 것이 나의 첫 번째 목표이다. 처음이자 마지막 책이 되진 않을 것이다. 아직 하고 싶은 얘기가 많다. 멈추지 않고 계속해서 써서 두 번째, 세 번째 책도 낼 것이다.

다음으로는 대학교를 졸업하는 것이다. 4년 뒤 꼭 대학졸업장을 받고 싶다. 학사모를 쓰고 졸업사진도 찍고 싶다. 하고 싶은 공부도 있다. 국어문법에 관심이 많아 앞으로 어법 공부를 더 할 것이고 한자를 공부해서 한자자격증도 취득할 것이다. 내 삶에 음악이 빠질 수 없다. 더 열심히 기타를 배워서 버스킹도 많이 할 것이다. 기타치고 노래 부르며 사람들에게 즐거움을 주고 때로는 추억을 공유할 수 있는 사람으로 살고 싶다. 마지막으로는 지난날의 나처럼 어려움을 겪고 있는 사람들이 꿈을 가질 수 있도록 도와주는 사람이 되고 싶다. 현실의 벽에 부딪쳐 좌절하고 있는 사람들이 그 벽을 허물고 다시 도전할 수 있도록 힘을 불어넣어 주고 싶다. 어떤 형태로든 상관없다. 친구일 수도 있고 직장동료일수도 있다. 내 가족일수도 있고 옆집 이웃일수도 있다. 때로는 따뜻한 위로로 때로는 날카로운 독설로 누구나 할 수 있다는 것을 말해주고 싶다. 또 세상에서 가장 소중한 사람은 나라는 것을, 어떤 경우라도 우리는 행복할 권리가 있다는 것을 공유하며 더 나은 미래를 함께 그려나가고 싶다. 그렇게 유대하며 살아가고 싶다. 단순한 소망이 아니다. 나는 내가 할 수 있다고 마음먹으면 뭐든 다 할 수 있다고 믿는다.

꿈은 자신을 믿고 도전하는 사람의 몫이다. 그래서 나는 오늘도 도전한다.

마치는 글 | Epilogue

"내가 행복할 수 있는 삶을 살자. 그 행복을 위해서 꼭 해야 하는 일이라면 과감하게 도전하자"

처음으로 나에 대한 글을 썼다. 내가 한 도전들에 대한 이야기를 썼다. 내가 직접 겪어보고 느낀 것들을 담아냈다. 최대한 남들과 다른 나만의 이야기를 담으려 했다. 하지만 쓰다 보니 결국은 자기계발서에서 쉽게 볼 수 있는 꿈, 목표, 성공과 같은 얘기를 하고 있는 나를 발견했다. 내가 성공에 대해 얘기할 수 있는 자격이 있는지에 대한 의문은 둘째 치고 사람들이 과연 나의 이야기에 얼마나 공감해줄 수 있을지가 고민이었다. 팍팍한 현실에서 많은 것을 포기하며 살고 있는 지금의 청춘들이 꿈, 성공과 같은 얘기에 귀 기울여줄지 의문이었다. 고민을 하다 지인 L에게 전화를 걸었다. 책을 쓰고 있다고 말하며 지금 하고 있는 고민에 대해서 얘기했다. 내 고민을 들은 L이 말했다. 사람들은 누구나 성공을 바란다고, 그냥 대충 살겠다고 말은 그렇게 하지만 사실 누구나 마음 속 한 구석에는 성공에 대한 열망을 가지고 있다고 말했다. 그 말을 듣고 나니 나의 이야기를 계속해서 써내려갈 수 있는 용기가 생겼다. 지금 할 수 있는 작은 목표들에 도전하며 한 계단씩 오르다보면 더 나은 삶을 살 수 있다는 것을 나의 경험을 통해 말할 수 있었다.

누구나 꿈이 있다. 또는 꿈을 가지고 있었다. 먹고 사느라 바빠 잠시 잊었을 뿐이다. 사람마다 성공의 기준은 다르지만 자신만의 성공을 꿈꾸며 노력하던 시절은 누구나 있었다. 그 꿈을 이루기 위해 지금도 계속해서 달리는 사람이 있는 반면 아무런 목표도 없이 하루하루를 살아가는 사람들도 있다. 꿈을 잃어버린 것을 넘어 삶의 의미까지 잃어버린 사람들을 볼 때면 안타까운 마음을 감출 수 없었다. 현재에 만족하며 산다면 상관없지만 삶에 갈증을 느끼고 있는 사람이라면 도전하길 바랐다. 잃어버린 자신을 찾길 바랐다.

인간의 여러 욕구 중 최상위 단계가 바로 자아실현이라고 한다. 나라는 자아의 본질을 완전히 실현하는 방법은 도전하는 것이다. 도전을 통한 성취에서 실현가능하다. 꿈을 이루는 과정 속에서 느낄 수 있다. 뭔가를 이룰 때 해냈다는 그 성취가 나를 살아 숨 쉬게 만든다. 내 존재를 확인하게 만들고 삶의 의미까지도 찾을 수 있게 만든다. 나도 할 수 있다는 자신감이 생기고 나아가 자존감도 향상된다. 내가 바로 서야 한다. 내가 행복해야 남에게 행복을 줄 수 있다. 어떠한 경우라도 나는 나 자신이 되어야 한다. 나는 누군가를 위해 희생해야 하는 존재가 아니다. 누군가의 자식이기 이전에 누군가의 엄마이기 이전에 나는 나다. 아무리 먹고 사는 게 바쁘다하더라도 나를 잃어버리는 일은 없어야 한다. 진정 그렇게 살길 원한다면 지금 필요한 것은 도전이다. 해봤자 변하는 건 없다고 투덜거리며 내 삶을 방치해서는 안 된다.

'하고 싶다' 와 '하고 있다' 라는 말은 비슷해 보이지만 완전히 다른 말이다. 무언가를 '하고 싶다' 라는 말은 누구나 쉽게 한다. 하지만 하고 있다거나 해냈다고 말하는 사람은 보기 드물다. 내가 '하고 싶다' 와 '하고 있다' 중에서 어떤 말을 말하느냐에 따라 지인들의 반응은 달랐다. 그 책을 읽고 싶다가 아니라 다 읽었다고 말할 때 나를 달리 봤다. 그 일을 하고 싶다가 아니라 해봤다고 말할 때 내 경험에 귀를 기울였다. 몇 년 전에 책을 쓰고 싶다고 말할 때만 해도 다들 반응이 없었지만 지금 책을 쓰고 있다고 말할 때 나의 도전을 특별하게 바라봤다. 하고 싶다가 아니라 하고 있다고 말할 때 사람은 성장한다. 막연한 희망은 그저 희망고문일 뿐이다. 원하는 만큼 움직일 때 희망은 현실이 된다. 언제까지 소망하고 희망만 하며 살 것인가? 이제는 미뤘던 일을 시작할 때이다.

지금껏 여러 자기계발서를 읽으면서 느낀 것이 하나 있었다. 꿈을 이루는 데 있어서는 결국 하느냐 안 하느냐만 존재한다는 것이다. 사람들은 말한다. 도전하기엔 너무나 힘든 세상이라고 말한다. 현실의 벽이 너무 높다고 말한다. 아무리 노력해봤자 흙수저로 태어난 이상 금수저를 이길 순 없다고 말한다. 최선을 다해도 세상은 변하지 않는다고 말한다. 그렇게 말하는 사람들의 심정은 이해가 간다. 하지만 이한 가지는 분명하게 알아야 한다. 그럼에도 불구하고 하는 사람은 한다. 시도를 하는 사람은 뭔가를 이뤄도 이뤄낸다. 꿈을 이루는 사람은 이유야 어쨌든 행동하고 실천하는 사람이다. 어떤 상황에서도 시작하는 사람이다. 안된다고 미리 포기하기보다는 일단은 행동하는 사람이다.

인생이라는 마라톤 경주에서 날씨가 덥다고 투덜대고만 있을 것인가? 다리가 아프다고 가만히 서있기만 할 것인가? 더 좋은 신발을 신고 있는 다른 사람을 보고 부러워하며 불평만 하고 있을 것인가? 어떠한 경우라도 일단은 뛰어야 한다. 몇 번째 자리를 배정받든 어떤 코스를 달려야하든 우선은 뛰어야 한다. 하지도 않고 말만 하는 것은 핑계일 뿐이다. 가능성이 희박해보여도 일단은 뛰어봐야 안다. 방법은 뛰면서 생각해도 늦지 않다.

얼마 전 한국방송통신대학교 신입생 오리엔테이션에 참석했다. 우리 학과 사람들만 어림잡아 약 70명이 왔다. 대학교 조교가 학과와 교육과정에 대해 소개를 했고 곧이어 3, 4학년 선배들과 학생회장 그리고 졸업생들의 인사말이 있었다. 그들은 입학을 축하하는 말과 더불어 중요한 메시지를 전했다. 바로 꿈은 이루어진다는 이야기였다.

"공부하다보면 분명 힘들 때가 많을 거예요. 그래도 포기하지 마세요. 꿈을 가지고 노력하면 반드시 이루어집니다. 저도 처음엔 힘들었지만 끝까지 도전했기 때문에 여기까지 올 수 있었어요. 여러분도 할 수 있습니다. 먼 훗날 대학 졸업장을 받는 자신의 모습을 상상하며 열심히 하시기 바랍니다."

지금까지 이와 비슷한 얘기는 많이 들었지만 대학교 오티에서 들었던 이 이야기는 특히나 와 닿았다. 꿈과 성공에 대한 메시지를 전해준 선배들이 전부다 40, 50대라 더 그랬다. 선배들은 대학을 다니면서 삶의 만족도가 높아졌다고 했다. 대학교를 졸업한 덕분에 더 많은 기회를 잡을 수 있었다고 말했다. 이 나이가 돼서 뭐하겠냐며 아무것도 하지 않으려 할 수도 있는데 그 선배들은 현재에 안주하고 않고 도전하고 있었다. 포기하지 않고 끊임없이 도전한다면 꿈은 반드시 이루어진다는 것을 자신의 삶을 통해 말하고 있었다. 어떤 상황에서도 도전하는 사람은 결국 꿈을 이룬다는 사실을 다시 한 번 확인할 수 있었던 시간이었다.

실천이 중요하다는 말이 지겨울 수도 있다. 너무 많이 들어서 뻔한 말처럼 들릴 수도 있다. 그렇지만 하루가 다르게 변하는 세상이라 해도 변하지 않는 진리는 있다. 그중 하나가 바로 실천이다. 아무리 공부를 많이 한 똑똑한 사람도, 사회적으로 성공한 유명인도 실천해야 변할 수 있다는 진리는 결코 부정할 수 없다. 그 어떤 위로나 힐링도 잠깐 쉬어가는 것일 뿐 결국엔 다시 시작해야 한다. 성공한 사람들의 강연과 자기계발서가 넘쳐나는데도 사람들이 변하지 않는 이유는 읽고 듣기만 할 뿐 실제로 행하지 않기 때문이다. 실천하지 않고 바라기만 하는 것은 망상에 불과하다. 안 해보고 후회하는 것보단 해보고 후회하는 게 더 낫다는 말이 있다. 나도 할까 말까 하고 고민되는 일은 되도록이면 저지르고 본다. 일단 저지르고 나면 죽이 되든 밥이 되든 뭐가 돼도 된다. 시작이 반이듯 그렇게 시작을 저질러놓으면 중간과 끝을 만들기는 훨씬 쉬워진다.

성공해야 훌륭한 인생이 되는 건 아니다. 모든 사람들이 꼭 꿈을 가지고 도전해야 하는 것도 아니다. 단지 삶이 조금이라도 나아지길 원한다면 도전해야 한다는 말이다. 포기하지 않고 끊임없이 시도하면 삶은 변하게 되어있다. 꿈꾸는 대로 다 이루어지는 것은 아니지만 꿈에 근접할 수는 있다. 다른 방식으로라도 이루어질 수 있다. 이제는 작은 목표를 세우고 실천함으로써 성공경험을 쌓아야 한다. 실패했다고 좌절하지 말고 성공할 수밖에 없는 작은 목표를 세워보자. 작은 성공이 있어야 더 큰 성공도 이룰 수 있다.

마지막으로 내가 전하고 싶은 메시지는 바로 행복이다. 우리 모두는 행복하게 살아야 한다. 도전의 궁극적인 목표도 결국 행복이다. 성공한 사람도 실패한 사람도 모두 다 행복해야 한다. 자꾸 산 너머에 있는 행복만 보지 말고 지금 내 앞에 있는 행복을 먼저 볼 줄 알아야 한다. 내가 행복할 수 있는 삶을 살자. 그 행복을 위해서 꼭 해야 하는 일이라면 과감하게 도전하자. 도전을 통해 우리는 분명 더 행복해질 수 있다.

2019년 4월

저자 **권태현**

누구나 꿈이 있다.
또는 꿈을 가지고 있었다.
먹고 사느라 바빠 잠시 잊었을 뿐이다.

현재에 만족하며 산다면 상관없지만
삶에 갈증을 느끼고 있는 사람이라면
도전하길 바랐다.
잃어버린 자신을 찾길 바랐다.